Maria Calasanz Ziesche
Der Geist des Mönchs

Maria Calasanz Ziesche

Der Geist des Mönchs

Auf den Spuren des Hermannus Contractus

Historischer Roman

benno VERLAG

Die Deutsche Bibliothek – CIP-Einheitsaufnahme

Ziesche, Calasanz M.: Der Geist des Mönchs :
auf den Spuren des Hermannus Contractus ;
eine historische Erzählung / von M. Calasanz Ziesche. –
2. Aufl. – Leipzig : Benno-Verl., 2001
ISBN 3-7462-1388-6

Dieses Buch ist nach den neuen amtlichen
Rechtschreibregeln gesetzt.

ISBN 3-7462-1388-6

2. Auflage 2001
Umschlaggestaltung: Ulrike Vetter, Leipzig
Umschlagbild: Ernst Ferdinand Oehme, Dom im Winter,
Sächsische Landesbibliothek, Abt. Deutsche Fotothek,
Dresden
Herstellung: Kontext – Verlagsherstellung, Lemsel
Printed in Czech Republic

Inhalt

Vorwort

Überall in der Welt findet der gläubige Mensch Spuren Gottes, Spuren seiner Größe, seiner Liebe, seiner Güte und seiner Barmherzigkeit. Solche Spuren Gottes sind vor allem Menschen, die durch ihr Leben von ihm Zeugnis geben.

Aber nicht selten sind es beinahe unauffällige Spuren, die nur für jene sichtbar werden, die das große Glück haben, solch einem gottnahen Menschen zu begegnen – und durch ihn dem Herrn. Diese Menschen leben ein schlichtes, alltägliches Leben und erwerben keine Berühmtheit. Aber sie machen auf den, der sie trifft, einen tiefen und vielleicht entscheidenden Eindruck. Sie verkünden Gott durch ihr Leben. Dank sei Gott für solche „Spuren"!

Manche Menschen sind besonders von Gott dazu berufen, Spuren von ihm zu zeichnen, die auch dann noch hell und strahlend durch die Jahrhunderte leuchten und von ihm kündigen, wenn sie ihre Heimat längst in seiner Ewigkeit gefunden haben. Ihre gesegneten Spuren werden jenen, die ihnen folgen, zu Wegen hin zu Gott, zu Wegen nach Hause.

Wollen wir uns miteinander auf einen solchen Weg begeben?

Wir folgen den Spuren eines Seligen und gehen auf ihnen mit Menschen einer anderen Zeit. Sie führen auch uns Heutige heim – zu Gott.

Sr. M. Calasanz Ziesche

Versuche nicht,
Stufen zu überspringen!
Wer einen weiten Weg hat,
läuft nicht.

P. M. Becker

Ich will dir danken, Herr,
aus ganzem Herzen,
verkünden will ich all
deine Wunder!

Ps 9,2

Glaube ist eine verwegene
Zuversicht auf Gottes Gnade

Martin Luther

1
Aufbruch

Über den fernen Bergen liegt der bläuliche Schimmer des erwachenden Tages. Im Osten zeigt sich bereits der rötliche Schein der aufsteigenden Sonne. Bald wird der Tag mit der Fülle des Lichtes Herr in der südlichen Ortenau zu Füßen der hohen Waldberge. Aus den Tälern steigen duftige Nebelschleier auf … ein frohes und friedliches Bild, an dem sich an jedem Morgen das Herz des Georg von Waldstetten erfreut hat.

Er steht im weitgeöffneten Turmfenster und atmet die kühle Morgenluft ein. Heute berührt ihn der Anblick der Heimat schmerzlich. Er muss Waldstetten verlassen, um auf väterliches Geheiß in Heidelberg zu studieren. Unwillig schlägt er mit der Hand auf das schmale Fenstersims. Studieren! Ohne jede Neigung studieren! Er presst die Lippen zusammen, damit ihm kein Laut entfährt, mit der er seinem Unwillen Luft machen möchte. Nebenan wird sein Zwillingsbruder Johannes am offenen Fenster seiner Kammer ängstlich und voller Trauer auf jeden Laut aus dem Zimmer des Bruders lauschen. Nein, Georg wird seinen Unmut nicht äußern, um es dem Bruder nicht noch schwerer zu machen. Wie gerne wäre Johannes nach Heidelberg gereist, um dort zu studieren! Mit welchem Eifer und welcher Freude würde er sich dem Studium widmen! Seine Welt sind auch in Waldstetten Bücher und Schriftrollen, Hymnen und Psalmen. Mit Begeisterung hat er Latein und Griechisch erlernt. Er liebt die staubige Luft seiner Studierstube, den Geruch nach altem Leder, nach Pergament, Papier und Leim. Das Tintenfass, die zugespitzten Gänsefedern, die Wachstafel und der metallene Schreibgriffel sind ihm vertraute Gefährten.

Pater Fidelis, der Burgkaplan, ist sein Lehrmeister. Er hat längst bemerkt, dass sein Schüler ihn überflügelt hat. Mit Mut und Feuereifer hat sich der Franziskaner darum beim Burgherrn für ein Universitätsstudium des etwas behinderten Johannes eingesetzt: „Lasst ihn mit Herrn Georg nach Heidelberg ziehen, Graf Heinrich. Für ihn ist es die Erfüllung seines Herzenswunsches, und das Studium würde ihm ein reiches Leben bescheren. Ich kann ihm kaum noch etwas beibringen. Bei seiner Begabung ist mein Latein im wahrsten Sinne des Wortes zu Ende." Graf Heinrich hat den Pater unfreundlich gemustert, als ob er ein hässliches Insekt vor sich sähe. Dann hat er schroff gesagt: „Gebt Euch keine Mühe, Pater Fidelis. Mein Entschluss steht fest: Johannes bleibt zuhause. Ich werde mich nicht zum Gespött meiner Standesgenossen machen, indem ich einen Krüppel zum Studium nach Heidelberg schicke. Sein Los mag bedauerlich sein, aber das lässt sich nicht ändern. Er mag es in der Verborgenheit seiner Studierstube tragen. Schleppt ihm meinetwegen so viele Folianten heran, wie er haben will... Sein gesunder Bruder Georg geht mit Wolfram von Tannen zum Studium nach Heidelberg. Dabei bleibt es!"

Trotz der finsteren Miene und der barschen Worte hat Pater Fidelis einen letzten Einwand gewagt: „Herr Graf, Euer Sohn Georg ist zweifellos ein kluger Mensch, aber er ist längst nicht so begabt wie sein Zwillingsbruder. Zudem wird ihm das Studium keine Freude machen..." Mit einer heftigen Geste hat ihn Graf Heinrich unterbrochen. „Freude? Das Studium soll ihm keine Freude bereiten! Er soll einfach seine Pflicht tun! Wenn er sich dabei mehr anstrengen muss als Johannes, soll er es halt tun. Nun will ich kein einziges Wort des Widerspruchs mehr hören, Pater! Es wäre Johannes sicherlich nicht recht, wenn ich Euch in Euer Klösterlein abschieben müsste, weil Ihr widersetzlich wart!"

Traurig hat Pater Fidelis Georg und dessen Mutter Frau Agnes vom völligen Fehlschlag seiner Mission berichtet. „Bitte, versucht gar nicht mehr den Grafen umzustimmen, Frau Agnes und Herr Georg! Ihr handelt euch nur Ärger ein. In seinem Adelsstolz erträgt der Graf den Gedanken nicht, Johannes in der Öffentlichkeit zu zeigen, den zarten und schwächlichen Nachkommen seines starken Geschlechts." Mit Tränen in den Augen hat Frau Agnes geflüstert: „Und dabei ist die Behinderung von Johannes nur gering. Er hinkt ein wenig und hat eine schwache Linke. Wer nicht darum weiß, merkt es ihm kaum an..." „Dennoch – glaubt mir, es müsste ein Wunder geschehen, ehe Euer Gemahl anderen Sinnes wird!" Die Burgherrin hat jäh den Kopf zurückgeworfen. „Dann werde ich fortan um dieses Wunder beten! Ich werde Maria, die Mutter aller Mütter, anrufen. Helft mit beten, Vater Fidelis!"

Heute nun ist für Georg von Waldstetten und für seinen Freund Wolfram, den Sohn des Vogtes Hartmut von Tannen, der Tag der Abreise gekommen. Frau Agnes hat mit ihren Frauen die Reisebündel und -taschen sorgfältig gepackt. Graf Heinrich hat die Männer der Schutztruppe ausgesucht und sie genau instruiert. Sechs Waldstetter Trossknechte werden Georg und Wolfram nach Heidelberg begleiten und erst zurückkehren, wenn die beiden Studenten an der Universität Fuß gefasst haben. „Aber lasst es euch in Heidelberg nicht zu gut gehen, verstanden!" Die

Männer haben stumm und gehorsam genickt. Sie fürchten den so leicht erregbaren Zorn ihres gestrengen Dienstherrn.

In seiner Kammer wendet sich Georg mit einem Seufzer vom Fenster ab. Er kann den Aufbruch nicht länger hinauszögern. Es ist höchste Zeit für das Frühmahl, für die Morgensuppe, für Haferbrot und Speck. Am liebsten möchte er gar nichts essen, aber auch durch seine Teilnahme am Frühmahl unterwirft er sich einem strengen Gebot des Vaters und der liebevollen Nötigung durch seine gütige und geliebte Frau Mutter. Ob Luitgard auch anwesend ist? Ihr wird der Abschied von ihrem geliebten Wolfram schwerer fallen als die Trennung von ihrem älteren Bruder Georg. Er hat mit Wohlgefallen beobachtet, wie die Liebe zwischen Luitgard und Wolfram gewachsen ist. Dabei hat diese Liebe ebensowenig eine Chance wie das Studium für Johannes. Wolfram ist der Zweitgeborene des Ministerialen und Vogtes von Tannen. Niemals würde Graf Heinrich seiner schönen Tochter erlauben, einen mittellosen Mann aus niederem Adel zu ehelichen. Er möchte sie einem reichen, älteren Witwer zur Frau geben. „Lieber nehme ich den Nonnenschleier“, hat Luitgard temperamentvoll gerufen und dabei sogar mit dem zierlichen Fuß aufgestampft.

In der kühlen Wohnhalle wird das Frühmahl schweigend eingenommen. Es herrscht eine bedrückte Stimmung. Frau Agnes und Luitgard haben gerötete Augenlider und essen mühsam ein paar Löffel Suppe und etwas Brot. Graf Heinrich isst mit gutem Hunger seine Suppe, sein Brot und leert obendrein einen großen Humpen Bier. Dann schiebt er Teller und Becher von sich. Er reicht Georg zwei schwere Geldbeutel aus derbem Leder. „Gehe sorgfältig damit um, mein Sohn! Sollte das Geld nicht reichen, wird dir mein Freund, dein Pate, Bürgermeister von Heimanns, zusätzlichen Kredit gewähren. Ich erwarte bald gute Nachrichten über dein fleißiges Studium an der Universität in Heidelberg!" Er legt seinem Sohn flüchtig die Hand auf die Schulter und verlässt den Raum. Auch Karl, Georgs älterer Bruder, und dessen Gattin Hemma verabschieden sich bald. Sie scheinen zu fühlen, dass die Mutter mit Georg und Luitgard noch einmal allein sein möchte. „Macht Euch nicht zu viele Sorgen um mich, Frau Mutter", sagt Georg mit lauter Stimme. „Irgendwie wird etwas geschehen, ich weiß natürlich nicht was, das alles zum Guten lenkt – und das gilt auch für dich und Wolfram, Schwesterchen!" Dann nimmt er die beiden Frauen kurz in den Arm. „Wir wollen draußen kein Schauspiel bieten, nicht wahr?"

Luitgard flüstert ihm ins Ohr: „Sage Wolfram … er oder der Nonnenschleier!" „Ich werde es ihm wortwörtlich berichten!" versichert er. Entschlossen nimmt er die schweren Geldbeutel auf. „Frau Mutter, sagt bitte Johannes noch einmal einen besonders herzlichen Gruß. Wir haben die ganze Nacht miteinander geredet. Ich gebe die Hoffnung nicht auf, dass sich für ihn eine Lösung finden wird. Ich werde ihn keinen Tag vergessen."

Auf dem Kopfsteinpflaster des Burghofes warten die sechs bewaffneten Männer des Trosses und mit ihnen Wolfram von Tannen, der getreue Freund. Sofort haben Wolfram und Luitgard nur noch Augen füreinander. Es ist ein Glück, dass Graf Heinrich sich nicht mehr die Mühe macht, zum Abschied in den Burghof zu kommen. Das zärtliche Miteinander der beiden wäre seinen scharfen Augen kaum entgangen. Georg winkt zum efeuumrankten Turmfenster rauf. Zwei Männer winken zurück – die helle schmale Gestalt des Bruders und die dunkle des Paters Fidelis.

Georg spürt ein Brennen in seinen Augen und ein Würgen in seiner Kehle. „Bruder, ich komme wieder!" gelobt er lautlos. „Ich komme wieder, um dir zu helfen!"

Rasch sitzt er auf und gibt seinen Leuten das Zeichen zum Aufbruch. Er wendet sich nicht mehr um nach der grauen, wehrhaften Burg Waldstetten auf dem Bergrücken. Seine Gedanken weilen immer noch bei seinem Bruder Johannes in der Turmstube. Wie ausdauernd hat sich Johannes bemüht, über die Schwäche seines linken Armes, seiner Hand, des Beines Herr zu werden! Mit großer Geduld hat er Behandlungen aller Art auf sich genommen, um das Leiden zu besiegen. Eine gewisse Besserung hat sich dank seiner ausdauernden Übungen eingestellt, aber eine völlige Heilung kann es für ihn nicht geben. Mit Hilfe seines Stockes kann er gut gehen, aber seine Gestalt ist schmal geblieben. Sein hageres Antlitz ist blass, und seine hohe Stirn weist etliche tiefe Falten auf. Für seinen Vater, den kraftvollen Ritter mit dem von Wind und Wetter gegerbten Antlitz, ist und bleibt dieser Sohn ein erbärmlicher Anblick. Er schämt sich seiner, und er ist durchaus zufrieden, dass Johannes gar nicht im Remter auftaucht, wenn Gäste geladen sind. Außer flüchtigem, oberflächlichem Mitleid bringt er ihm kein wärmeres Gefühl entgegen. Es war ihm stets unverständlich, dass sein gesunder Zwillingsbruder Georg sich lieber bei einem Behinderten aufgehalten hat als bei der Jagd in den ausgedehnten Wäldern der südlichen Ortenau und anderen ritterlichen Übungen. Er hat sich oft über diese Haltung geärgert, die er übertrieben und unmännlich fand. Johannes zuliebe hat Georg am strengen Unterricht des Burgkaplans teilgenommen und die lateinischen Vokabeln und die schwierige Grammatik so oft und so lange geübt, bis er sie mit Hilfe des klügeren Bruders in Wort und Schrift fließend beherrschte. Graf Heinrich zürnt Georg auch aus einem gewissen Neid heraus. Schließlich kann er nur mit Mühe seinen eigenen Namen schreiben und ein paar lateinische Gebete in der heiligen Messe mitsprechen, eine Kunst, die auch sein Gesinde beherrscht. Der Graf besuchte kein einziges Mal die Studierstube der Brüder im Turm. Für die Berichte des Burgkaplans über die Fortschritte der Brüder zeigte er wenig Interesse. Seine einzige freundliche Geste war, dass Wolfram, der Sohn des Vogtes von Tannen, als Dritter am Unterricht teilnehmen durfte. Nun ist es für ihn eine Art Genugtuung und Rache, dass Wolfram und Georg zum Studium in Heidelberg verurteilt worden sind. Zudem denkt er, dass Georg mit Hilfe irgendwelcher Studien – er hat keine Vorstellung davon, mit welcher Art von Studium – später einen ehrenvollen Posten in einer fürstlichen oder städtischen Verwaltung erwerben kann.

„Wo bist du nur in deinen Gedanken, lieber Freund?" spricht Wolfram seinen schweigsamen Begleiter an, als sie bereits eine ganze Weile geritten sind. Georg lächelt seinem Vertrauten zu. „Und wo bist du mit deinen Gedanken, Wolfram?" gibt er neckend zurück. „Du hast wohl die ganze Zeit nur ein liebliches Mädchenantlitz vor Augen, umrahmt von dunklen Locken. Gestehe es nur ein!" Wolfram seufzt. Es ist beinahe ein Stöhnen. „Ich versuche nicht, das zu leugnen, Georg. Tag und Nacht zermartere ich mir vergeblich den Kopf, ob es eine Lösung für Luitgard und mich geben könnte. Es ist ihr nämlich ernst damit, dass sie den Schleier nehmen wird, wenn dein Herr Vater sie zwingen will, den alten Eisinger zu heiraten. Ich kenne sogar das Kloster, in das sie eintreten will, weil ihre Tante dort Äbtissin ist: Buchau am Federsee."

Georgs Gesicht verzieht sich zu einer bitteren Grimasse. Wütend schlägt er mit seiner Reitpeitsche auf seinen rechten Stiefel. „Das darf und wird nicht geschehen! Und mein Bruder Johannes muss aus seinem Versteck in Waldstetten herausgeholt werden und studieren dürfen. Er ist begabter als wir beide.“ Er richtet sich ganz gerade im Sattel auf. „Noch ist nicht aller Tage Abend! Wer weiß, was sich ereignet, wenn wir erst in Heidelberg sind! Mein Pate, Bürgermeister von Heimanns, ist ein Mann mit Herz. Vielleicht findet er einen Ausweg für uns.“ Die beiden jungen Edelleute reiten schweigend weiter. Hinter ihnen plaudern und lachen ihre bewaffneten Begleiter fröhlich und stimmen sogar ein Liedchen an. Für die rauhen Kriegsknechte ist dieser Ritt nach Heidelberg eine willkommene Abwechslung nach dem manchmal eintönigen Dienst auf der Burg. Sie freuen sich besonders auf die Schiffahrt. Ein gutes Stück des Weges werden sie auf einem Lastkahn zurücklegen, der breit und stark genug ist, um bewaffnete Männer mit ihren Pferden aufzunehmen.

„Nein, ich gebe nicht auf!“ ruft Georg mit einem Mal laut aus und streckt dabei sein energisches Kinn vor, wie es auch Graf Heinrich zu tun pflegt. Wolfram wirft ihm einen Seitenblick zu. „Nun gleichst du beinahe deinem Vater – so grimmig und entschlossen!“ „Vielleicht ist er doch nicht der Stärkere, wenn er es auch meint“, murmelt Georg verbissen. Der Freund schüttelt den Kopf und lacht ein wenig. „Wie und wo willst du dich mit ihm messen, mein lieber Georg? Wie ich ihn kenne, wird er dir gar keine Gelegenheit dazu geben.“ Der Freund wendet ihm sein ernstes Antlitz zu. „Ich habe weder einen Plan noch eine bestimmte Absicht, aber ich habe so etwas wie eine Ahnung. Bitte, lache mich nicht aus! Ich fühle tief drinnen, dass nicht alles aus ist, dass etwas geschehen wird, was die Pläne meines Herrn Vaters zunichte macht."

Sie reiten weiter durch den morgenfrischen Wald, lauschen dem vielstimmigen Gesang der Vögel und freuen sich am Niederwild, das mit ängstlicher Neugier flüchtig ihren Weg kreuzt. „Wie schön ist unsere Heimat!" stellt Wolfram bewundernd fest. „Wir reiten noch immer durch Waldstetter Gebiet – und das in einem so gemächlichen Trab, als hätten wir es gar nicht eilig, nach Heidelberg zu kommen..."

Sie folgen dem Lauf eines klaren Waldbachs, der eifrig neben ihnen dahin fließt. Mitten im Wald stoßen sie auf eine ausgedehnte Lichtung. Neben einer Hütte aus Baumstämmen steht eine kleine Kapelle. Ein umzäuntes Gärtchen und ein Gehege, aus dem Hühnergackern ertönt, vervollständigen die Waldsiedlung, offensichtlich eine Einsiedelei. Aus der Kapelle tritt eine graue Gestalt, ein hagerer weißbärtiger Mann mit einem Gestrüpp von weißen Haaren über einer hohen Stirn. Seine braunen Wangen sind von vielen Falten und Runzeln durchzogen. Jung geblieben sind bei ihm nur die klaren, hellen Augen unter den dichten Brauen. Diese Augen betrachten die Reiterschar aufmerksam und ohne jede Furcht. „Gott zum Gruße, ihr Herren!" sagt er mit einer tiefen, angenehmen Stimme. Höflich erwidern die Reiter seinen Gruß. „Vater, dürfen wir hier auf der Lichtung ein wenig rasten und aus Eurem Waldbach trinken?" bittet Georg höflich und verharrt abwartend im Sattel. „Wenn ich mich nicht irre, Herr, steht meine Einsiedelei auf Waldstetter Grund und Boden. Es ist also alles Euer", antwortet der Eremit mit feiner Ehrerbietung.

Er hat das Wappen auf dem Sattelzeug der Pferde erkannt. Mit einer ruhigen Handbewegung gibt Georg seinen Leuten das Zeichen zum Absitzen. „Außer der

Rast auf der Waldwiese und dem klaren Wasser des Baches kann ich euch leider nichts anbieten. Mein Haferbrot ging just zur Neige…“, meint der Alte bedauernd. „Dann dürfen wir Euch von unseren reichen Reisevorräten mitgeben, Vater?“ Ohne sich lange zu zieren, lässt der Mann sich Brotfladen, Käse, Speck und Äpfel schmecken. Er isst mit gesundem Hunger. Die Kriegsknechte streifen erleichtert Helme und Harnische ab und legen ihre Waffen fein säuberlich ins Gras. Nachdem sie sich ausgiebig gestärkt und ihre Pferde getränkt haben, legt sich einer nach dem andern auf den Rücken, schaut blinzelnd in den blauen Himmel, der ab und zu zwischen den Baumwipfeln sichtbar wird, wenn ein leichter Wind durch das Blättergewirr fährt. Nach einer Weile schlummern sie alle ein, bis auf ihre beiden Anführer. Georg und Wolfram sitzen mit dem Eremiten auf der groben Holzbank vor seiner Hütte.

Der Alte fragt nicht nach ihrem Woher und Wohin. Sein stilles, einsames Leben, das sich auf Arbeit und Gebet beschränkt, hat auch seine Seele still und weise gemacht. Er sehnt sich nicht nach dem Trubel der Welt. Seine magere, stark geäderte Rechte streicht sanft über den reich verzierten Knauf des Schwertes, das Georg an die Hüttenwand gelehnt hat. „Ach, wie habe ich das alles einmal geliebt! Ich hatte mich mit Leib und Seele dem Kriegshandwerk verschrieben, bis mir unser Herr Jesus Christus eines Tages sagte: ‚Stecke dein Schwert in die Scheide!‘ Das habe ich dann von einem Tag auf den anderen getan…“ „So plötzlich kann sich Gott melden, kann er fordern?“ murmelt Georg verwundert. „Ja, er kann es“, erwidert der Alte gelassen. „Ich wurde Priester. Aber es war mir zu laut, zu unruhig in der Stadt. Nach einiger Suche entdeckte ich diese wunderbare Einsamkeit und diene hier meinem Herrn." Mit einem unüberhörbaren Ton des Vorwurfs sagt Wolfram: „Aber Ihr habt die Menschen draußen im Stich gelassen. Ihr liefet vor ihnen davon und suchtet nur Euer eigenes Seelenheil." Der Alte lächelt ihm zu. Er ist nicht gekränkt. „Ihr habt recht, mein Freund. Zunächst war ich nur um mich besorgt und lief vor ihnen davon. Gott aber schickte sie zu mir, und ich nahm mich ihrer an. Viele Menschen kommen in meine Waldeinsamkeit, und der Herr schenkt mir die Gnade, dass ich ihnen raten und helfen oder sie trösten darf. Gottes Wege sind wahrlich wunderbar!" Der Eremit schweigt mit gefalteten Händen. Die beiden jungen Männer sinnen über seine Worte nach. Welche Klarheit, welche Freude haben aus ihnen gesprochen! Hier lebt ein Mensch wie in einem geschlossenen Kreis von Frieden und Harmonie, und er wird aus diesem Kreis ohne Bruch und Kampf zur ewigen Erfüllung gelangen und in den liebenden Kreis göttlichen Lebens aufgenommen werden... Welche Unruhe, welche Pläne, ja welche unmöglichen Ziele streben sie dagegen an... Beide sehen mit traurigen Augen in das sonnendurchflutete lichte Grün des Laubwaldes. Wie wohltuend friedlich ist hier alles, die Natur und der alte Mann!

„Ihr Herr Vater kommt oft hierher und verweilt einige Tage bei mir", sagt der alte Priestereremit. Georg richtet sich aus seiner halb liegenden Stellung auf. Er starrt den Einsiedler mit großen Augen und offenem Mund an. „Mein Vater? Irrt Ihr Euch nicht in der Person? Was sollte mein Vater im Walde anders suchen als jagdbares Wild?" Mit dem ruhigen Blick seiner alten und doch so klaren Augen sieht ihn der Eremit lange an, schweigend und eindringlich, bis Georg schließlich verlegen seinem Blick ausweicht. Endlich spricht der Alte, und seine Worte sind von tiefem Ernst erfüllt: „Euer Herr Vater, Graf Heinrich von Waldstetten, sucht hier das, was alle jene suchen, die freiwillig zu mir kommen – die Tagelöhner, die Hörigen, die Halbfreien, die Freisassen und der Hochgeborene, sie alle suchen die innere und äußere Stille und vor allem jenen Frieden, den nur der Herr zu schenken vermag."

Die welke Hand weist auf die schlichte Kapelle. „Ihr habt manches von Eurem Vater, Herr Georg! Ihr seid ein willensstarker Mann, der sich am liebsten keinem Herrn beugen möchte, nicht wahr? Aber Ihr seid auch wiederum anders. Ihr habt ein empfindsames Gemüt, und gerade jetzt müsst Ihr viel leiden, leiden um einen anderen Menschen." Eine unwirkliche, ja beinahe unheimliche Stimmung erfasst den jungen Edelmann. Wer ist dieser Alte, der ihn so durchschaut? Leiden um einen anderen… leiden um Johannes… „Vater, mein Freund Wolfram und ich, wir tragen mancherlei Last und Leid mit uns herum. Das habt Ihr richtig erkannt. Es sind Dinge, die uns ehrlich bedrängen und quälen, und es gibt keinen erkennbaren Ausweg aus unseren Nöten." Sanft und nachdrücklich schüttelt der weißhaarige Eremit sein Haupt. „Verzagt nicht, Herr Georg! Bei Gott ist kein Ding unmöglich. Betet viel und innig. Der Herr findet immer einen neuen Weg. Ich habe ein langes Leben hinter mir, ein Leben voller Leiden und Freuden, voller Erfolge und persönlicher Schuld. Zu wiederholten Malen schien meine Lage ganz aussichtslos, und ich wollte verzweifeln, aber mit Dank gegen Gott kann ich nunmehr bekennen: Er holte mich aus den wilden Wassern heraus, und sein Erbarmen und seine Güte waren mein rettendes Ufer. Überlasst Euch dem Herrn, gebt Euer Leben täglich neu in seine Vaterhände! Bleibt auf seinem Weg und geht geduldig voran, auch wenn ein Weg, den er Euch zu gehen weist, ein weiter und mühseliger Weg ist. Der Herr hat gewiss seine Ziele für Euch, und er vermag alle Nöte zu beenden.“ Wolfram hat sich bei den Worten des Alten weit vorgebeugt und starrt in sein gelassenes Gesicht. „Vater, wisst Ihr um unsere Zukunft?“ fragt er staunend. „Nein, mein Sohn, ich bin kein Prophet, sondern nur von einem unerschütterlichen Gottvertrauen erfüllt. Wollt ihr nicht eine Weile in mein kleines Heiligtum gehen? Sagt dort dem Herrn am Kreuz alles, was euch bedrängt, und vertraut auch der lieben Mutter Maria eure Anliegen an. Schüttet dem Herrn und seiner heiligen Mutter einfach und ehrlich euer Herz aus.“

Ohne Zögern erheben sich die beiden Freunde und begeben sich in die Kapelle. Der Alte bleibt auf der Bank sitzen. Einer der Kriegsknechte möchte seinem Herrn in das kleine Gotteshaus folgen. Mit einer freundlichen Geste hindert ihn der Eremit daran. Die Beter sollen ungestört vor dem Herrn verweilen dürfen. Der Priester faltet seine Hände um das geschnitzte Holzkreuz seines langen Rosenkranzes und vereint sich in stillem Gebet mit den Freunden in seiner Kapelle. Seine Augen haben einen seltsam entrückten und fernen Blick bekommen, als schaue er in unbekannte Weiten. Die erwachten Kriegsknechte flüstern miteinander und weisen scheu auf den Alten. Dann erstirbt sogar das Flüstern. Eine seltsame Scheu befällt die rauhen Männer, die sonst wenig Ehrfurcht und Achtung kennen. Sie spüren, dass da eine Macht nahe ist, die ihnen unbekannt und die unendlich viel größer ist als ihr natürliches Erkennen. Der Eremit hat seine Arme weit ausgebreitet. Über seine Lippen strömen unhörbare Worte. Auf seinem hageren Antlitz liegt ein seltsames Leuchten.

Das Knarren der Kapellentür lässt ihn jäh aus seiner Versunkenheit erwachen. Seine Arme senken sich, und seine Hände ruhen wieder im Schoß. Er blickt den beiden Freunden ruhig entgegen. Ihre Gesichter haben sich irgendwie verändert. Der düstere Ausdruck der Verzweiflung und der gehetzten Unruhe ist aus ihnen gewichen. Nun wirken sie gelassen, offen und freundlich. „Wir danken euch, Vater!" sagt Georg schlicht und herzlich. „Die Stunde in eurem Heiligtum war für uns ein Geschenk. Wir setzen unseren Weg mit neuem Mut fort. Gott wird uns führen, und wir wollen treu auf seinen Wegen bleiben, auch wenn sie weit und mühselig für uns werden. Das soll unser Dank an euch sein und zugleich unser Versprechen. Leider müssen wir euch nun verlassen, denn wir müssen vor Einbruch der Dunkelheit ein Treidelschiff am Rhein erreichen, das uns nach Heidelberg bringen soll." Der Priester erhebt sich: „Geht euren Weg mit Gott! Er sei euch Weg und Ziel zugleich. Darf ich seinen Segen auf eure Pilgerschaft herabrufen?" Georg, Wolfram und die Knechte knien auf der Waldwiese nieder und empfangen den Segen des Priestereremiten.

Im Weiterreiten schweigen sie lange und nachdenklich. Auch die rauhen Männer des Trosses schweigen. Sie sind sichtlich beeindruckt von der Begegnung im Wald. Endlich, bereits in der Nähe des Rheinufers, meint Wolfram fragend und zögernd: „Hattest du auch das Empfinden, dass er mehr über unseren Weg wusste?" Georg nickt bestätigend. „Ich glaube, dass er erfahren durfte, welchen weiten Weg wir gehen müssen und welches Ziel wir erreichen werden. Mehr denn je bin ich auch davon überzeugt, dass Gott mit uns ist – Weg und Ziel."

2
Die Entdeckung

Seit einigen Tagen durchstreifen Georg und Wolfram neugierig die Gassen und Straßen der Stadt Heidelberg am Neckar. Den Gebäuden der Universität haben sie bisher nur einen flüchtigen und respektvollen Blick zugeworfen. Sie zeigen keinerlei Neigung, das ehrwürdige Haus, die Stätte der Gelehrsamkeit, zu betreten. Sie sind froh, dass ihr Gastgeber, Bürgermeister von Heimanns, sie darin unterstützt, dass sie zuerst ihre neue Umgebung kennenlernen müssen, ehe sie mit dem Studium beginnen. Sie stehen staunend auf dem Marktplatz und beobachten das Gewühl der bäuerlichen und städtischen Menge und die Verkaufsstände mit Korbwaren, Kleidern, Schuhen, Obst, Gemüse und allerlei lebendem Getier. Sie sehen den Töpfern, den Taschenspielern und Gauklern zu. Sie schlendern behaglich dahin und lauschen den Anpreisungen der Händler und auf die Sprache der Menschen. Sie klingt irgendwie leichter, beschwingter und fröhlicher als die kehligere und herbere Sprache ihrer Heimat in der südlichen Ortenau. In den Gassen und Straßen der Stadt reiht sich Schenke an Schenke. Die kunstvoll geschmiedeten oder bunt bemalten Schilder der Wirtshäuser schaukeln einladend im Wind. Die beiden widerstehen der Versuchung, die von ihnen ausgeht. Ihr Gastgeber Sebastian von Heimanns kredenzt zu den üppigen Mahlzeiten gerne einen guten Tropfen. „Warum sollten wir nicht mit Freuden die Gaben genießen, die unser Herrgott hier im Land am Neckar überall für uns wachsen lässt?“

verkündet er oft und gerne. Dann wirft ihm seine etwas sauertöpfige Gemahlin Cornelia einen unfreundlichen Blick zu. Ihr Gatte verdankt seine rötliche Nase im breitflächigen, bärtigen Gesicht nicht nur der Sonne und der frischen Luft. Sebastian von Heimanns lächelt gelassen. Er kennt sein Weib zur Genüge, und er weiß, dass zu einem guten Salat zumindest ein paar Tropfen Essig gehören. „Meine Cornelia würzt mit ihrer scharfen Zunge meinen sonst wirklich zu faden Ehealltag."

„Na, habt ihr euch weiter mit unserer schönen Stadt Heidelberg und ihrer Umgebung vertraut gemacht, ihr jungen Herrn?" forscht der gemütliche Bürgermeister wohlwollend beim Mittagsmahl und füllt eigenhändig ihre Zinnbecher mit duftendem Rotwein. „Das Leben hier muss eine gewaltige Umstellung für euch bedeuten, da ihr bisher nur die Freiheit des ländlichen Lebens gekannt habt. Ah... ich war vor einigen Jahren zum zweiten Mal Gast auf eurer Burg, die so herrlich inmitten dunkler Wälder und üppiger Felder auf dem Berge liegt. Auf einer Fahrt nach Basel bin ich der Einladung Eures Herrn Vaters gefolgt. Ihr waret damals noch ein kleiner Bub und tolltet munter mit Euren Geschwistern umher. Herr Georg, sagt, hattet Ihr nicht einen kranken Zwillingsbruder mit Namen Johannes?" Herr von Heimanns hat die Frage freundlich gestellt und ohne einen Hintergedanken. Sofort verdüstert sich das eben noch fröhliche Antlitz des Waldstetters. Was hat der junge Mann nur mit einem Male? Seine dunklen Augen blicken an dem Fragenden vorbei. Er nimmt zuerst einen tiefen Schluck aus dem Zinnbecher, ehe er zu sprechen beginnt. „Mein Zwillingsbruder ist auch weiterhin leicht behindert, und zwar seit seiner Geburt. Die Muskeln seines linken Armes und Beines sind nicht gut ausgebildet. Er muss beim Gehen einen Stock gebrauchen. Er hat von uns fünf Geschwistern von Gott den hellsten und klarsten Verstand geschenkt bekommen. Für ihn wäre das Studium eine Kleinigkeit und zugleich eine Freude. Bürgermeister von Heimanns lauscht dem bitteren Klang in den Worten seines Gastes nach. Er lehnt sich in seinem Stuhl zurück. Seine scharfen Augen streifen mit einem raschen und abwägenden Blick das kühn geschnittene und düstere Antlitz des jungen Mannes. „Hm... und warum hat Euer Herr Vater Johannes nicht mit Euch zusammen nach Heidelberg geschickt? Er fände an der Universität mehr Futter für seinen wachen Geist, als er aufnehmen könnte. Kleine körperliche Mängel würden hier keine Rolle spielen, wenn er sich durch Klugheit auszeichnet.“ Georg senkt den Kopf und betrachtet mit scheinbarem Interesse den ziselierten Zinnbecher.

Er schweigt längere Zeit. Schließlich murmelt er mit geschlossenen Zähnen: „Mein Herr Vater schämt sich dieses Sohnes. Ein Ritter von Waldstetten darf einfach keinen behinderten Sohn haben, kein schwächliches Kind, das nicht zum Ritter taugt. Johannes stellt in seinen Augen eine Schande für das alte Adelsgeschlecht dar.“ Sebastian von Heimanns ist offenbar erschüttert über dieses Geständnis. Zunächst fehlen ihm die Worte. Dann enthebt ihn der Eintritt seines Sohnes Benno, Student an der Universität Heidelberg, zu seiner Erleichterung der Pflicht zur sofortigen Stellungnahme. Mit einer Entschuldigung für sein zu spätes Eintreffen lässt sich Benno an der Mittagstafel nieder und bedient sich eifrig von all den guten Gerichten. Wohlwollen betrachtet Heimanns den essenden und trinkenden Sohn. Dann fragt er: „Nun, mein Sohn, hast du dich bereits einmal vorgetastet, was das Studium unserer beiden Freunde betrifft?" „Gewiss, Herr Vater, ich habe mich hier und da umgesehen und vorsichtige Fragen gestellt. Mehr konnte ich ja nicht tun, da die beiden Herrn nicht einmal wissen, was sie studieren sollen und wollen. Magister Sebaldus war am vernünftigsten. Er meinte, dass die beiden jungen Herrn, die nur auf väterlichen Befehl hin studieren sollen und keine besondere Neigung dazu verspüren, sich in aller Ruhe umsehen und höchstens als Gäste an ein paar Vorlesungen teilnehmen, ehe sie sich für ein bestimmtes Fach entscheiden. Ja, er räumt euch in seiner Großmut sogar eine Frist von einem ganzen Monat ein. Ist das nicht großzügig?" Georg und Wolfram stimmen ihm begeistert zu. „Noch vier lange Wochen!" freut sich Wolfram. „In dieser Zeit kann allerlei geschehen", fügt Georg zufrieden hinzu. „Noch nie habe ich so begeisterte Studenten in spe gesehen", witzelt Benno mit vollem Mund, während die Frau des Hauses ihre Stirn runzelt über einen solchen Unernst. Wie kann man eine Spanne seiner Lebenszeit so vertun und vergeuden? Sie rümpft verächtlich ihre lange Nase. Der Hausherr rülpst leicht und hält erschrocken die Hand vor den Mund, ehe er mit etwas schwerfällig gewordener Stimme sagt: „Nimmst du dich der beiden so überaus begeisterten Studiosi etwas an, Benno? Lass sie ein wenig an der Wissenschaft schnuppern und prüfe zugleich ihre Lateinkenntnisse! Schließlich muss ich meinem Freund von Waldstetten etwas zu schreiben haben. Sonst erscheint er wohl möglich persönlich hier, um die Zögerer anzutreiben – und davor bewahre uns Gott!" Mit einiger Mühe erhebt sich der wohlbeleibte Bürgermeister, reckt sich ausgiebig und gähnt vernehmlich. „Aber zunächst muss ich meinen Mittagsschlaf halten. Daran komme ich nicht vorbei. Ich rate den Herrn, das Gleiche zu tun. Wenn es gegen Abend kühler wird, kann ich klarer denken und leichter Entschlüsse fassen."

Bisher haben die beiden Freunde von keinem Gesprächsangebot Gebrauch gemacht, das ihnen Benno bei einigen Magistern vermitteln wollte. Auch an diesem Tag haben sie das gastliche Haus Heimanns frühzeitig verlassen. Die strahlende Sonne lockt sie unwiderstehlich ins Freie. „Wir können noch lange genug in der dumpfen Studierstube hocken!" Mit diesen Worten hat Georg seine eigenen Bedenken beiseite geschoben. Dabei ist er nicht einmal überzeugt davon, dass es mit ihnen jemals so weit kommen wird.

Von einer der alten Holzbrücken blicken sie in den Neckar. Sein Wasser zieht klar und stetig dahin. Ein Fischerkahn naht. Er ist bis zum Rand mit silbernen Fischen gefüllt. Der Fischer winkt ihnen vergnügt zu und strahlt über sein breites rotbraunes Gesicht. Sie winken grüßend zurück. „So ein glücklicher Mensch", seufzt Wolfram neidisch. Der Mann beginnt lauthals zu singen. „Bald wird er seine herrliche, fangfrische Fracht verkaufen und glücklich zu den Seinen heimkehren, die ihn in einer der Hütten dort am Ufer erwarten. Wahrscheinlich verkauft sein Weib Gemüse und Kräuter auf dem Markt, und seine Kinder sammeln Löwenzahn für die zahmen Kaninchen." „Wolfram, du hättest Dichter werden sollen, wenn du dir ein Familienglück so vortrefflich ausmalen kannst! Aber ... ob sie in der Armut eines solchen Lebens wirklich glücklich sein können, deine Fischersleute?" Der Freund sieht ihn an und antwortet dann langsam: „Georg, man ist überall dort glücklich, wo die Liebe eine Heimstatt hat." Dabei denkt er an die ferne Luitgard. Ohne sie wird er nie Heimstatt finden! Sein Begleiter schaut bewusst an ihm vorbei. Um ihn abzulenken und das kritische Thema zu wechseln, sagt er rasch und mit einem hörbaren Seufzer: „Alles hat ein Ende. Unsere sogenannte Vorbereitungszeit auch. Nun werden wir uns wohl oder übel endlich mit dem eigentlichen Grund unseres Hierseins befassen müssen, lieber Freund! Wahrscheinlich ist es unserem Gastgeber nicht leicht geworden, eine solche Engelsgeduld mit uns Faulenzern zu haben. Unser Tross muss nach Waldstetten heimkehren. Mein Vater wartet ungeduldig auf einen Brief von mir. Sehnsüchtig wird eine auf dein Brieflein warten. Gerne würde ich den Studienbeginn bis zum Sankt Nimmerleinstag hinausschieben, aber ich befürchte, dass mein Vater sich allzu bald und nachdrücklich in Erinnerung bringen wird. Was meinst du: sollen wir uns jetzt zum Herrn Rektor der Universität begeben – oder sollen wir noch einmal und aller Ausführlichkeit mit dem freundlichen Studiosus Benno von Heimanns sprechen? Von ihm erhoffe ich mir wichtige Hinweise und Ratschläge für uns beide, da wir keine Ahnung haben, wo und wie wir unser Studium beginnen sollen." Wolfram löst seine Hände vom hölzernen Brückengeländer und wendet sich dem Freund zu. „Ich weiß, dass es töricht und beinahe vermessen ist, aber ich warte immer noch auf ein unverhofftes Ereignis, das unser beider Leben in andere Bahnen lenkt. Gehen wir zuerst zu Benno von Heimanns!"

Der Student Benno bewohnt zwei große Räume im Obergeschoß des Hauses. Dort kann ihn der Spiellärm seiner jüngeren Geschwister nicht stören. In seiner Studierstube stapeln sich wahre Büchertürme, Pergamentrollen und Akten. Die Wände sind dicht an dicht bedeckt mit Sprüchen und Merkzetteln in lateinischer Sprache. Eine Weltkarte nimmt viel Platz ein. Auf Bennos großem Schreibpult stehen ein stattliches Tintenfass und eine Büchse mit angespitzten Gänsefedern. Benno schreibt gerade mit exakten und zierlichen Buchstaben etwas auf ein Pergament, als die beiden Freunde eintreten. „Oh, Ihr seid just bei der Arbeit, Herr Benno? Sollen wir zu einer gelegeneren Zeit wiederkommen?“ fragt Georg höflich. Benno schüttelt den Kopf. „Nein, ihr kommt mir immer gelegen. Ich freue mich, wenn ihr endlich zu einem Entschluss gekommen seid. Kommt nur getrost näher. Wartet, ich mach etwas Platz, damit ihr euch setzen könnt!“ Kurzerhand schiebt er Bücher von zwei Schemeln. Erwartungsvoll sieht er seine Gäste an. Wolfram betrachtet schaudernd die vielen Bücher und Schriftstücke. „Müsst Ihr den Inhalt von alledem beherrschen?“ fragt er beeindruckt und zugleich entsetzt. Benno lacht herzlich. „Aber nein, das wäre unmöglich. Das ist das gesamte ausgewählte Wissen von Jahrhunderten auf meinem Studiengebiet. Manches Mal benötige ich aus einem Buch nur ein paar Sätze, um weiterzukommen. Gerade bin ich bei dem Studium eines Büchleins, das mir Magister Eberhard geliehen hat. Die Schrift ist eigentlich mehr ein Zeitvertreib für mich, aber sie ist ungemein fesselnd. Ich möchte euch etwas davon erzählen. Es ist euch gewiss auch ohne Studium bereits klargeworden, dass kein Mensch wie der andere ist. Alle unterscheiden sich voneinander. Jeder einzelne ist ein Wunderwerk der Schöpfung. Er trägt gleichsam die ganz persönliche Handschrift des himmlischen Vaters. Bitte, Herr Georg, argwöhnt nicht, dass sich der Herr bei Eurem Bruder Johannes versehen haben könnte! Wie Ihr mir begeistert erzählt habt, schenkte er ihm außergewöhnliche Gaben des Geistes. Das ist ein kostbares Geschenk. Er wiegt alle Mängel des Leibes hundertmal auf.“ Georg strahlt. Er ruft aus: „Ach, wenn er Euch nur hören könnte, Herr

Benno! Wie glücklich wäre er über Eure Worte! Mit welcher Freude würde er das Studium beginnen!" Benno schweigt eine Weile. Scheinbar denkt er über ein bestimmtes Problem nach. Mit einem Mal richtet er sich auf, hebt das Büchlein hoch, an dem er gerade gearbeitet hat. „Halt! Nun habe ich einen ausgezeichneten Weg gefunden, der uns allen helfen könnte. Mein Magister Eberhard hat eine besondere Vorliebe für einen großen Gelehrten, einen Benediktinermönch des 11. Jahrhunderts mit Namen Hermannus Contractus, Hermann der Lahme. Darum lieh er mir dieses Büchlein, eine Abschrift eines seiner Werke. Dieser Gelähmte hat zahlreiche Schriften verfasst, die ihm bis heute großen Ruhm eingetragen haben. In der Chronik eines Klosters, ich glaube, es war Mergentheim, wird er sogar das Wunder seines Jahrhunderts genannt. Wie ich schon sagte, ist das Büchlein die Abschrift einer Studie, die dieser Hermann verfasst hat. Ihr Titel lautet „De physiognomia". Sie beschäftigt sich mit dem Menschen, seinem Geist und seiner Seele. Er versucht darzulegen, wie das Leben des Geistes im Körperlichen zum Ausdruck kommt, auch im körperlichen Leiden. Mir als einem zukünftigen Medicus sagt Hermannus Contractus, dass wir immer den Menschen als eine Einheit von Seele, Leib und Geist zu sehen haben und auch behandeln müssen." Georg meint, er habe den Sprecher begriffen. Er lacht bitter und wirft ihm einen bösen Blick zu. „Vertretet Ihr auch die geläufige heidnische These, dass ein gesunder Geist nur in einem gesunden Körper beheimatet sein könne? Mein sonst völlig ungelehrter Herr Vater hat sie irgendwo aufgegriffen und zitiert sie oft und oft und vor allem in Gegenwart meines behinderten Bruders." In entsetzter Abwehr hebt Benno beide Hände. „Ihr habt mich völlig missverstanden, Herr

Georg. Der gelähmte Mönch Hermannus ist der beste Beweis dafür, dass diese These irrig ist. Er meint mit seiner Schrift die Einwirkung des Geistes, der Seele auf den Körper, das wunderbare Zusammenspiel. Oh, ich kenne zahlreiche kraftstrotzende, blühend aussehende Männer und Frauen, die einen kranken, einen verderbten, einen erbärmlichen und schlechten Geist haben, die von Lüge, Falschheit und Intrigen leben, Schädlinge für eine Gemeinde oder Gemeinschaft. Im kleinen Benediktinerpriorat Marienpfort unweit von hier lebt der alte Bruder Gervasius, ein hinfälliger, gebrechlicher Greis mit einem geradezu erbarmungswürdigen Leib, der von vielen Gebrechen des Alters gebeugt ist, und dieser Greis besitzt ein überaus liebevolles, mitfühlendes Herz und dazu einen überragenden Geist. Wisst ihr was? Ich leihe euch dies Büchlein des Hermannus Contractus! Haltet es wohl in Ehren, denn es ist eine kleine Kostbarkeit. Studiert es einmal in aller Ruhe. Ich will euch dafür eine Frist von vier Tagen geben. Danach unterhalten wir uns dann ernstlich über euer Studium." Er reicht Georg das Büchlein, das dieser nur mit Widerstreben annimmt. „Noch einmal – nehmet es in acht..."

„Hat uns dieses gewiss nicht uninteressante Gespräch mit dem Herrn Studiosus in unserem persönlichen Anliegen auch nur einen einzigen Schritt weitergebracht? Vergeuden wir mit dem Lesen dieses Werkleins nicht unsere ohnehin knapp gewordene Zeit?" brummt Wolfram missmutig. „Nicht als ob ich plötzlich Sehnsucht nach dem Beginn unserer Studien haben würde, aber ich befürchte, dass Herrn Heinrichs Geduld mittlerweile erschöpft ist." „Auf einen Tag mehr oder weniger kommt es jetzt nicht mehr an. Mach dir nicht zuviel Sorgen, lieber Freund! Verbinden wir das Nützliche mit dem Angenehmen, und beginnen wir unser Studium mit dem Lesen dieses Büchleins am Neckarufer, und tun wir, was Benno uns aufgetragen hat. Lesen wir abwechselnd und sprechen über das Gelesene, damit wir unserem freundlichen Mentor später genaue Auskunft geben können. Einverstanden? Nun ja, begeistert scheinst du nicht darüber zu sein. Das bin ich auch nicht, aber wir müssen irgendwo einen Anfang machen, und vielleicht hat uns dieser rätselhafte Mönch etwas zu sagen. Wer weiß…“

Es ist wieder ein wunderschöner Tag mit weichem Sommerwind und kleinen weißen Wolken am tiefblauen Himmel. Goldene Sonnensternchen tanzen auf dem Wasser, das ruhig und gleichmäßig dahinfließt. Ab und zu schwimmen Wasservögel vorbei und beobachten mit ihren schwarzen Perlaugen neugierig die beiden Männer im Schatten eines dichten Haselstrauches. Im Uferschilf raschelt es geheimnisvoll. Eine braune Haselmaus richtet sich nahe bei ihnen auf und schnuppert. Wolfram wirft ihr lässig ein Krümchen seines Brotes zu, das sie blitzschnell ergreift, mit zwei Pfötchen festhält und artig verspeist. „He, du sollst aufpassen, lieber Wolfram, statt dich mit Mäusen zu befassen!“ mahnt Georg. Mit wohlklingender Stimme liest er langsam die etwas verblasste Schrift vor – Seite um Seite. Bald fesselt ihn deren Inhalt so sehr, dass er ganz vergisst, sich ablösen zu lassen. Welche Klugheit, Weisheit und Menschenliebe hat dieser lahme Mönch besessen! Schon vor Jahrhunderten hat er das wunderbare Zusammenspiel von Seele, Geist und Körper aufgezeigt. Georg achtet nicht mehr auf die Schönheit der Flussaue und die zunehmende Wärme des Mittags. Er liest und liest, wenngleich seine Augen zu brennen beginnen, weil das Lesen der verblassten Schrift ihm einige Mühe bereitet. Voller

Eifer wendet er die knisternden Seiten aus brüchigem Pergament. Mit einem Mal lässt ihn ein Geräusch innehalten. Wolfram schnarcht mit leicht geöffnetem Mund, den Kopf auf den angewinkelten Arm gelegt. Zuerst ist Georg verärgert. Da gibt er sich die größte Mühe, mit der blassen, altertümlichen Schrift und dem nicht immer einfachen lateinischen Text zurechtzukommen – und der Herr Wolfram schläft. Was sagt ein solches Verhalten wohl über die geistige Verfassung des Freundes aus? Er lacht so laut, dass sich die vorwitzige Haselmaus erschrocken verzieht. Wolfram dehnt sich ein wenig, murmelt etwas in seinen nicht vorhandenen Bart und schläft weiter. Georg dehnt die schmerzenden Schultern, reibt sich über die müden Augen, gähnt herzhaft und liest noch einmal ganz langsam und bewusst den Namen des Verfassers: Hermannus Contractus – Hermann der Lahme.

Sorgfältig legt er das Büchlein in seine Ledertasche und bettet seinen müden Kopf in das grüne Gras des kleinen Hügels am Haselstrauch. Eine Weile schaut er in das sonnendurchwebte grüne Blättergewirr über seinem Gesicht. Dann schließen sich seine Augen. Er schläft und träumt. Im Traum ist er daheim in Burg Waldstetten. Mit hallenden Schritten geht er durch das Halbdunkel der langen kühlen Gänge und steigt die hohen Stufen der Wendeltreppe zum Südturm empor. Voll freudiger Erwartung öffnet er die schwere Eichentüre zur Studierstube seines Zwillingsbruders. Johannes sitzt in seinem Lehnstuhl am Fenster vor seinem Arbeitstisch. Die zahme Dohle hockt auf der Rückenlehne und krächzt unmelodisch und deutlich: „Herzlich willkommen!“ Johannes sagt statt eines Grußes freudig bewegt: „Du hast den Weg gefunden, Georg! Du hast ihn gefunden!“ und streckt ihm beide Hände entgegen. Sanft nimmt Georg die schmalen

Hände des Bruders in die seinen. „Was soll ich gefunden haben, lieber Johannes? Welchen Weg meinst du?“ Er möchte gerne verstehen, was der Bruder mit seinen Worten sagen will, aber er vermag es nicht. Eindringlich wiederholt Johannes: „Du hast den Weg gefunden, Georg! Begreife doch, was es bedeutet! Begreife es! Habe den Mut, diesen weiten Weg zu gehen ... für dich und für mich! Der Weg heißt Hermannus Contractus, Hermannus Contractus ...“

Das Traumbild entschwindet wie in einem dichten Nebel. Der Schläfer fährt mit einem jähen Ruck auf und schaut sich verwirrt um. Es ist alles wie zuvor. Sie weilen unter einem Haselstrauch am sonnigen Neckarufer. Die Schatten sind etwas länger geworden. Neben ihm schläft Wolfram immer noch den Schlaf des Gerechten und schnarcht beharrlich leise vor sich hin. Unbeirrt ziehen die klaren Wasser des Neckars ihren Weg, und die vorwitzige Haselmaus äugt wieder aus ihrem Versteck im Wurzelwerk hervor. Ja, alles ist scheinbar unverändert – und doch ist mit einem Male alles ganz anders. Er nimmt seine Ledertasche und zieht das Büchlein hervor ... Hermannus Contractus ... Wieder vermeint er die Stimme seines Zwillingsbruders zu hören: „Du hast den Weg gefunden, Georg! Begreife doch, was es bedeutet! Habe den Mut, diesen weiten Weg zu gehen für dich und für mich. Der Weg heißt Hermannus Contractus...“ Aufgeregt blättert er im Büchlein. „Contractus, das heißt der Gelähmte... der Gelähmte!“ Das ruft er so laut aus, dass eine Ente, die am Uferrand geschlafen hat, eiligst ins Wasser watschelt und ihn von dort aus erregt schnatternd beschimpft. „HERMANNUS CONTRACTUS!“ wiederholt er noch nachdrücklicher und fühlt, wie sein Herz heftig zu klopfen beginnt. Mit einem unwilligen Stöhnen richtet sich nun auch endlich neben ihm Freund Wolfram auf, reibt schlaftrunken seine Augen mit den Fingerknöcheln. „Uah, habe ich tief geschlafen! Bist du mir böse, weil ich dadurch deine Lesung verpasst habe?" fragt er beschämt. „Nein, nein, mein Lieber. Im Gegenteil – ich bin glücklich." Die seltsame Antwort weckt Wolfram vollends auf. Verdutzt fragt er: „Glücklich, weil ich geschlafen habe?" Georg lacht vergnügt über das Missverständnis. „Nein, darüber natürlich nicht. Über dein mangelndes Interesse müsste ich sehr traurig sein, Herr Studiosus in spe, aber ich bin es nicht. Ich habe dir deinen ausgiebigen Mittagsschlaf gegönnt und mir einen kürzeren. Ich bin glücklich über den Verfasser des Büchleins, das uns Benno gegeben hat. Hier, mein Guter, lies seinen Namen einmal ganz langsam!" Er hält ihm das Büchlein hin. Seine Hand zittert dabei ein wenig. Gehorsam und erstaunt zugleich liest Wolfram:

„Hermannus Contractus. Ja... und?" Ratlos zuckt er seine Achseln und schnippt einen kecken grünen Grashüpfer davon, der sich auf seinem Ärmel niedergelassen hat. Georg kniet sich vor ihn hin, greift nach seinen Schultern und schüttelt ihn ziemlich unsanft. „Aber, Wolfram, so verstehe es doch! Vor Jahrhunderten war dieser Hermannus Contractus als Gelehrter tätig. Warum sollte es da meinem Bruder Johannes verwehrt sein, ein Studium aufzunehmen, wenn ein Gelähmter es gekonnt hat? Er sagte mir, ich hätte den Weg gefunden, und er wiederholte zweimal den Namen Hermannus Contractus." Entsetzt starrt Wolfram in das freudige und gerötete Antlitz seines Freundes. Was redet Georg da für einen Unsinn? Hat er Fieber? Hat ihm die heiße Mittagssonne geschadet? „Aber Georg", stottert er betroffen. „Was redest du da? Du kannst unmöglich mit Johannes gesprochen haben. Wir sind in Heidelberg und er ist in Waldstetten.“ Beschwichtigend legt er ihm die Hand auf den Arm. Ungeduldig schüttelt Georg sie ab. „Ich habe seine Worte vorhin ganz deutlich gehört. Nein, das war nicht nur ein Traum! Es war mehr, ein deutlicher Hinweis. Sprach nicht auch der Eremit von einem Weg, der uns gewiesen würde und den wir gehen müssten? Das ist kein Hirngespinst und bloßer Zufall. Komm, lass uns gehen! Ich muss unbedingt mehr über diesen Hermannus Contractus erfahren.“ Die Freunde eilen in die Stadt zurück, Georg voll eifriger Ungeduld, Wolfram voller Skepsis. Unterwegs erzählt Georg wortwörtlich seinen seltsamen und eindringlichen Traum. Wolfram widerspricht ihm nicht mehr, aber er bleibt insgeheim skeptisch. Gewiss, es ist ein seltsames Zusammentreffen. Der Alte im Wald hat wirklich von unerwarteten Wegen und Zielen gesprochen… aber konnte sich der Traum nicht einfach aus dem Lesen des Büchleins entwickelt haben? Während er noch darüber nachsinnt, ist aus den eiligen Schritten des Waldstetters ein Laufen geworden. Wolfram passt sich ihm kopfschüttelnd an. Die Menschen in den Straßen und Gassen bleiben verwundert stehen und starren ihnen nach. Warum hetzt dieses närrische Volk durch die mittägliche Hitze, während jeder normale Bürger gemächlich im Schatten wandelt? „So ist die Jugend von heute!“ stellt der alte Erzpriester von St. Peter missbilligend fest. „Töricht und unüberlegt!“

„Nimmst du wirklich an“, keucht Wolfram, „dass dein Herr Vater sich durch einen Traum beeindrucken lässt – oder auch durch deinen lahmen Mönch, meinetwegen einen berühmten Gelehrten, der vor ein paar hundert Jahren gelebt hat?“ „Ich weiß es nicht, aber ich muss es versuchen! Ich muss es versuchen! Ich muss…“, gibt Georg ebenso atemlos zurück.

Schweißtropfen perlen von den Stirnen und andere rinnen den Laufenden unangenehm über den Rücken. Im kühlen Hausflur der Heimanns bleiben sie schwer atmend stehen und wischen sich mit den weiten modischen Ärmeln den Schweiß aus den Gesichtern. In der Küche stecken sie ihre Arme mit hochgekrempelten Ärmeln tief in einen Trog frischen Brunnenwassers und kühlen ihre jagenden Pulse. Ach – wie tut das gut! Unaufgefordert bringt ihnen die alte Magd Berta einen Zinnkrug mit kühlem Apfelmost und zwei Becher. Langsam und vorsichtig trinken sie davon und leeren die Becher dann ein zweites Mal.

Sie danken der alten Magd für ihre Freundlichkeit und gehen treppauf zur Studierstube des Herrn Benno von Heimanns. Georg klopft an. Benno öffnet ihnen sogleich. Er betrachtet seine beiden Gäste verwundert. Ihre Gesichter sind auffallend gerötet. „Die Sonne hat euch aber gründlich erwischt. Ihr habt beide einen tüchtigen Sonnenbrand. Meine Frau Mutter hat eine vortreffliche Heilsalbe. Lasst euch von ihr verarzten. Sie kann das vortrefflich, und ihr habt heute nacht nichts zu leiden." Ohne auf seine freundlichen Worte einzugehen, hält Georg ihm das geliehene Büchlein vor. „Herr Benno, sagt uns bitte, wer dieser Hermannus Contractus war!" drängt er. „Nun kommt zuerst einmal herein und setzt euch! Ihr seid scheinbar ganz erschöpft. Hätte ich geahnt, dass euch dies Büchlein so aufwühlen würde, hätte ich es euch nicht gegeben!" meint er halb verwundert, halb scherzend. Sie nehmen Platz, und er gießt ihnen erneut Apfelmost in zwei Becher. Ungeduldig will Georg den Trank zuerst ablehnen, folgt aber dann Wolframs Beispiel und trinkt einen kräftigen Schluck. „Danke, Herr Benno! Aber ihr irrt: es geht uns weniger um die gewiss wertvolle Schrift – sondern um ihren Verfasser. Wer war dieser Hermannus Contractus?" Verwundert möchte Benno fragen, warum der Verfasser die beiden interessiert, aber er unterlässt es aus Höflichkeit. „Was ich über ihn weiß, habe ich euch bereits heute morgen gesagt. Hermannus war ein lahmer Mönch und Gelehrter im 11. Jahrhundert. Ich befürchte, dass Magister Eberhard auch nicht mehr über ihn weiß. Die beste Auskunft könnte euch wohl der Bibliothekar im Kloster Marienpfort geben, Bruder Gervasius." Wolfram lässt sich den Becher nachfüllen. Nach wie vor begreift er nicht ganz, warum der Freund so erregt ist. Natürlich ist er bereit, ihn zu unterstützen, wenn er etwas unternehmen will. „Wo ist dieses Kloster Marienpfort? Ist es weit bis dorthin, Herr Benno?" Der Gefragte überlegt. „Hm, so ungefähr einen halben Tagesritt von hier", antwortet er. „Solltet ihr nach Marienpfort wollen, will ich euch gerne hinführen. Bruder Gervasius ist einer meiner Berater und zugleich ein lieber und treuer Freund." Nach längerem Schweigen gibt sich Georg innerlich einen Ruck. Er überwindet seine natürliche Scheu und erzählt, ohne etwas auszulassen, sein Traumerlebnis am Neckarufer nach dem Studium des Büchleins. Seine beiden Zuhörer lauschen gespannt. Als er seine Erzählung beendet hat, fragt der nüchterne Benno behutsam: „Wie Ihr uns sagtet, habt Ihr vor Eurem Traum das ganze Büchlein des Hermannus Contractus und mit Bedacht seinen Namen gelesen. Könnte es sich da nicht um einen Wunschtraum, um ein Wunschdenken handeln? Ihr wünscht Euch sehnlichst, dass Euer Vater ein Einsehen haben möge, was das Studium Eures behinderten Bruders betrifft. Könnte Euer Wunsch nicht so intensiv sein, dass er in Eurem Traum gleichsam Gestalt angenommen hat?" Wolfram äußert sich nicht, aber insgeheim teilt er die

Ansicht des Studenten. Das Band, das die Zwillingsbrüder verbindet, ist so stark, dass sich daraus ohne weiteres der so lebhafte und überdeutliche Traum entwickeln konnte. Georg ist ganz ruhig. Sein gefasstes Antlitz verrät innere Sicherheit und Festigkeit. Gelassen erwidert er: „Ich weiß tief hier drinnen, dass mein Traum mehr war als ein bloßes Wunschdenken. Dieser Hermannus Contractus, dem wir durch Eure Güte in diesem Büchlein begegnen durften, hat mir einen Weg gezeigt, ja, er ist gleichsam selbst ein Weg, den ich gehen muss und gehen werde, um meinem Bruder Johannes zu helfen."

Trotz seiner sachlichen Nüchternheit ist der zukünftige Arzt beeindruckt von dem sicheren Ernst dieser Worte. Zudem ist Georg durchaus kein Phantast. Benno weiß, dass es unendlich viele Dinge zwischen Himmel und Erde gibt, die sich der Erkenntnis des menschlichen Verstandes entziehen. Wie oft ist er während des Studiums an die Grenzen gestoßen, die dem menschlichen Verstand gesetzt sind! „Gut, Herr Georg. Wenn Ihr auf Eurem Entschluss beharrt, möchte ich Euch noch einmal auf den guten Bruder Gervasius hinweisen, der im Priorat Marienpfort lebt. Sprecht mit ihm und lasst Euch von ihm beraten! Marienpfort ist nur ein kleines Kloster. Die Mönche sind vom elsässischen Kloster Weißenburg dorthin übergesiedelt. Für den Ritt nach Marienpfort ist der heutige Tag zu weit fortgeschritten. Morgen will ich Euch gerne nach dort begleiten. Bruder Gervasius ist nicht nur ein ausgezeichneter Historiker, er ist auch ein begnadeter geistlicher Ratgeber." Mit diesem großherzigen Angebot muss sich Georg bescheiden, wenngleich ihn eine ihm sonst völlig unbekannte Unruhe vorwärtstreiben möchte. Am liebsten wäre er noch am Abend nach Marienpfort aufgebrochen. Er bittet Wolfram, sich zum Quartier des Waldstetter Trosses zu begeben und den Männern mitzuteilen, sie möchten sich am morgigen Tag in aller Frühe für einen größeren Ritt bereithalten. „Ach, Herr, wann dürfen wir wieder nach Waldstetten heimkehren?“ fragt der Anführer bescheiden. Seine Männer drängen sich neugierig um die beiden. Daheim warten Weib und Kind, wartet die Liebste. Wolfram kann ihnen keine befriedigende Antwort geben. „Das weiß ich auch nicht, Leute. Ich habe die Ahnung, dass es nicht allzu bald sein wird. Es könnte sogar sein, dass wir Herrn Georg auf weiten Wegen begleiten dürfen.“

In dieser Nacht schläft Georg von Waldstetten unruhig. Er wacht wiederholt auf und muss sich zwingen, seine innere Ratlosigkeit zu besiegen. In der Morgenfrühe wiederholt sich sein Traum vom Neckarufer. Sein Bruder Johannes steht dicht vor ihm: Er sagt klar und bittend: „Bruder, suche Hermannus Contractus! Du wirst dafür weite Wege gehen müssen, aber sie führen dich und mich zum Ziel, und auch Wolfram wird Heimstatt finden.“ Georg meint zu spüren, wie sich die gesunde Rechte des Bruders beschwörend auf die seine legt. Feierlich antwortet er in seinem Traum: „Ja, ich verspreche es dir, Johannes! Ich werde die weiten Wege nicht scheuen, um ihn zu suchen.“ Mit leuchtenden Augen jubelt Johannes: „Du wirst ihn finden, Bruder.“ Diesen Traum birgt Georg tief in seinem Herzen. Beim Frühmahl kommt davon kein Wort über seine Lippen, obwohl er innerlich erregt und aufgewühlt ist. Beim Ritt durch die fruchtbare Landschaft am Neckar plaudert er scheinbar unbefangen. Mit Benno und Wolfram freut er sich an der frischen Kühle des Morgens. Sie lassen ihre ausgeruhten Pferde tüchtig ausgreifen. Ihr Ritt führt sie an wohlbestellten Äckern, an Obstwiesen, Ödflächen mit Rinder-, Schaf-

und Schweineherden vorbei und durch stattliche Dörfer. „Hier zeugt alles von Wohlstand, Herr Benno", meint er lobend. „Nur dass der eigentliche Wohlstand dem Herrn Fürstbischof zu Würzburg gehört. Seine harten Vögte treiben mehr als nur den Zehnten ein. Die Abgaben sind viel zu hoch angesetzt!" erklärt Benno mit spürbarer Bitterkeit. „Gegenüber säumigen Zahlern ist der geistliche Herr sogar sehr unbarmherzig. Er kennt kein Erbarmen." „Und ich habe bisher gemeint, dass mein Herr Vater – er ist Vogt in Waldstetten – ein Meister darin wäre, den Leuten alles abzunehmen und auch das Letzte aus ihnen herauszupressen", murmelt Wolfram vor sich hin. Er hat die harten Maßnahmen seines Vaters nie gebilligt. „Woher nehmen die adeligen Grundherrn sich überhaupt das Recht, andere Menschen in einer solchen Abhängigkeit zu halten und sie für den eigenen Wohlstand arbeiten zu lassen?" fällt Georg laut ein. „Ich habe das Gefühl, dass sich dieses System bereits überholt hat. Es gärt an allen Ecken und Enden. Die einfachen Leute wollen über ihr eigenes Leben frei verfügen und über den Lohn für ihre harte Arbeit. Wer weiß, wie gewaltig und blutig das Ende der Adelsherrschaft sein wird, wenn es zu einem Umsturz kommt."

Benno von Heimanns unterbricht die düstere Prognose. Er weist mit seiner Reitgerte auf ein schmuckloses, mauerumfriedetes Gebäude aus grauem Stein mit einer kleinen Kirche hin. Das ist Kloster Marienpfort. Früher stand hier ein prachtvolles großes Abteigebäude. Es fiel vor einem Jahrzehnt einem verheerenden Brand zum Opfer. Nur der Torbogen und die Pforte zur Marienkapelle blieben erhalten. Darum heißt das neuerrichtete Kloster Marienpfort."

Mit dem lauten Geklapper der Pferdehufe überqueren sie eine starke Bohlenbrücke, die über einen rasch fließenden, klaren Nebenfluss des Neckar führt. Ihr Kommen verursacht auf dem Klostergelände einiges Aufsehen. Aus Stallungen, Scheunen und Werkstätten eilen Männer herbei, Knechte und Mönche. „Die guten Leute vermuten hinter unserem Kommen wohl einen bewaffneten Überfall“, meint Wolfram. „Sehen wir so gefährlich aus?“ fragt Georg und befiehlt seinen Knechten abzusitzen und zu warten. Missmutig steigen die Männer von ihren Pferden. Ob ihre Hoffnung auf einen guten Humpen Klosterbier sich als irrig erweisen wird? So nähern sich nur drei Reiter der Klosterpforte. Dennoch erschrickt der Bruder Pförtner sichtlich bei ihrem Anblick. Das abgelegene Klösterchen im Wiesental zwischen dichten Wäldern erhält selten Besuch. Entschlossen und breitbeinig stellt sich der Mönch mitten in das Portal, so als könne seine gewichtige Gestalt das Eindringen der Fremdlinge in den Klosterbezirk verhindern. Mit scharfer Stimme fragt er: „Darf ich wissen, was euer Begehr ist, ihr edlen Herrn?“ Sein Gesicht ist finster und ablehnend. Jetzt entdeckt er außerdem die sechs bewaffneten Kriegsknechte. Seine Augen weiten sich. Entsetzt schlägt er sich mit der Hand auf den Mund. Ist das etwa ein bewaffneter Überfall? Soll er das Portal schließen, den festen Riegel vorschieben und die große Glocke läuten, die Mönche und Knechte herbeiruft? Allerdings kommt ihm einer der Reiter, ein blondhaariger, irgendwie bekannt vor. Ein anderer, ein dunkelhaariger Mann mit scharfgeschnittenem Antlitz, sagt in bescheidenem und doch entschiedenem Tonfall: „Dürfen wir um ein Gespräch mit dem hochwürdigen Pater Prior und mit Bruder Gervasius bitten? Wir sind einzig und allein zu diesem Zweck von Heidelberg zu euch gekommen. Würdet Ihr Herrn Benno von Heimanns, Herrn Wolfram von Tannen und mich, Georg von Waldstetten, melden, Bruder?“

Nun endlich besinnt sich der gute Bruder auf seine Pflicht. Er ruft zwei der neugierig herumlungernden Knechte mit Namen. „Kümmert euch um die Pferde, sattelt sie ab, reibt sie trocken, tränkt und füttert sie!“ Dann wendet er sich den anfangs so unheimlichen Gästen zu. „Würdet ihr mir bitte in unser Sprechzimmer folgen, ihr Herren?“ In der kargen Stube bringt er rasch Dinkelbrot, Käse und Wein und versieht seine Besucher mit Tellern aus grauem Ton, Tonbechern und Messern. Dann entfernt er sich mit eiligen Schritten. Benno weist auf den Tisch. „Für ein armes Kloster wie Marienpfort sind das reiche Gaben. Mönche und Knechte verrichten hier die gleiche harte Feldarbeit, sie roden und ziehen Entwässerungsgräben in der Flussaue, um Ackerland zu gewinnen. Wir werden ihnen ein gut bemessenes Scherflein hinterlassen, damit sie unseren sechs Männern draußen Bier zukommen lassen können. Anderenfalls wären eure Knechte sehr enttäuscht.“ „Darin irrt Ihr nicht, Herr Benno! Aber können sich die Mönche selbst jeden Tag einen Humpen Bier gönnen?“ meint Wolfram und kaut etwas mühsam an dem harten Brot herum. „Außer an besonderen Festtagen trinken die Brüder nur Dünnbier, das einen großen Anteil Wasser enthält. Ihre Hauptnahrung ist Getreide- oder Gemüsebrei. An Festtagen gibt es zu Dinkelbrot Fisch, Käse und Speck, Fleisch nur an wenigen Hochfesten…“ Nach einer Weile kommt ein hochgewachsener Mönch in verblichener, geflickter Kutte zu ihnen. Er stellt sich als Prior Benediktus vor. „Verzeiht, dass ich euch warten ließ, ihr Herrn! Ich war mit einigen meiner Brüder im Wald. Wir fällen Bäume für einen Anbau. Unser Refektorium wird langsam zu eng für unseren rasch wachsenden Konvent.“ Während seiner Worte krempelt er unbefangen seine Kuttenärmel nach unten. Er hat ein zerfurchtes, aber fröhliches und kluges Antlitz unter einem grauen Haarkranz. Ruhig gibt er dem Pförtner und Gästemeister zu verstehen, dass auch die sechs Männer des Trosses mit Bier, Brot und Käse zu bewirten seien. Dann wendet er sich wieder seinen Gästen zu. „Zu meinem aufrichtigen Bedauern nehme ich an, dass ihr beiden Herren, die Herr Benno von Heimanns zu uns geführt hat, nicht bei uns eintreten wollt. Habt ihr ein anderes Anliegen? Ach ja, ihr wolltet unseren guten Bruder Gervasius sprechen, nicht wahr? Er kommt sofort, muss aber noch einen längeren lateinischen Satz zu Ende schreiben. Dazu braucht er Zeit, denn er ist ein Freund großer Genauigkeit. Darf ich bereits von euch erfahren, welches besondere Anliegen euch zu uns führt?“ Georg sagt langsam: „Ihr werdet es kaum erraten, Herr Prior Benediktus, wir kommen wegen Hermannus Contractus. Sagt Euch dieser Name etwas?“ „Hermannus Contractus?“ Gedankenverloren streicht der Prior über sein hageres bartloses Kinn. „Gewiss meint ihr den seligen Hermannus von der Reichenau? In unserem Mutterkloster Weißenburg habe ich als junger Novize manche Kopie seiner Schriften gelesen. Damals habe ich vor soviel Gedankenfülle und Gelehrsamkeit die größte Hochachtung empfunden – und durchaus nicht alles verstanden, was ich gelesen habe. Wir Benediktiner verehren Hermannus als Seligen und feiern sein Fest am 24. September, seinem Todestag. Allzuviel weiß ich, ehrlich gesagt, nicht von ihm, aber vielleicht kann uns Bruder Gervasius Auskunft über ihn geben. Zuvor eine neugierige Frage meinerseits: Studieren die Herrn für ein geistliches Amt?“ Prior Benediktus kann sich offenbar nicht vorstellen, dass ein Mensch, der nicht Priester werden will, sich für einen Mönch wie diesen Hermannus Contractus interessieren könnte. Da berichtet Georg freimütig über die erstaunliche Entdeckung, die er in Heidelberg gemacht hat, und er erzählt auch von seinem behinderten Zwillingsbruder Johannes, den ein Nein des gestrengen Vaters an einem Universitätsstudium hindert.

„Wenn ich Euch recht verstanden habe, Herr Georg, so wollt Ihr mit Hilfe des Hermannus Contractus Euren Herrn Vater davon überzeugen, dass auch ein Siecher studieren kann, und für Euren Bruder seine Erlaubnis erwirken... Das ist ein kühnes und nicht gerade einfaches Vorhaben. Hermann ist seit Jahrhunderten tot. Wahrscheinlich werdet Ihr das Meiste über sein Leben in seinem Mutterkloster auf der Insel Reichenau im Bodensee erfahren. Nach einer Zeit schmählichen Niederganges hat das Kloster gerade durch den trefflichen Abt Friedrich von Wartenberg einen neuen Auftrieb genommen. Das war ein kleines Wunder! Vor dem Konzil zu Konstanz hatten wir in Weißenburg die Reichenau bereits abgeschrieben. Nur noch zwei Professmönche...“ Er unterbricht seine Ausführungen, denn nach höflichem Klopfen betritt ein kleiner, scheinbar uralter Mönch das Sprechzimmer mit bedächtigen und schlurfenden Schritten. In seinem faltigen, marmorbleichen Gesicht scheinen nur die hellen Augen zu leben, die scharf und wach die Besucher betrachten. Bruder Gervasius reicht den Gästen seine knochige Rechte, deren Handfläche sich wie kühles, glattes Pergament anfühlt. Er begrüßt Herrn Benno als alten Bekannten, und der lebenslustige, selbstbewusste Studiosus verbeugt sich tief und ehrfürchtig vor dem gebrechlichen Greis. Obwohl Bruder Gervasius sich wehrt, muss er sich in den bequemen Lehnstuhl setzen. Der Prior schiebt ihm ein Kissen in den Rücken und stellt ihm einen Schemel unter die Füße. In kurzen und klaren Worten unterrichtet er ihn über das Anliegen der Gäste. Da zieht ein freudiges Lächeln über das zerfurchte Antlitz des Greises. „Wie ich mich freue! Wie ich mich freue! Ihr wollt also den Spuren unseres seligen Hermann folgen. Oh, ich habe diesen großen, heiligmäßigen Mitbruder stets geliebt, diesen armen und doch so reichen Mönch! Insgeheim habe ich mir immer gewünscht, dass ich dazu beitragen könnte, damit er in unserem Orden ein Mehr an Verehrung erführe. Neben all seinen wissenschaftlichen Werken schenkte er uns mehrere Antiphonen, darunter die beiden herrlichen Marienantiphonen – Salve Regina und Alma Redemptoris Mater. Wie schon gesagt, hinterließ er eine erstaunliche Menge gelehrter Schriften, aber auch ein Astrolabium, eine Sonnentischuhr, ein Monochord und eine eigene Buchstabennotation.

Marienpfort ist nur eine neue und kleine Filialgründung des Klosters Weißenburg im Elsaß. Wir bauen hier mit großer Mühe Zerstörtes wieder auf. Das gilt auch für unsere Bibliothek. Unsere Mittel sind arg bescheiden, und der gesamte Auf- und Ausbau wird viel Zeit in Anspruch nehmen – mehr Jahre, als der Herrgott mir noch schenkt…" Er lächelt leise vor sich hin, so als habe er den Ruf des Herrn schon vernommen und sei bereit, ihm frohen Herzens zu folgen. „Wenn ihr mehr über unseren seligen Hermann erfahren wollt, so sucht die alten, großen Klöster auf, wie etwa Gengenbach, Schuttern, Neumünster, Murbach, St. Trudpert oder St. Blasien…" Nachdenklich hält der greise Bibliothekar in der Aufzählung der Klöster inne. „An eurer Stelle würde ich aber vor allem mein Augenmerk auf die Abtei Maria von der Au auf der Insel Reichenau richten. Die Insel liegt im Bodensee. Ihr vortrefflicher Bibliothekar, der mir wohlbekannte Bruder Reginbert, kann euren Wissensdurst sicher stillen. Er wird es besonders gerne tun, wenn er von euch hört, welch edle Absicht ihr damit verbindet. Wenn ich mich recht entsinne, stammte Hermann aus einem alten Adelsgeschlecht in der Nähe des großen Bodensees. Gebt euch aber keiner Täuschung hin, ihr Herrn: es wird euch nicht wenig Mühe kosten, den Spuren des Hermannus Contractus zu folgen. Sicherlich müsst ihr dafür manch weite Wege zurücklegen." Georg spürt, dass der alte Mönch sie vor den großen Mühen und den Enttäuschungen einer solchen Spurensuche warnen will, aber er hebt entschlossen den Kopf und sieht den Prior und den Greis mit festem Blick an. „Wir nehmen die Mühen auf uns und werden die weiten Wege gehen, um möglichst viel über Hermann zu erfahren. Wir danken euch für alle Hinweise, die ihr uns gegeben habt! Nichts kann mir die feste Hoffnung rauben, nein, es ist mehr: die Zuversicht, dass er, Hermann, meinem Bruder Johannes helfen wird." Bruder Gervasius hebt wie segnend seine Rechte. „Meine Gebete werden euch geleiten. Betet auf euren weiten Wegen viel und innig zur Gottesmutter um ihren Schutz und Beistand, so wie ihr lahmer Sänger Hermann es täglich auf der Reichenau getan hat."

3
Das Lied

Sebastian von Heimanns lehnt sich wieder einmal bequem in seinem großen Sessel zurück. Er hat seine Augen geschlossen, so als ob er schlafen würde. In Wirklichkeit ist er aber hellwach und lauscht mit gespannter Aufmerksamkeit den Worten des Waldstetters. Georg lässt gar nichts aus von dem Ritt zum Kloster Marienpfort, von der Unterhaltung mit dem Prior und dem Gespräch mit Bruder Gervasius. Er führt auch aus, was diese Hinweise für ihn bedeutet haben: „Nun möchte ich Euer gastliches Haus verlassen, verehrter Herr Bürgermeister und Patenonkel. Ich muss in anderen Benediktinerklöstern Näheres über Hermannus Contractus zu erfahren suchen."
Der Bürgermeister öffnet seine Augen, richtet sich gerade auf und wirft dem jungen Mann einen strengen Blick zu. „So, so… und was veranlasst Euch letztlich, gegen Euren Vater derart aufzubegehren und ungehorsam zu sein? Ist es Euer Wunsch, Euch am Studium vorbeizudrücken? Ein lahmer Mönch, der seit Jahrhunderten begraben ist, kann Euch durch seine wissenschaftlichen Leistungen sicher nicht so begeistern, dass ihr Eurem Vater zu trotzen wagt."
Georg errötet. „Aber Ihr kennt doch bereits den Grund für mein großes Wagnis, Herr von Heimanns! Ich tue es in der Hoffnung, dass mein Vater durch alles, was mir über diesen Gelähmten bekannt wird, einsehen lernt, dass ein nur leicht behinderter Mensch wie mein Bruder Johannes fähig ist, ein öffentliches Studium zu ergreifen. Ich möchte Johannes unbedingt

aus der Verborgenheit und Gefangenschaft in der Studierstube des Südturmes erlösen. Dort erhält sein reger Geist nicht mehr die hinreichende Nahrung und wird auf die Dauer verkümmern. Sollte mir die Befreiung von Johannes gelingen, bin ich dafür gerne bereit, den Unmut meines Vaters zu ertragen, auch wenn er mich zur Strafe zum Ackerknecht machen sollte." Prüfend ruht der wache Blick des Bürgermeisters auf dem entschlossenen Antlitz des jungen Mannes. „Ein außerordentlich kühnes Unternehmen, das Ihr da wagt, Herr Georg! Aber ich beginne, Eure Beweggründe zu begreifen. Ja, ich habe mich entschlossen, Euer Vorhaben zu unterstützen. Ich schreibe einen ausführlichen Brief an Euren Herrn Vater, lege ihm darin die Angelegenheit aus meiner Sicht dar und werbe um sein Verständnis für Euer Handeln. Mein Wort hat bei ihm einiges Gewicht. Eure selbstlose Bruderliebe ist in meinen Augen etwas Großes. Aber Ihr müsst nicht erwarten, dass sich der stolze Sinn Eures Vaters so schnell geschlagen gibt. Graf Heinrich ist für seinen Starrsinn berühmt und berüchtigt. Er hat sich dadurch im Reich und in der Kirche manchmal erhebliche Schwierigkeiten bereitet, weil er nicht bereit war, von einer vorgefassten Meinung abzugehen. Ich will Euch nicht entmutigen. Es mag Eurer Bruderliebe vergönnt sein, bei ihm ein Wunder der Bekehrung zu bewirken. So reist also in Gottes Namen auf den Spuren des seligen Hermannus Contractus! Wollt Ihr im Elsaß beginnen? Ich gebe Euch gerne Empfehlungen für die Abteien Weißenburg und Murbach mit. Die beiden Äbte haben wiederholt meine Gastfreundschaft genossen und sind mir verpflichtet. Die weiten Strecken Eurer Reisen legt ihr am besten mit dem Schiff zurück. Lastkähne und Treidelschiffe sind täglich in beiden Richtungen auf dem Rhein unterwegs. Sie nehmen gegen klingende Münze gerne Reiter und Pferde mit. Ihr schont so Eure Tiere und kommt rascher voran.“ Georg verbeugt sich artig vor seinem Gastgeber. „Wie soll ich Euch nur für Euer gütiges Verständnis danken? Wir wollen bald reisen, aber ich muss zunächst die Männer meines Trosses nach Hause schicken. Man wird sich in Waldstetten ohnehin schon über ihr langes Ausbleiben wundern. Wolfram will mich auf meinen Reisen begleiten.“ Die kräftige Rechte des Hausherrn macht eine ablehnende Bewegung. „Ihr wollt eure bewaffneten Begleiter nach Hause schicken? Das dürft Ihr auf keinen Fall tun! Die Zeiten sind jetzt in der Mitte unseres Jahrhunderts unsicher geworden. Irgendwie bahnt sich ein größerer Umsturz an. Das spüre ich in allen Knochen. Als Vorläufer dieser gewaltsamen Änderung treibt sich allerlei gefährliches Volk bei uns herum – Landlose, Geächtete, Vaganten und Wegelagerer. Ihr würdet nur allzu bald überfallen und ausgeplündert oder sogar totgeschlagen, ehe Ihr Euer erstes Ziel erreicht habt. Eure Männer müssen Euch auf alle Fälle weiter begleiten.“ Nun senkt Georg seinen Kopf und murmelt bedauernd und verlegen: „Ihr habt bestimmt Recht, Herr von Heimanns, aber wir werden allein reisen müssen. Meine Mittel reichen nicht aus, um unsere sechs Gefährten zu besolden und zu verpflegen, wenn unsere Reise länger dauern sollte. Ohne hinreichenden Sold und gute Kost würden diese rauhen Männer aus den Wäldern mir mit Recht die Treue kündigen und nach Waldstetten heimkehren.“ Ein Lächeln erhellt das Gesicht de Bürgermeisters: Mit einer liebevollen Geste streicht er über seinen kurzen grauen Bart. „Wenn das Eure größte Sorge ist, so darf ich Euch aus Eurer Notlage helfen, wie es sich für einen anständigen christlichen Paten geziemt. Euer Vater hat Euch ja ausdrücklich meiner Sorge anvertraut, und so ist es denn nur recht und billig, dass ich Eure Geldkatze gründlich auffülle, nicht wahr?“ Mit hochroten Wangen wendet Georg ein: „Können wir das wirklich von Euch annehmen, Herr Pate? Mein Herr Vater wird Euch wahrscheinlich keinen einzigen Heller zurückerstatten. Er wird Euch höchstens dafür zürnen, dass Ihr unsere Torheit unterstützt habt.“ „Das mag alles stimmen. Ich rechne sogar damit. Betrachtet den Betrag einfach als Lösegeld für die Befreiung Eures Bruders Johannes.“

Die Reisevorbereitungen gehen rasch vonstatten. Die Männer des Trosses erhalten von Herrn Heimanns zusätzlichen Sold, Stiefel und Gewand und reichen Reiseproviant. Nun freuen sie sich auf das neue Abenteuer. Wohlgemut schnüren sie ihre Bündel und füllen die Satteltaschen. Sie reiben die Helme, Schwerter, Schilder und Harnische so lange blank, bis sich die Sonne in ihnen spiegeln kann. Die gepflegten und gestriegelten Pferde stampfen ungeduldig in ihren Ställen. Alles ist für den Aufbruch bereit.

Aber dann beginnt eine längere Schlechtwetterperiode. Es regnet Bindfäden. Der Neckar führt braunes, lehmiges Wasser mit sich und tritt stellenweise über die Ufer. Wege und Straßen werden zu großen morastigen Pfützen. Auf dem reißenden Fluß lässt sich kein Lastschiff und kein Frachtkahn blicken. Dunkle Wolken verdüstern tagelang die Landschaft und werden von rasenden Sturmböen getrieben. Georg starrt missmutig in die trostlose Regenlandschaft. „Als ob nicht jeder Tag kostbar für uns wäre! Wenn der Himmel doch ein Einsehen haben würde.“ Er trommelt wild gegen die Butzenscheiben, als könne er damit eine Änderung erzwingen. Wolfram will ihn beschwichtigen. „Da wir in Marienpfort gewesen sind, könnten wir Weißenburg auslassen, um Zeit zu sparen. Sollen wir nicht geradewegs nach Murbach fahren? Die dortigen Mönche sind ohnehin mehr mit der Reichenau, wo Hermann gelebt hat, verbunden. Was meinst du?“ Ehe Georg sich dazu äußern kann, schleppt Ulrich, der Trossmeister, in seinen derben Fäusten einen Menschen herbei, ein kleines, schiefes, verwachsenes Männlein mit einem seltsam edlen und klarem Gesicht unter verfilztem Zottelhaar. „Herr, diesen Kerl habe ich eben im Stall bei unseren Pferden gefunden“, sagt Ulrich mit der verächtlichen Geringschätzung des gesunden und kräftigen Menschen für einen Verwachsenen. „Was hast du in unserem Stall gesucht, Bursche?“ Die großen und klugen Augen des Krüppels sehen Georg furchtlos an. „Herr, ich suchte nur ein wenig Schutz vor Regen und Kälte. Der Fluss ist so stark angeschwollen, dass ich gezwungen war, mein Lager unter der Neckarbrücke zu verlassen…“ Welch gebildeter Sprache und Ausdrucksweise bedient sich dieser verkrüppelte Bettler! „Wer bist du?“ entfährt es Wolfram unwillkürlich. Ein trauriges Lächeln huscht über das edel geformte Antlitz des Verwachsenen. „Ein Niemand, Herr, wirklich ein Niemand ohne Heim und Herd, ohne Verwandte und ohne Freunde, ohne Hab und Gut und… ohne gesunden Körper, nur ein Niemand.“ Die mit ruhigem Ton vorgebrachten Worte lösen bei Georg eine tiefe Betroffenheit aus. Wie furchtbar ist es, ein solcher Niemand zu sein! Er gibt durch ein Nicken Ulrich den Wink, den Raum zu verlassen. „Setz dich“, fordert er den Verwachsenen auf und schiebt ihm einen Humpen Bier und eine Scheibe Brot und Käse hin. „Du bist kein Mensch von unedler Abkunft. Wie bist du nur in ein solches Elend gekommen?“

Der kleine Mann nimmt einen Schluck aus dem Becher und bricht mit behutsamen Fingern ein Stückchen Brot und Käse ab. Seine Rechte ist schmal und wohlgeformt. Er isst die Bröcklein und antwortet dann: „Erlaubt Ihr mir, Herr, dass ich Euch den Namen meines Geschlechtes verschweige? Trotz allem möchte ich nicht übel von meiner Familie sprechen. Nur soviel kann ich Euch sagen: Durch die Unachtsamkeit einer Magd bin ich als Säugling gefallen und seitdem verkrüppelt. Zu Lebzeiten meiner Eltern führte ich zwar ein verborgenes, aber auch ein umsorgtes Leben. Als meine Eltern starben, konnte meine Schwägerin meinen Anblick nicht länger ertragen. Er sei eine immerwährende Schande und zudem schädlich für die Kinder. Ich möchte Euch nicht langweilen mit all den Streitigkeiten in unserem Hause. Endlich konnte ich es nicht länger ertragen, Gegenstand all der Redereien und Gehässigkeiten zu sein. Ich lief bei Nacht und Nebel davon. Mein geringes Zehrgeld war bald aufgebraucht. Eine Zeitlang war ich Possenreißer auf dem Jahrmarkt. Die Leute lachten und johlten über meine Missgestalt und meine übertriebene Unbeholfenheit. Nun – ich bekam zu essen, aber ich wurde auch satt durch Spott, Hohn und Schläge. Ich wollte meinem Leben im Neckar ein Ende machen, aber ein Fischer zog mich aus dem Wasser.“ Bei dieser mit scheinbarem Gleichmut überlieferten Lebensgeschichte des Verwachsenen überläuft Georg ein kalter Schauder. Welch ein Schicksal! Er spürt es wie den Schmerz eines ihm selbst zugefügten Unrechtes. „Sag – kannst du reiten?“ fragt er mit seltsam heiserer Stimme, und er verbessert sich nach kurzem Besinnen: „Könnt Ihr reiten?“ Die Augen des Verwachsenen leuchten auf, als er ihn mit „Ihr“ anredet. „Ja, Herr, ich kann reiten. Das hat mir ein treuer Diener schon ganz früh heimlich beibringen können, wenn die anderen auf der Jagd waren. Ich kann mich lange Zeit im Sattel halten, auch wenn man mich wegen meines gebeugten Oberkörpers kaum bemerken kann. Warum fragt Ihr mich das, Herr?" „Weil ich Euch gerne mitnehmen möchte. Sobald sich das Wetter ändert, werden wir zu einer größeren Reise aufbrechen." Die klaren Augen des Verwachsenen weiten sich in ungläubigem Staunen. „Ihr... ihr wollt mich mitnehmen, Herr? Warum tut ihr das? Ich kann euch doch kaum von Nutzen sein." Georg lächelt ihn an. „Ihr werdet gleichsam ein Schutzgeist sein auf unserer Reise auf den Spuren des Hermannus Contractus. Doch wir brauchen zumindest Euren Vornamen, wenn Ihr den Namen Eures Geschlechtes nicht preisgeben wollt. Zudem müssen wir Euch mit ordentlicher Kleidung versorgen."

So hat das anhaltende Regenwetter auch seine guten Seiten. Bis sich die Sonne wieder hervorwagt und die Wege und Straßen einigermaßen trocken sind, hat Kilian, so heißt der Verwachsene, mit Hilfe eines geschickten und emsigen Schneidermeisters zwei Gewänder und zwei Mäntel bekommen. Mit hochangesetzten Schultern und überbreiten Kragen lässt sich vieles von den Mängeln seiner Gestalt verbergen. Endlich meldet ein Knecht, dass der große Lastkahn am Neckarufer eingetroffen ist, der Georg und seine Gefährten zum Rhein bringen wird. „Warum nehmt Ihr nur diesen armen Kilian mit?" fragt Bürgermeister von Heimanns verwundert. „Bedeutet er nicht eine zusätzliche Last für Euch?" Mit großem Ernst erwidert Georg: „Gott hat uns Kilian geschickt. Auch in seinem Falle gilt es, ein schweres Menschenlos und Menschenleid zu lindern." Er hält den Männern seines Trosses, die darüber zu murren wagen, dass Kilian mitreisen soll, weil ein Verwachsener nach altem Aberglauben Unglück bedeute, eine kurze und scharfe Ansprache: „Männer, mir ist zu Ohren gekommen, dass ihr euch sehr abträglich darüber geäußert habt, weil ich Kilian mitnehmen will. Das steht euch in keiner Weise zu. Es ist meine ganz persönliche Sache, wen ich auf der Reise mitnehmen will. Von nun an möchte ich kein einziges böses Wort aus eurem Munde über Herrn Kilian hören, verstanden! Er ist von heute an mit Herrn Wolfram mein besonderer Begleiter." Die Männer fügen sich, murren aber insgeheim weiter über die ihnen unverständliche Entscheidung ihres jungen Herrn.

Nach langen grauen Regenwochen scheint die Sonne vom makellos blauen Himmel. Aus den regennassen Wäldern und Wiesen steigt leichter Nebel auf, als die Reisenden den breiten Lastkahn betreten, nachdem sie zuvor ihre ängstlichen Pferde über einen breiten Holzsteg auf das Schiff geführt haben. Sie winken den Zurückgebliebenen am Ufer ein letztes Lebewohl zu. „Endlich, endlich können wir unsere eigentliche Spurensuche beginnen!" jubelt Wolfram. „Die Wartezeit kam mir endlos vor." „Hoffen und beten wir, dass das gute Wetter anhält", sagt Georg. Der schwere Gaul am Ufer muss sich mächtig ins Geschirr legen, um die schwere Fracht auf dem Treidelschiff bis zur Neckarmündung zu ziehen. Bald versinken die Gebäude der Stadt Heidelberg hinter einer Biegung des Stromes. Georg lehnt sich mit beiden Armen auf die Reling. „Das war ein Studium nach meinem Geschmack, Freund, mit Aussicht auf weitere Abenteuer. Nun – ich habe mancherlei dabei gelernt: Ein liebendes Herz wiegt vor Gott mehr als alle Wissenschaft der Welt." „Denn hättet ihr die Liebe nicht, so wäret ihr eine klingende Schelle und ein tönendes

Erz“, zitiert Kilian. „Ihr seid bibelkundig, Herr Kilian?“ meint Wolfram fragend. Der kleine Mann lächelt ein wenig bitter. „Ich habe mich einmal der kühnen Hoffnung hingegeben, die Mutter Kirche würde auch einen ihrer missgestalteten Söhne liebevoll in ihre Arme schließen, aber ich musste schmerzlich begreifen lernen, dass sie in einem solchen Fall durchaus nicht mütterlich ist. Darum, ihr Herren, bin ich brennend daran interessiert, wie dieser Hermannus Contractus es geschafft hat, Mönch zu werden, und ob er sogar zum Priester geweiht worden ist.“

Gegen blanke Taler ist der Schiffer bereit, sie bis zur Höhe von Mühlhausen im Elsaß mitzunehmen, dort über den breiten Rhein zu staken und sie am anderen Ufer abzusetzen. Es ist eine sehr ruhige und langsame Fahrt gegen den Strom in Richtung Basel. Die Schiffsleute mühen sich an den Rudern ab und ankern nachts irgendwo am Ufer. Die Kriegsknechte vertreiben sich die Zeit mit Würfelspielen. Sie schlafen auf den harten Planken, in ihre derben Wollmäntel gehüllt. Georg liegt dagegen manche Stunde wach und starrt mit schlafmüden Augen in den nächtlichen Sternenhimmel. In diesen stillen Stunden, die nur vom Plätschern der Wellen erfüllt sind, überfallen ihn Zweifel am Sinn und Erfolg seines Unternehmens wie lästige Nachtgespenster. Ist es nicht allzu vermessen, auf eine solche Art und Weise eine Sinnesänderung bei seinem Vater hervorrufen zu wollen? Wird sich der stolze Graf Heinrich von Waldstetten durch das Schicksal des Mönchs Hermannus Contractus beeindrucken lassen? „Was geht mich dieser Krüppel an, der vor etlichen Jahrhunderten gelebt hat?“ so hört er ihn im Geiste ärgerlich und verächtlich schnauben. „Ich sehe durchaus nicht ein, was dieser Lahme mit unserem Johannes zu tun hat! Euer Unternehmen war grober Unfug..." Ob der Graf inzwischen den Brief des Bürgermeisters von Heimanns erhalten hat, der von reisenden Kaufleuten mitgenommen worden ist? Obwohl der Bürgermeister in diesem Brief mit starken Argumenten um Verständnis für Georgs Unternehmen bittet, wird der Vater zornig reagieren. Hoffentlich müssen die gütige Frau Mutter, Luitgard und vor allem Johannes nicht unter seinen Zornausbrüchen leiden! Seinem ältesten Sohn Karl, dem Erben, und dem kleinen Bruder Ludwig sagt Herr Heinrich nie ein böses Wort. Hemma, Karls Frau, weiß ihm kühn entgegenzutreten. Er kann sich vorstellen, dass die ruhige, selbstsichere und tapfere Frau Hemma eine Verbündete im Kampf um Johannes' Freiheit werden wird. Georg möchte das Grübeln aufgeben, die schweren Gedanken beiseite schieben und schlafen. Er seufzt und legt sich auf seinem Sattel und auf den harten Schiffsplanken zum wiederholten Male zurecht. Morgen werden sie in Mühlhausen an Land gehen, da muss er frisch und ausgeruht sein. „Könnt Ihr nicht schlafen, Herr Georg?" wispert ein leises Stimmchen neben ihm. Ach, es ist Kilian, der bucklige kleine Mann. Zunächst möchte Georg unwillig auffahren und sich die Einmischung verbitten. Er unterdrückt diesen Impuls und antwortet: „Ja, ich kann nicht schlafen, Herr Kilian. Meine Sorgen halten mich wach. Nachts bezweifle ich immer wieder, ob unser Unternehmen sinnvoll ist und Erfolg haben wird." Was wird Kilian darauf antworten? Er lauscht beinahe gierig. „Ihr habt Euer Unternehmen mit einer Tat der Liebe begonnen. Allein darum wird Gott es segnen. Ich kann nicht viel zu seinem Gelingen beitragen, aber ich bete für Euch." Seltsam, die einfachen Worte des Krüppels wirken auf Georg wie ein heilender Balsam. Er spürt, wie sie gleichsam seine Unruhe aufsaugen, ersterben lassen. Kurze Zeit darauf schläft er tief und friedlich. An der Reling hockt wie ein Wächter in der Nacht die gebeugte Gestalt des Herrn Kilian. Er betet.

Am nächsten Tag durchqueren die Reiter die engen Straßen der betriebsamen Stadt Mühlhausen im Elsaß. Sie betreten keine der vielen Schenken, um dort Rast zu halten. Die Kriegsknechte brummen und murren darüber, aber Herr Georg lässt sich dadurch nicht beirren. „Auf dem Lastkahn haben wir lange genug ausgeruht. Jetzt reiten wir ohne Verzug bis zum Kloster Murbach."

Hastig klappern die Pferdehufe über das unregelmäßige steinerne Kopfsteinpflaster der winkligen Straßen und Gassen. Manche Hausfrau schaut neugierig aus dem Fenster ihres schmalen Fachwerkhauses, und mancher biedere Bürger blickt den eiligen Reitern verwundert nach. Gibt es vielleicht wieder einmal eine der vielen Fehden adeliger Herrn oder kirchlicher Würdenträger, zu der das Fähnlein der Bewaffneten eilt? Manches Mühlhausener Mädchen wünscht sich heimlich, die stattlichen Reiter möchten länger in ihrem Städtchen verweilen. Aber rasch wie ein Spuk sind sie entschwunden. Im Dorf Gebweiler erkundigt sich Georg ein letztes Mal nach dem Weg zur Abtei Murbach. „Reitet auf diesem Waldweg immer der Nase nach, Herr. Ihr könnt die Abtei am Fuß des Großen Belchen auf keinen Fall verfehlen." So setzen sie ihren Weg unverzüglich fort und reiten den hohen, bewaldeten Vogesenbergen entgegen. Nun nehmen dichte Wälder aus Eichen, Buchen, Linden, Fichten, Tannen und allerlei niederem Gesträuch sie auf. „Jetzt werden wir bald da sein", ruft Georg tröstend, denn Menschen und Tiere sind erschöpft und ermüdet nach dem scharfen Ritt und mit Staub und Schweiß bedeckt. Kilian hat sich tapfer auf dem Sattel und in den verkürzten Bügeln seines Pferdes gehalten, obwohl der eilige Ritt seinem verformten Leib sicherlich Schmerzen bereitet hat. Seine stille Tapferkeit hat ihm auch die Achtung der rauhen Kriegsknechte erworben.

Von ferne ertönt lang hallend eine Klosterglocke. Nach einer letzten Wegbiegung liegt das weite Klostertal des Murbaches vor ihnen. Die Glocke hallt weiter. Georg gibt ein Zeichen. Die Reiter halten inne und falten die Hände über dem Sattelknauf. Andächtig beten sie den Angelus. Dann setzen sie langsam ihren Ritt fort. Vor ihnen ragt eine doppeltürmige hohe Kirche aus rötlichem Sandstein auf. Große Klostergebäude schließen sich ihr an, teils aus Stein, dem rötlichen Sandstein dieser Gegend, teils aus Fachwerk. Tiefer im Tal dreht sich eine Mühle am Murbach, liegen Stallungen, Werkstätten, Scheunen und Wohngebäude. Noch vor dem offenen Portal in der niedrigen Mauer, die den Klosterbezirk umfriedet, steigen die Reiter ab. Sie atmen einige Male tief durch, stampfen mit den Füßen auf und müssen ihre zitternden Beine zuerst wieder an den festen Boden gewöhnen. Das Gesicht des Herrn Kilian ist sehr blass und angespannt. „Habe ich Euch zuviel zugemutet, Herr Kilian?“ fragt Georg in echter Besorgnis. Wolfram möchte ihn sogar stützen. Kilian wehrt ab. „Nein, Herr Georg, ich danke Euch! Es geht mir gut, aber meine Knochen melden mir, dass wir bald ein Gewitter haben werden. Darin sind sie äußerst zuverlässig. Das hat also nichts zu besagen, wenngleich ich es besonders spüre.“ Die beiden Edelleute bewundern den kleinen Mann, der über sein Elend zu scherzen vermag. Von der Pförtnerstube, die sich neben dem hohen Portal befindet, naht ein freundlicher und leb-

hafter Mönch in mittleren Jahren. Er kommt eilig und mit ausgebreiteten Armen auf sie zu. „Gott zum Gruße, ihr Herren! Seid herzlich willkommen in unserer Abtei Murbach, dem gesegneten Pirminskloster! Kommt ihr als fromme Pilger in unsere Waldeinsamkeit? Gewiss wird sich der heilige Leodegard über euer Kommen freuen und sich fürbittend für euch bei unserem Herrn und seiner heiligen Mutter Maria verwenden!" Er schüttelt ihnen und auch den Männern des Trosses die Hand. Sie kommen erst gar nicht zu Wort, sondern sie werden von seiner Freundlichkeit und Redegewandtheit beinahe überwältigt. Endlich macht er eine Pause, und so kann Georg seinen Irrtum berichtigen. „Nein, ehrwürdiger Vater, uns hat ein anderes Anliegen zu Euch geführt." Er hat bisher nicht einmal gewusst, dass es jemals einen heiligen Leodegard gegeben hat, verschweigt dies aber, um den guten Bruder durch seine Unwissenheit über einen heiligen Mann, den dieser wahrscheinlich verehrt, nicht zu kränken. „Wir kommen zu Euch, weil wir Näheres über einen Seligen des Benediktinerordens erfahren möchten. Würdet Ihr dies dem hochwürdigsten Vater Abt mitteilen und ihn in unserem Namen bitten, dass er uns eine Unterredung gewähren möge?" Er stellt dem Bruder sich und seine Gefährten vor. Mit leichtem Erstaunen betrachtet der Pförtner den kleinwüchsigen Herrn Kilian. Dann verbeugt er sich kurz und ruft Klosterknechte herbei. Ihnen vertraut er die Männer des Trosses und die Pferde an. „Sorgt gut für Menschen und Tiere. Es soll ihnen an nichts fehlen."
„Dürften wir zuerst Eurer Klosterkirche einen Besuch abstatten?" bittet Kilian höflich. „Euren Wunsch in Ehren, mein Herr, aber ich meine, dass ihr zuerst an euch denken müsst. Der lange Ritt hat euch sichtlich ermüdet. Bitte begleitet mich in unsere Brunnenstube.

Dort könnt ihr euch ein wenig waschen und vom Reisestaub befreien. In dieser Zeit bereite ich euch ein herzhaftes Mal in unserem Gästehaus. Wenn ihr euch gestärkt habt, wird der Vater Abt zu euch kommen. Seid ihr mit diesem Plan einverstanden?"

Dankbar stimmen sie dem fürsorglichen Bruder zu. In der Brunnenstube erfrischt sie das kühle Wasser. Ihre jagenden Pulse beruhigen sich langsam. Sie bürsten ihre Stiefel und reinigen ihre Reisegewänder vom gröbsten Staub. „Man fühlt sich wie neugeboren!" stellt Georg aufatmend fest. „An meine Gefühle zu diesem Zeitpunkt erinnere ich mich leider nicht mehr", meint Wolfram trocken und rubbelt sein feuchtes Haar kräftig mit einem groben Linnen. Wolfram lacht, als Georg ihm daraufhin einen scherzhaften Klaps gibt, und Kilian stimmt vergnügt ein. Lachend nehmen sie an der reichgedeckten Tafel im Gästehaus Platz. Der eifrige Pförtner und Gästebruder ermuntert sie, tüchtig zuzugreifen. Er preist die guten Dinge auf dem Tisch an: „Alles klostereigene Erzeugnisse, ihr Herren. Wir in Murbach sind sehr stolz auf unser kräftiges Brot, auf unsere goldgelbe Butter und unseren würzigen Käse, auch die geräucherten Forellen kann ich euch sehr empfehlen. Sie stammen aus unserem Murbach, den die Brüder am Talende zu einem kleinen Weiher erweitert haben." Seine hungrigen Gäste lassen sich kein zweites Mal bitten. Sie lassen sich die guten Dinge schmecken und trinken dazu einen goldgelben Wein mit einem kräftigen Aroma. Freundlich füllt der Bruder ihre rasch geleerten Becher nach. „Dieser treffliche Wein ist allerdings nicht bei uns gewachsen. Der Abt der Klosterinsel Reichenau im Bodensee, Herr Friedrich von Wartenberg, hat uns kürzlich einige Fässchen des trefflichen Inselweins geschickt. Mit dieser Abtei verbindet uns eine innige Freundschaft und Gebetsverbrüderung. Der heilige Wanderbischof Pirminus hat im achten Jahrhundert unsere beiden Klöster gegründet. Wir haben also ein und denselben geistlichen Vater und halten die Verbindung stets aufrecht.“ Dann entfernt sich der mitteilungsbedürftige Bruder für eine kleine Weile, und sie können ungestört und heiteren Gemütes die Speisen verzehren. Endlich lehnt sich Georg aufatmend zurück. „Mir scheint, dass es in Murbach durchaus gut sein ist.“ Wolfram stimmt ihm zu. „Im Augenblick bin ich so zufrieden, dass ich am liebsten länger hier verweilen würde.“ „Du wirst doch nicht etwa Sehnsucht nach dem Klosterleben verspüren, lieber Freund?“ scherzt Georg. „Der Tisch der Mönche wird keinesfalls so üppig gedeckt sein wie der unsrige hier im Gästehaus“, wirft Kilian mit einem leichten Schmunzeln ein. „Der Gedanke an einen Klostereintritt liegt mir nach wie vor völlig fern. Dafür gibt es aber einen ganz konkreten Grund“, antwortet Wolfram.

Nachdem die drei Herren sich gestärkt haben, lässt Abt Erlebald sie zu sich rufen. Sein Blick haftet mit kaum merklichem Erstaunen kurz auf Kilians verwachsener Gestalt. „Verzeiht, dass ich euch nicht sofort begrüßt habe, ihr Herren! Ich musste eine wichtige Unterredung zu Ende führen. Nun bin ich ganz für euch da. Was kann ich für euch tun?“ Georg von Waldstetten sagt, ohne eine nähere Erklärung zu geben: „Wir folgen den Spuren des Hermannus Contractus.“ Erstaunt blickt der Abt ihn an, und um seine schmalen Lippen im asketischen Antlitz spielt ein beinahe belustigtes Lächeln. „Nun, da seid ihr aber spät dran, ihr Herren, wenn ihr ihn zu finden trachtet… fast vierhundert Jahre.“ Unwillig beißt Georg sich auf die volle Unterlippe. „Ich habe mich missverständlich ausgedrückt, Herr Vater Abt. Natürlich wissen wir, dass Hermann im elften Jahrhundert gelebt hat. Wir möchten aus einem für uns sehr wichtigen Grund möglichst viel über ihn erfahren. Darf ich Euch das Schreiben überreichen, das uns der Euch wohlbekannte Bürgermeister von Heimanns mitgegeben hat?" „Danke! Wenn Ihr gestattet, möchte ich es sogleich lesen", sagt der Abt und erbricht das große Stadtsiegel des Briefes. Während er liest, spielt seine Linke mit dem reich verzierten Brustkreuz. Er studiert den Brief sorgfältig und liest ihn ein zweites Mal. Georg und Wolfram warten mit wachsender Ungeduld. Nur Kilian bleibt ruhig und gelassen. Unsicher hebt der Abt den Blick von dem Brief und blickt Kilian an. „Ist das Euer Herr Bruder? Sein Name wird im Brief nicht erwähnt." „Ich bin nur…" beginnt Kilian mit hochrotem Kopf. „Herr Kilian ist unser lieber Freund und Reisegefährte", erklärt Georg rasch. „Mein Bruder Johannes wird von meinem Vater in einem der Türme unserer Burg verborgen gehalten, wenn auch in einer gut ausgestatteten Studierstube." „Aus der ihr ihn befreien wollt, Herr Georg? Wie aus dem Schreiben ersichtlich ist, habt Ihr bereits im Priorat Marienpfort mit dem Bibliothekar gesprochen. Auch bei uns ist der Bibliothekar der beste Kenner der Hagiographie, der Historie und aller wichtigen Schriften und Daten. Leider ist unser Bruder Nikolaus für einige Tage nach Gengenbach gereist, um dort die Bibliothek zu ordnen nach einem neuen, von ihm ersonnenen System. Er ist ein Ordnungsfanatiker und ein großer Eiferer für seine Bücher und Schriften. Wir erwarten ihn aber bald zurück. Seid derweil unsere Gäste und lernt Kloster Murbach kennen! Ich möchte Euch auch zu unseren Gottesdiensten einladen. Für Euren Tross wird in den Gutshäusern bestens gesorgt. Eure Pferde erfreuen sich der Freiheit einer saftigen Weide. Fühlt euch bei uns wohl und macht das Beste aus eurer Wartezeit, meine Herrn!“ Mit den Worten verabschiedet sich der Abt und schreitet würdevoll davon. „Und was tun wir jetzt?“ fragt Wolfram. „Wollen wir das tun, was der Abt uns vorgeschlagen hat? Kloster und Wirtschaftsbetriebe besichtigen und uns in die Wälder wagen“, schlägt Georg vor. „Werdet Ihr uns begleiten, Herr Kilian? Oder seid Ihr zu müde?“ Tapfer hält der Bucklige mit ihnen Schritt bei ihrem ausgedehnten Rundgang durch das Klostertal.

Am Abend kniet er neben ihnen in der hohen Halle der mit reichen Fresken verzierten Klosterkirche. Die Sonne sinkt bereits hinter dem großen Belchen und den anderen hohen Bergen der Vogesen und lässt die bunten Glasfenster ein letztes Mal aufleuchten. Die Mönche stimmen das Salve Regina an. „Hört! Das Lied des Hermannus Contractus“, flüstert Wolfram aufgeregt. „Das Lied des Hermannus Contractus...“ Die drei Männer lauschen gespannt und atmen gleichsam jedes Wort des Textes wie eine Offenbarung in sich ein. „Mutter der Barmherzigkeit“... Wie muss er sie geliebt, ihr vertraut haben, der gelähmte Mann, der solche Worte und eine solch festlich getragene Weise ersonnen hat... „Zeige uns nach diesem Elende Jesus, die gebenedeite Frucht deines Leibes...“ Nach diesem Elende... Kilian laufen Tränen über die schmalen Wangen. Doch Worte und Weise üben auch auf seine beiden Gefährten eine nachhaltige Wirkung aus. Sie spüren die große Innigkeit, das Vertrauen des Hermannus Contractus zur Gottesmutter. „Bei ihr hatte er die Heimat seiner Seele, dieser Hermannus“, sagt Georg leise, als das Lied verstummt ist. „Wir wollen unsere Spurensuche mit ihr, an ihrer Hand fortsetzen und ihr täglich alle unsere Anliegen in besonderer Weise empfehlen.“

Er bleibt lange im dämmrigen Klostergarten auf einer der Steinbänke sitzen, die immer noch die Sonnenwärme des Tages in sich tragen. Es ist ganz still und friedlich im Tale des Murbachs. Ein klarer Mond und helle Sterne leuchten auf die schweigende Welt dieser Abtei hernieder. Plötzlich spürt er eine leise Bewegung im Gras. Jemand räuspert sich leise. „Verzeiht, Herr Georg, wenn ich Euch störe! Darf ich Euch eine Frage stellen?“ Ach so, es ist Kilian. „Kommt nur und setzt Euch zu mir!“ fordert er ihn freundlich auf. „Danke! Sagt mir bitte: War es nur Mitleid, das Euch bewogen hat, mich mitzunehmen, Herr Georg?“ murmelt der Bucklige und verstummt. „Mitleid? Nein, Herr Kilian, es war mehr. Es war mir so, als ob einer mich gerufen hätte, Euch mitzunehmen. Vielleicht erreichte mich durch die Jahrhunderte ein Ruf des Hermannus Contractus. Gott allein weiß es. Ich bin jedenfalls froh, dass Ihr bei uns seid.“ Danach schweigen die beiden Männer lange, bis die Kühle der Nacht sie zwingt, das Gästehaus aufzusuchen.

Am anderen Tag bringt der Gästemeister mit Speise und Trank eine gute Kunde. „In aller Frühe ist unser Bruder Nikolaus aus Gengenbach zurückgekommen. Er hat in Gebweiler übernachtet. Er wird bald zu euch kommen und euch jede gewünschte Auskunft erteilen.“ In großer Hast und ohne besonderen Genuss verzehren sie das reichhaltige Frühmahl. Ihre Spannung wächst von Minute zu Minute, bis Bruder Nikolaus zu ihnen kommt. Wider Erwarten ist er ein stattlicher Mönch in den besten Jahren mit frischer Gesichtsfarbe und breiten Schultern. Ein junger Bruder begleitet ihn und schleppt eine größere Anzahl gebundener Bücher und einen Packen alter Schriften herbei. Nach freundlicher Begrüßung geht Bruder Nikolaus ohne Umschweife auf das Anliegen der Gäste ein. „Der Va ter Abt hat mich über alles unterrichtet. Ich durfte auch den Brief des Herrn Bürgermeisters von Heidelberg lesen. Zu meinem Bedauern musste ich dabei erfahren, dass es nicht euer alleiniges Anliegen ist, Hermannus Contractus als den großen Wissenschaftler zum Vorbild für eigene Studien zu nehmen. Wenn ihr damit einverstanden seid, wird mein Gehilfe, Bruder Odo, euch ein Verzeichnis seiner Schriften anfertigen mit einer kurzen Erklärung über Inhalt und Umfang derselben! Ich ergänze dieses Verzeichnis durch die besondere Bedeutung Hermanns für die Wissenschaft durch seine Stellungnahme zu dieser oder jener seiner besonderen Arbeiten.“ Mit Freuden stimmen Georg und Wolfram zu.

„Wir müssen Euch eingestehen, Bruder Nikolaus, dass wir keine Wissenschaftler sind. Wir haben nicht einmal mit unserem Studium begonnen, das wir auf Weisung meines Herrn Vaters an der Universität Heidelberg absolvieren sollten. Hermannus Contractus hat uns aufgeschreckt, wie Ihr aus dem Brief des Herrn Bürgermeisters erfahren habt.“ Bruder Nikolaus nickt bestätigend. „Ihr habt Euch den besten Verbündeten ausgesucht, den Euer Bruder Johannes sich denken kann. Hermann war all das, was Euer Bruder auch ist… von Adel… ein Graf von Altshausen. Er war stark behindert. Als kleines Kind übergab ihn sein Vater, Graf Wolfrad II., dem Kloster Reichenau. Damals regierte dort ein vortrefflicher Gottesmann, ein Abt Berno von Prüm. Dieser Berno war ein hochgelehrter Mann, und er war auch ein echter Vater seiner Mönche und der Inselleute. Er nahm sich persönlich des armen Kindes an. Und siehe da! Aus dem Behinderten wurde ein großer Gelehrter und Wissenschaftler. Aber durch die gütige Führung des heiligmäßigen Abtes blieb der Gelähmte so bescheiden, wie ihn sein Chronist Berthold beschreibt. Ich übersetze euch den Text: ‚Er übte die christliche Nächstenliebe und Fürsorge, er war geduldig, gehorsam und keusch sein ganzes Leben. Froh half er der Armut, vertrat überall den Glauben. Er bezeugte und verteidigte unbesiegbar die Wahrheit, ein echter christlicher Lehrer, ein bescheidener Mann, enthaltsam in allem … Im Psalmengebet und Gotteslob tat er mehr, als seine Pflicht war. Vor und nach seinem Eintritt ins Kloster – etwa mit dreißig Jahren wurde er von dem frommen und weisen Abt Berno von Reichenau gewonnen – blieb er der rechtgläubige Verwalter seines heiligmäßigen Lebens. Gütig, leutselig, fröhlich, gebildet in allen Wissenschaften, für jede geeignet, war er allen alles geworden. – Den Lieben liebten alle. – Unermüdlich kämpfte er gegen Niedertracht, Gemeinheit und Ungerechtigkeit, besonders wenn es galt, für Gott einzutreten. So ertrug er sein Leben bis an das Ende – und er war glücklich!'"

Mit einem hellen Leuchten im Antlitz wiederholt Georg: „Und er war glücklich… er war glücklich! Welch ein Geschenk habt Ihr mir mit dieser Stelle aus der Chronik gemacht, Bruder Nikolaus! Das ist es, was ich für meinen Bruder Johannes und für meinen Freund Kilian wünsche, das Glück eines erfüllten Lebens! Dürfte ich um eine Abschrift dieser Stelle aus der Chronik des Berthold bitten?" „Gerade diese Aussage dürfte ungemein wichtig für den Herrn Grafen von Waldstetten sein", wirft Wolfram ein. „Sie könnte dazu beitragen, seine Meinung über Johannes zu ändern." „Hätte ich nur früher etwas von diesem Hermannus Contractus geahnt", flüstert Kilian leise vor sich hin. Bruder Nikolaus nickt zustimmend. „Ich werde sofort einen meiner Brüder bitten, eine Abschrift von dieser Stelle aus der Chronik des Berthold für euch anzufertigen und außerdem die Gesamtliste der Schriften des Hermannus. Übrigens ist die Chronik des Berthold kein selbständiges Werk dieses Schülers von unserem Hermann. Sie ist ein Anhängsel an die große Weltenchronik, die Hermann verfasst hat. Leider haben wir vom Hauptteil dieser Chronik keine Abschrift. Wie ich kürzlich hörte, bewahrt die Abtei St. Trudpert im Münstertal eine solche auf. Wie gerne wäre ich dahin gereist und hätte mir an Ort und Stelle selbst das Ganze abgeschrieben! Der Vater Abt wollte bisher nicht zustimmen, denn es wäre eine zu zeitraubende und langwierige Arbeit. Nicht alle Herzenswünsche werden erfüllt. Das gehört sich durchaus so in einem Mönchsleben, aber die Sehnsucht bleibt halt bestehen. Oh, da fällt mir noch etwas Wichtiges ein: Hermann hat als erster Historiker die Bezeichnung vor und nach Christi Geburt eingeführt. Für ihn war Christus nicht nur der Mittelpunkt seines eigenen Lebens, sondern auch die Mitte der Menschheitsgeschichte, ihr Wendepunkt. Trost und Heimat fand er in seiner körperlichen und seelischen Not stets bei Maria, wie ihr aus dem wunderbaren Salve Regina selbst entnehmen konntet. Dieses Lied wird die Zeiten überdauern." Eine Woche später reiten Georg, Wolfram, Kilian und die Männer des Trosses reich beschenkt und dankbaren Herzens aus dem stillen Klostertal. Bruder Nikolaus geleitet sie bis an den Rand der Stadt Mühlhausen und nimmt schweren Herzens von den drei Herren Abschied, mit denen er oft und ausgiebig über den von ihm hochverehrten Hermannus Contractus sprechen konnte.

„Warum hast du den Abt nicht gefragt, ob er Johannes in Murbach unter die Scholaren aufnehmen würde? Er hätte sicher seine Zusage gegeben?" fragt Wolfram den Freund. „Der Vater Abt war sogar bereit, mich in Murbach zu halten", fügt Kilian hinzu. „Der Gedanke, in Murbach anzufragen, ist mir seltsamerweise gar nicht gekommen, Wolfram. Und warum habt Ihr nicht zugesagt, Herr Kilian?" „Ich möchte die Reichenau kennenlernen, Herr Georg, den Ort, wo Hermann gelebt und gelitten hat – und wo er glücklich war."

Am Rheinufer müssen sie einige Tage in müßigem Warten verbringen, ehe es ihnen gelingt, einen leeren Frachtkahn zu finden, der sie gegen klingende Münze zum anderen Rheinufer übersetzt. Sie reiten zum Münstertal, zur Abtei St. Trudpert. Sie wollen dort für Murbach eine Abschrift der Weltenchronik anfertigen lassen und diese Arbeit und den Boten, der sie später nach dem stillen Pirminkloster am Fuß des großen Belchen bringen wird, mit klingender Münze bezahlen. Dies soll ihr besonderer Dank an Bruder Nikolaus sein, der ihnen den seligen Hermann nahegebracht hat. „Viel Neues über Hermann werden wir wahrscheinlich in St. Trudpert nicht erfahren, aber auch das kleinste Mosaiksteinchen zum Bild seines Lebens kann uns helfen, wenn wir meinem Herrn Vater gegenüberstehen. Diese Begegnung wird in Kürze unvermeidlich sein. Die Reise zur Reichenau möchte ich mit seinem Segen und mit meinem Bruder Johannes antreten. Es wird kein leichtes Unterfangen werden, bis wir uns durchgesetzt haben." Kilian sieht ihn von der Seite an. Offensichtlich fürchtet sich der sonst so kühne Georg vor der Begegnung mit seinem Vater. „Sollte ich nicht lieber in St. Trudpert bleiben? Was wird Euer Herr Vater sagen, wenn Ihr einen Krüppel nach Waldstetten mitbringt?" „Das lasst meine Sorge sein. Ihr gehört zu uns!" antwortet Georg kurz und schroff. Über diese zusätzliche Schwierigkeit hat er nicht nachgedacht.

St. Trudpert ist eine große, breitgelagerte Abtei zwischen Wäldern und hohen Schwarzwaldbergen. Als Georg an der Pforte vorspricht und seinen Namen nennt, ist es ihm, als ob der Pfortenbruder erschrecke. Er tut der Höflichkeit Genüge und führt die drei Herren in einen einfach eingerichteten Raum und setzt ihnen Wein, Bier, Dinkelbrot und Käse vor. Dabei wirkt er verunsichert und verrichtet seine Arbeit mit großer Hast. „Greift zu, ihr Herren! Ich werde sofort den Vater Abt benachrichtigen“, murmelt er stammelnd und eilt mit wehender Kutte davon. „Der Gute hat offensichtlich einen Schrecken bekommen, als er hörte, dass du ein Waldstetter bist, Georg!“ stellt Wolfram nach einem Schluck dünnen Bieres fest. Georg spült rasch einen Bissen Brot mit dem recht herben Wein hinunter, ehe er antwortet: „Leider kennt und fürchtet man hier den reichen Grundherrn Heinrich von Waldstetten. Er hat bereits einige Male dem Kloster Waldstücke und Äcker streitig gemacht. Wahrscheinlich nahm der gute Bruder an, dass wir gekommen sind, um weitere Forderungen des Grafen vorzutragen.“ Der Vater Abt kommt in Begleitung des Priors und des Ökonoms. Die Begrüßung fällt förmlich aus und entbehrt der Herzlichkeit. „Darf ich im Namen des Konventes fragen, welcher Grund euch, ihr Herren, nach St. Trudpert führt?“ fragt der Abt mit unsicherer Stimme und reibt dabei seine kleinen, fleischigen Hände. Prior und Ökonom beugen sich gespannt und ängstlich vor. Um ihnen alle Sorgen und Nöte zu nehmen, bittet Georg gleich um eine Abschrift der Weltenchronik des Hermannus Contractus für Kloster Murbach. „Wir werden die sicherlich umfangreiche Arbeit und die Überbringung des Schriftstückes nach Murbach im voraus vergüten. Vielleicht könnt Ihr, Herr Vater Abt, von einem Eurer fachkundigen

Brüder die anfallenden Kosten errechnen lassen." Die drei Mönche sehen sich erleichtert an. Sie atmen auf, aber der vorsichtige Prior forscht dennoch: „Hm, sind das eure gesamten Wünsche, ihr Herren?" Da erbarmt sich Georg ihrer Not und erzählt ihre ganze Geschichte von ihrem weiten Weg auf den Spuren des Hermannus Contractus. Nun weicht die Spannung endlich von den Gesichtern seiner Zuhörer. „Gottes Wege sind wunderbar!" sagt der Abt feierlich, als Georg geendet hat. „Wir würden Euren klugen Bruder Johannes gerne in die Schar unserer Klosterschüler und Novizen aufnehmen, aber wir befürchten, dass dies das gespannte Verhältnis zwischen Eurem Herrn Vater und uns weiter belasten würde. Und das können wir uns angesichts mannigfacher anderer Schwierigkeiten nicht leisten. Ich hoffe, Ihr habt dafür Verständnis, Herr Georg!" Er ist sichtlich verlegen, streift ein Stäubchen von seiner gepflegten Kutte und dreht an seinem breiten Abtsring. Dann hebt er entschlossen den Kopf. „Weil Euer Herr Vater St. Trudpert nicht gerade liebt, würdet Ihr besser in der Abtei Maria von der Au auf der Klosterinsel im Bodensee für Euren Herrn Bruder anfragen. Dort werdet Ihr auch noch Genaueres über Hermann erfahren können. Aber... bitte sprecht mit Eurem Herrn Vater nicht über die Gründe unserer Weigerung, Euren Bruder aufzunehmen!" Georg lacht, aber es ist ein bitteres und resigniertes Lachen. „Mein Herr Vater weiß nichts von unserer Reise. Er wird nichts von unserem Vorstoß bei Euch erfahren. Er möchte unseren armen Johannes im Turmstübchen lebenslang vor der Welt verborgen halten. Er schämt sich seines behinderten Sohnes." Der Abt verfolgt scheinbar mit höchstem Interesse das Krabbeln einer Stubenfliege über den blanken Tisch, die zielgerecht einen winzigen Brotkrümel erreicht. „Herr Georg, darf ich Euch noch einmal die Abtei auf der Reichenau empfehlen? Ihr Abt, Herr Friedrich von Wartenberg, ist ein außergewöhnlicher, tatkräftiger und zugleich tiefreligiöser Mann. Unter seiner Leitung kam die Abtei aus der langen Phase der Stagnation und des scheinbar unaufhaltsamen Niedergangs heraus. Er öffnete die Klosterpforte auch für junge Männer aus dem niederen Adel und dem gehobenen Bürgertum. Nun gibt es auf der Klosterinsel endlich wieder eine stattliche Klosterfamilie. Es gelang ihm, die wirtschaftliche Lage der Abtei und ihrer Besitzungen zu festigen. Er lebt auch in gutem Einvernehmen mit den Deutschherrn in der Kommende Altshausen."

Als die Reiter durch das Münstertal westwärts reiten, meint Wolfram nachdenklich: „Nach dem Loblied des Abtes von St. Trudpert auf die Reichenau würdest du wohl am besten dort für Johannes vorsprechen, wenn er überhaupt Neigung zum Ordensberuf verspürt. Ob wir auf der Insel auch das Grab des seligen Hermannus Contractus antreffen werden ? Man sollte annehmen, dass die Mönche es in Ehren halten. Haben wir drei nicht allen Grund, an seinem Grabe zu beten? Er hat uns schließlich bis hierher geführt." Georg nickt zustimmend. „Aber dieses Mal dürfen wir nicht weiterziehen ohne den ausdrücklichen Wunsch und Segen meines Herrn Vaters. Sollte Graf Heinrich je erfahren, dass wir in St. Trudpert vorgesprochen haben, würde er seinen Zorn vielleicht an der Abtei auslassen, auch wenn dies völlig unberechtigt ist. Die Männer des Trosses haben mir versprochen, über diesen Besuch zu schweigen. Allerdings leerte das Geld, das ich ihnen für ihr Schweigen in die Hand drückte, meinen Beutel vollends. Die Spende an St. Trudpert für die Abschrift der Weltenchronik war auch nicht eben klein. Ja, meine Freunde, zur Zeit sind wir mittellose Landstreicher. Unsere Wäsche und unsere Kleidung bedürfen dringend einer fürsorglichen Hand. Sie müssen geflickt, gewaschen oder erneuert werden. Unsere Pferde haben eine längere Ruhepause verdient. – Es führt kein Weg an Waldstetten vorbei!“

Nach einem anstrengenden Ritt über Waldwege, Hügel und durch kiesige Betten kleiner Flüsse und Bäche sehen die erschöpften Reiter im Abendsonnenschein endlich die hohen Mauern und Zinnen der heimatlichen Burg vor sich aufragen.

An den Fahnenstangen der beiden Türme weht keine Fahne mit dem Wappen des Grafen, den drei Eichen auf rotem Grund. Ist Graf Heinrich abwesend? Das wäre ein unerwartetes Glück! Von den beiden Torwächtern erfahren sie auf ihre Frage, dass Graf Heinrich mit dem ältesten Sohn Karl eine längere Reise in den Nordwesten angetreten hat und für einige Wochen abwesend ist. „Ob mein Herr Vater dann überhaupt den Brief von Bürgermeister Heimanns erhalten hat vor seiner Abreise?“ überlegt Georg. „Sonst könnte es sein, dass er nichts von unserem Ritt auf den Spuren des Hermannus Contractus weiß und uns als brave Studenten in Heidelberg vermutet.“ „Um so größer und heftiger wird nachher das Donnerwetter sein. Ah, da naht bereits ein kleines Unwetter in der Gestalt meines Herrn Vaters“, murmelt Wolfram unbehaglich. Mit zornigem Gesicht und großen Schritten eilt Vogt Hartmut von Tannen auf die Reiterschar zu. „Was sehen meine erstaunten Augen?“ ruft er dabei laut aus. „Herr Georg, Wolfram und die andern! Ihr seid von Heidelberg zurückgekommen? Das muss gar gewichtige Gründe haben und wird den gnädigen Herrn Grafen keinesfalls erfreuen.“ Seine barsche und hochfahrende Art reizt den Herrensohn, der sonst nie auf seine edlere Abstammung pocht. „Wo ist mein Herr Vater, Vogt Hartmut?“ fragt er knapp, ohne den Vogt zu begrüßen. „Der gnädige Herr reiste mit dem Grafen Karl in einer Rechtsangelegenheit zu Verwandten der Frau Hemma nach Lüttich“, antwortet der Vogt beleidigt. „Sie sind vor drei Tagen aufgebrochen.“ „Oh, das ist gut. Dann haben wir ja reichlich Zeit“, meint Georg in einem solch zufriedenen Ton, dass sich die Stirn des Vogtes erneut ärgerlich runzelt. „Lasst bitte für unsere Tiere sorgen, Herr Hartmut! Wir haben sie über Gebühr beanspruchen müssen. Aber auch die Männer unseres Trosses verdienen etliche Ruhetage. Euren Sohn Wolfram muss ich leider für mich beanspruchen. Er muss nämlich die Lücken des großen Berichtes ausfüllen, die mir gewiss unterlaufen werden, wenn ich meiner Frau Mutter Bericht erstatte.“

Der Vogt verbeugt sich kurz, dabei streift sein Blick Kilians verwachsene Gestalt. „Und... und... dieser Herr hier?“ murmelt er fragend und zugleich verächtlich. „Herr Kilian ist unser lieber Gast“, antwortet Georg kurz und bestimmt. Dann wendet er sich den Kriegsknechten zu: „So, Leute, ich danke euch für das gute Miteinander auf unserer Reise! Ruht euch gründlich aus und stärkt euch tüchtig. Nutzt die freien Tage, denn vielleicht brauche ich euch bald wieder.“ Der Trossführer lacht über das braune wildbärtige Gesicht. „Mit Euch, Herr, reiten wir bis zum Ende der Welt!“

In der Wohnhalle warten Frau Agnes, Luitgard und Hemma auf die Heimkehrer. „Georg, was ist geschehen, dass ihr wieder hier seid?“ ruft die Mutter besorgt. „Nichts, was Euch ängstigen müsste, Frau Mutter.“ Er nimmt sie liebevoll in den Arm. „Wir werden es Euch in aller Ausführlichkeit erzählen, und Ihr werdet Euch gewiss mit uns darüber freuen.“ Dann begrüßt er seine Schwägerin Hemma mit einem brüderlichen Stirnkuss. Ein wenig abseits stehen sich Wolfram und Luitgard gegenüber. Sie schauen sich nur an und halten sich bei den Händen. Lächelnd legt Georg seine Zeigefinger auf den Mund und winkt Kilian herbei, der sich bescheiden im Hintergrund gehalten hat. „Frau Mutter, das ist unser Freund Kilian, den ich Eurer Güte und Eurer mütterlichen Sorge anvertraue!“ Freundlich reicht Frau Agnes dem Verwachsenen die Hand. Sie bemerkt die traurigen Augen im edlen Antlitz des kleinen Mannes, der sich in höfischer Manier vor ihr verneigt. Endlich erwachen Wolfram und Luitgard wie aus einem Traum. Sie finden sich nur schwer in der Wirklichkeit zurecht. „Schwesterherz, bist du glücklich, dass dein getreuer Wolfram wieder hier ist?“ Da hebt Luitgard jäh den Kopf und sieht dem Bruder geradewegs in die Augen. „Ja, Georg, ich bin sehr glücklich, dass mein getreuer Wolfram wieder hier ist.“ Der Bruder spürt, dass Luitgard ihre Entscheidung gefällt hat. Sie wird zu ihrer Liebe stehen, auch wenn ihr Liebster nur der Sohn des Vogtes ist. „Und wie geht es unserem lieben Johannes?“ fragt er die Mutter. „Johannes wartet sehnsüchtig auf dich. Er hat immer wieder davon gesprochen, dass du kommen würdest. Seltsam, er hat es irgendwie gewusst. Wollt ihr euch nicht zuerst stärken?“ „Sorgt für meine Freunde, Frau Mutter, und lasst Euch von ihnen bereits Bericht erstatten. Bitte, nehmt es mir nicht übel! Wartet nicht auf mich – ich muss zuerst zu Johannes.“

4
Zur Klosterinsel

Georg von Waldstetten hastet die enge Wendeltreppe im Südturm hoch. Er nimmt stets zwei der hohen, ausgetretenen Stufen auf einmal. Endlich ist er oben auf dem Podest vor der schweren Eichentür zu den Stuben seines Bruders angekommen. Er bleibt stehen und atmet einige Male tief durch. Die innere Spannung, die er empfindet, bewegt ihn so sehr, dass er kaum richtig atmen kann. Was wird die Botschaft, die er Johannes bringen wird, für diesen bedeuten? Beinahe ängstlich klopft er an die Türe. Ein lautes „Herein!“ ertönt. Johannes steht mitten in seiner Studierstube, leicht auf seinen Stock gestützt. Seine hohe Gestalt hebt sich als schmale dunkle Silhouette gegen die Sonnenbahnen ab, die durch die beiden offenen Fenster fallen. „Johannes! Johannes!“ ruft Georg bewegt und schließt ihn in seine Arme. Der Bruder erwidert nichts. Seine zitternden Lippen und seine feuchten Augen drücken aus, was er beim Wiedersehen mit Georg empfindet. Sorgsam geleitet der ihn zum Lehnstuhl. Mutter und Schwester haben ihn mit weichen Kissen ausgepolstert. Vorsichtig lässt sich Johannes nieder und lehnt den Stock neben sich. Georg zieht sich einen Schemel heran. „Oh, ich habe dir viel zu erzählen, Johannes! Du wirst staunen über das, was wir in den letzten Wochen erfahren und erlebt haben. Wir sind auf Spurensuche…“ Johannes unterbricht ihn lächelnd. „Nimm dir zuerst etwas zu trinken, lieber Bruder, und gieß mir auch einen Becher ein!“ Dankbar leert Georg einen Becher kühlen

Brunnenwassers. „Ich bin so erfüllt von allem, dass ich beinahe nicht weiß, wo ich beginnen soll, aber ich musste einfach zuerst zu dir kommen. Unten können sie ohne mich essen und trinken. Wolfram wird ihnen gewissenhaft von allem berichten, und der gute Kilian wird auch das Seine dazu beisteuern." „Wer ist Kilian?" fragt Johannes erstaunt. „Den Namen habe ich bisher nie gehört. Keiner der Männer eures Trosses heißt so." Nachdenklich sieht Georg vor sich hin und spielt mit seinem Becher. „Wer ist Kilian? Das ist eine Frage, die ich mir jeden Tag stelle und auf die ich bis jetzt keine Antwort gefunden habe. Zweifellos ist Kilian ein Mensch edler Abkunft, aber er möchte den Namen seiner Familie, die an ihm schuldig geworden ist, nicht preisgeben. Johannes, du hast körperliche Schwächen, aber sie sind geringfügig gegen die Leiden, die dieser verwachsene Mensch durchmacht. Nur sein Antlitz und seine Hände sind wohlgestaltet. Warum ich ihn von Heidelberg aus mitgenommen habe, kann ich dir nicht sagen. Ich hatte und habe das Gefühl, dass er mir von Gott geschickt worden ist." „Diese Erklärung genügt mir vollauf, lieber Bruder. Bringe Kilian bald zu mir. Wir werden sicher gute Freunde werden." Er trinkt wieder einen Schluck und rückt sich bequemer zurecht. „Aber nun bitte ich um deinen großen Bericht..." „Ja, Johannes, den sollst du sofort haben, aber du brauchst dafür etwas Geduld. Ich muss weiter ausholen, damit du alles verstehst. Also, wir waren voller Widerwillen gegen das uns auferlegte Studium und vertrödelten unsere Zeit in Heidelberg, um den Beginn des Studiums hinauszuschieben. Aber eines Tages gab uns Benno von Heimanns ein Büchlein und trug uns auf, es durchzulesen. Du kannst dir denken, dass wir darüber nicht sonderlich begeistert waren..." Dann erzählt er von dem Erlebnis am Neckarufer bei der Lektüre des Büchleins und der Entdeckung des Namens Hermannus Contractus.

Johannes folgt dem Bericht des Bruders mit glänzenden Augen und in großer Spannung. Seine gesunde Rechte krampft sich unwillkürlich fester und fester um die Seitenlehne seines Sessels. Als Georg seinen Bericht mit dem Heimritt nach Waldstetten beendet hat, streckt er seine beiden Hände nach ihm aus. „Bruder, lieber Bruder, was hast du, was habt ihr alles auf euch genommen, um mir zu helfen! Welch kühnes Wagnis war und ist es, dem erklärten Willen unseres gestrengen Herrn Vaters zuwider zu handeln und so seinen Zorn herauszufordern! Deinet- und auch meinetwegen bin ich froh, dass er für mehrere Wochen abwesend ist, denn außer der weiten Reise, die er und Karl machen müssen, werden auch die Rechtsangelegenheiten und Erbschaftsregelungen in Lüttich gewiss einige Zeit erfordern. Wir haben also eine große Atempause gewonnen, ehe der väterliche Sturm losbricht." „Ich gestehe ein, dass ich bei allem, was ich tat, den Zorn des Vaters fürchtete, Johannes, aber zugleich war mir bei allen Wagnissen zumute, als gäbe es für mich eine letzte Sicherheit, ja, als würde der selige Benediktinermönch Hermannus Contractus mich, uns führen. So wollen wir ihm auch alles Weitere anvertrauen, ihm und seiner, unserer geliebten himmlischen Mutter Maria. Ich habe die feste Zuversicht, dass uns ein Weg gewiesen worden ist, der zu einem guten Ziel führen wird – uns – damit meine ich dich, Wolfram und Luitgard, den armen Kilian und schließlich auch mich. Wie das geschehen soll und wird, weiß ich nicht, aber alle unsere Sorgen werden irgendwie ein Ende haben." „Ja, wir wollen uns an die liebe Gottesmutter, der Hermann so sehr vertraut hat, und an ihn wenden und viel beten. Es bedarf geradezu eines Wunders, unserem Herrn Vater aus der Verkrampfung in seinen Starrsinn zu helfen und ihn davon zu befreien." „Dann beten wir fortan um dieses Wunder!" erwidert Georg knapp, beinahe schroff. Dabei ist es ihm im Gedanken an den Grafen Heinrich nach wie vor mehr als unbehaglich zumute. Aber er will Johannes nicht beunruhigen, zumal bei diesem erstmals die Hoffnung erwacht ist, dass es für ihn einen Weg aus der Enge der Studierstube und der Verborgenheit geben könne. Georg spielt seine eigenen Bedenken darum bewusst herunter. „Sollte ein Seliger im Himmel nicht viel mehr bewirken können als unser eigenmächtiger Herr Vater? Hermann hat immerfort Zugang zu Gottes Ohr und Mariens Herz." „Mir kommt es beinahe schon wie eine übernatürliche Fügung vor, dass unser Vater längere Zeit abwesend ist. Ehe du zu den andern nach unten gehst, habe ich noch eine Bitte. Würdest du mir bitte eine Abschrift des Salve Regina mitbringen, wenn du wiederkommst? Ich möchte das Gebet des Hermann täglich sprechen und seine Melodie singen lernen..."

Es klopft. Der Kaplan der Burg, Pater Fidelis, tritt ein. Georg begrüßt ihn freudig. „Oh, Ihr kommt gerade recht, lieber Vater Fidelis! Nein, macht kein solch besorgtes Gesicht! Johannes kann Euch nun viel Gutes, Schönes und Hoffnungsvolles erzählen. Ihr werdet staunen, was sich alles ereignet hat. Ich muss nun endlich nach unten gehen. Meine Familie wird denken, dass ich sie ganz vergessen habe." Als er die Studierstube verlassen will, hält Pater Fidelis ihn am Ärmel seines Wamses fest. „Und was soll nun werden, Herr Georg?" fragt er besorgt. „Vogt Hartmut war sichtlich aufgebracht..." „Das soll er ruhig. Von ihm war ohnehin nichts anderes zu erwarten. Vater, lasst

Euch von Johannes alles ausführlich berichten, und Ihr habt eine Antwort auf alle Eure Fragen. Gott ist am Werke. Davon bin ich überzeugt. Ihr helft uns durch Euer eifriges Gebet, nicht wahr?“

In der Wohnhalle sitzen die Frauen, Wolfram und Kilian beisammen. Kilian scheint sich in dieser Runde am flackernden Kaminfeuer sichtlich wohl zu fühlen. Der Ausdruck des Friedens und der Freude auf seinem gelösten Antlitz lässt seinen missgestalteten Körper beinahe vergessen. Während der Mahlzeit hat die Burgherrin beobachtet, mit welch feinem Anstand Kilian gegessen und getrunken hat. Raschen Schrittes nähert Georg sich der Runde. „Wie ich am Ausdruck eurer Gesichter feststellen kann, hast du mir die Arbeit des Erzählens bereits abgenommen, Freund Wolfram. Danke! Nun wisst ihr alle Bescheid. Und so bitte ich Euch, Frau Mutter, Euch, Frau Hemma, und dich, liebe Luitgard, eindringlich um euer Gebet – aber auch um eure tatkräftige Hilfe. Ich bin überzeugt davon, dass wir nach ein paar notwendigen Ruhetagen erneut reisen und den Spuren des seligen Hermannus Contractus zur Klosterinsel Reichenau im Bodensee folgen müssen…“ Die Frauen betrachten den kühnen Sprecher, der sich scheinbar gelassen mit Speise und Trank bedient, mit großen und ängstlichen Augen. Was sagt dieser Georg da Vermessenes? Wie ein übermächtiger Schatten drängt sich ihnen drohend der Gedanke an den maßlosen Zorn des Burgherrn über jedes selbständige Vorgehen seines Sohnes Georg auf. „Die Liebe ist und bleibt das höchste Gebot. Der Auftrag, Johannes zu helfen, ist deutlich an uns ergangen. Wir müssen ihm Folge leisten, sonst versündigen wir uns gegen die Liebe. Das muss und wird der Herr Vater schließlich einsehen.“ Nach diesen Worten gähnt Georg verstohlen. „Verzeiht mir, aber nach all der

Aufregung und Spannung bin ich plötzlich todmüde, und meinen Gefährten wird es ebenso ergehen." Langsam isst er ein Stück Brot und einen Bissen Käse. Die Gespräche sind verstummt. Als er aufschaut, begegnet er besorgten Frauenaugen. Nur Wolfram und Kilian schauen gelassen drein. „Glaubt mir, alles wird gut – alles und für alle. Woher ich diese meine Zuversicht nehme, Frau Mutter? Einmal vertraue ich auf die Hilfe des seligen Hermannus Contractus und auf die Fürbitte Mariens, der Mutter aller Mütter. Maria, die unter dem Kreuze ihres Sohnes das größte Leid erfahren musste, wird eines ihrer Kinder, das lebenslang ein besonderes Kreuz zu tragen hat, nicht im Stich lassen. Besser begründen kann ich die Gewissheit nicht, die mich trotz aller Sorgen und Ängste zutiefst erfüllt. Sie wurde mir geschenkt als ein unerschütterliches und sicheres Fundament für mein Handeln." Seine Schwägerin Hemma ist die erste, die ihm zustimmt. „Ich denke ebenso wie Ihr, lieber Schwager. Frau Mutter, Euer Gemahl wird zweifellos über die Entwicklung der Dinge nicht erfreut sein. Das ist gewiss. Aber mit der Zeit wird er einsehen, dass Georg richtig gehandelt hat. Und er wird sogar stolz auf ihn sein. Er kann unmöglich den Mut Georgs und seiner Freunde ignorieren... Und dann habe ich auch eine gute Nachricht für ihn und für euch alle. Sie wird ihn sicherlich milde stimmen." Sie errötet, fährt aber tapfer fort: „Karl und Herr Heinrich werden sich darüber freuen, dass ich in guter Hoffnung bin." Die ehrliche Mitfreude der Anwesenden verdrängt zunächst die anderen Sorgen. Sie wünschen ihr voller Freude Glück und Gesundheit. Endlich kehrt Georg wieder zum ersten Thema zurück. Er stellt die sachliche Frage: „Frau Mutter, habt Ihr eine ungefähre Vorstellung davon, wie lange die Reise des Vaters dauern wird?" „Das ist recht unbestimmt, Georg. Wahrscheinlich wird sie aber einige Wochen dauern. Erbstreitigkeiten ziehen sich oft sehr lange hin. Es geht um ausgedehnte Ländereien, die Frau Hemma geerbt hat und die sich andere Verwandte des Erblassers angeeignet haben. Näheres weiß ich allerdings nicht. Herr Heinrich meinte auf meine diesbezügliche Frage nur, dass ich es nicht wissen müsse, weil eine Frau von wirtschaftlichen oder politischen Problemen ohnehin nichts zu verstehen brauche. Er hat jedenfalls Vogt Hartmut die Obsorge für die Burg und die Grafschaft für unbestimmte Zeit übertragen. Oh weh, da fällt mir etwas Furchtbares ein: Herr Heinrich hat mir vor seiner Abreise noch gesagt, dass er auf dem Rückweg unbedingt in Heidelberg Station machen würde, weil er sich davon überzeugen will, wie eifrig Georg und Wolfram dem Studium obliegen." „Dann wird er halt ein leeres Nest vorfinden, denn die beiden Vögel sind längst ausgeflogen", murmelt Georg und gähnt erneut, dieses Mal lang und herzhaft. „Jedenfalls bringen mich keine zehn Pferde nach Heidelberg zurück!" Vorerst haben sie Zeit gewonnen. Er reckt seine müden, schmerzenden Schultern. „Dürfen wir Euch jetzt schnell verlassen, Frau Mutter? Wir müssen unbedingt zuerst schlafen. Morgen sehen wir weiter."

Burgvogt Hartmut von Tannen zeigt sich auch am nächsten Tag nicht begeistert über das in seinen Augen unsinnige und allzu tollkühne Unternehmen, in das sich Georg und sein Sohn eingelassen haben. Wolframs Beteiligung missbilligt er aufs schärfste. Er weiß um die Liebe seines Sohnes zur schönen Tochter des Burgherrn. Auch diese will er in keiner Weise fördern. Bei Wolfram spart er nicht mit harten Vorwürfen, die ihn entmutigen sollen. Er ist sehr zornig darüber, dass Wolfram es wagt, ihm gegenüber auf seinem Standpunkt zu beharren. Aufgebracht über den unerwarteten Widerstand seines Sohnes begibt er sich zu Georg von Waldstetten. „Wie konntet Ihr es wagen, dem ausdrücklichen Willen Eures Herrn Vaters zuwider zu handeln und auch meinen Sohn dazu anzustiften? Habt Ihr keine Ehrfurcht mehr vor dem Vierten Gebot?“ Mit einer raschen Handbewegung gebietet Georg dem erregten Mann, er solle in seiner Redeflut innehalten. „Das reicht nun wirklich, Herr Vogt! Eigentlich bin ich Euch keine Rechenschaft über mein Handeln schuldig. Um Eures Sohnes willen, der mein bester Freund ist, will ich es tun. Ihr sprachet vom Vierten Gebot. Seine Forderungen sind dann außer Kraft gesetzt, wenn ein Vater seinem behinderten Sohn aus Stolz und falscher Scham den Weg zu einem sinnvollen Leben versperrt, ihm also die schuldige Liebe verweigert.“ Der junge Graf tritt so selbstbewusst und sicher auf, dass Vogt Hartmut keinen weiteren Einwand wagt. Er brummt in seinen eisengrauen Bart: „So heißt Ihr auch gut, dass mein Sohn Wolfram es wagt, seine Augen zur Tochter seines Dienstherrn zu erheben? Wolfram ist nichts und hat nichts.“ Nun möchte Georg zornig aufbrausen, als er die Beschämung des Freundes bei den geringschätzigen Worten des eigenen Vaters bemerkt. Um sich zu beherrschen, ballt er kurz seine Fäuste. Dann sagt er mit ruhiger Stimme: „Scheinbar habt Ihr vergessen, dass Wolfram mein bester Freund ist, Herr Hartmut! Bei seiner edlen und vornehmen Gesinnung ist er mir der liebste und willkommenste Schwager. Enthaltet Euch bitte jedes weiteren Wortes! Auch für dieses Problem wird sich eine befriedigende Lösung finden.“ Man kann es dem Vogt ansehen, dass er nur allzu gerne neue Einwände erheben würde, aber der ruhige

Ernst Georgs lässt ihn verstummen. Er dreht sich schroff um und stapft mit großen, zornigen Schritten davon. Wehe dem armen Knecht, der ihm jetzt über den Weg läuft und den er bei einer Nachlässigkeit ertappt! Traurig sieht Wolfram hinter ihm drein. „So ist er. In seinem blinden Gehorsam gegenüber deinem Vater bekümmert es ihn kein bisschen, wenn andere durch Herrn Heinrichs Härte leiden oder zugrunde gehen. Seine starre Treue ist ihm hundertmal wichtiger als alles andere. Wird er uns nicht große Schwierigkeiten bereiten? Wir müssen doch bald weitere Schritte wagen, wenn unser Unternehmen Erfolg haben soll." „Ja, wir können nicht lange hier verweilen. Je weiter wir vorangekommen sind auf unserem Weg, desto schwerer wird meinem Herrn Vater ein Nein zur Freigabe des Johannes fallen. Unser nächstes Ziel ist, wie wir es besprochen hatten, die Insel Reichenau im Bodensee. Johannes muss und wird uns auf dieser Reise begleiten. Meine sanfte Frau Mutter, Frau Hemma und Luitgard müssen deinen Vater, den Vogt, mit vereinten Kräften darüber belehren, wer die eigentliche Herrin der Burg ist. Meine Frau Mutter muss sich dazu aufraffen, dass sie dem Vogt Befehle erteilt. Um Johannes willen wird sie das vermögen. Als Mutter wird sie um ihres Kindes willen kämpfen."

Beim Mittagsmahl lauschen sie gebannt seinen ruhigen und sachlichen Ausführungen: „Ich habe in der Frühmesse des guten Pater Fidelis unfromme Gedanken gehabt, von denen ich dennoch hoffe, dass sie mir vom Himmel geschenkt worden sind. Es hat keinen Sinn, dass wir uns lange in Waldstetten aufhalten. Wenn wir uns erholt haben, müssen wir unseren Weg fortsetzen. Ja, unser weiter Pilgerweg ist noch nicht zu Ende. Wir werden in wenigen Tagen mit Johannes zur Klosterinsel Reichenau aufbrechen. Wir rechnen fest mit eurer Unterstützung, Frau Mutter, Frau Hemma und Luitgard, und zwar nicht nur bei den Reisevorbereitungen, bei der Instandsetzung unserer Kleidung und bei der Zusammenstellung des Reiseproviants. Unsere wichtigste Bitte an Euch ist, dass Ihr uns gegenüber Vogt Hartmut von Tannen unterstützt! Frau Mutter, beweist ihm, dass Ihr die Herrin von Waldstetten seid!" Frau Agnes ist bei seinen Worten ein wenig erblasst, aber sie lässt den Vogt sofort zu sich rufen. „Es ist mein ausdrücklicher Wunsch, dass mein Sohn Georg, Wolfram, Herr Kilian und... mein Sohn Johannes, von einem Tross begleitet, in den nächsten Tagen zur Reichenau reisen. Ihr werdet ihnen dabei jede notwendige Unterstützung leisten und Euch nicht mehr ablehnend äußern, Herr Vogt!" Bewundernd blickt Georg seine Mutter an. Welche Stärke und welchen Kampfesmut hat sie nun bewiesen, da es um ihren Sohn Johannes geht. Die sonst allzu sanftmütige Frau Agnes ist kaum wiederzuerkennen. Vogt Hartmut staunt. Dann fasst er sich. Er stößt einen abgrundtiefen Seufzer aus. „Ihr verzeiht mir, Herrin, dass ich von alledem ziemlich verwirrt bin! Glaubt Ihr wirklich, dass ein gelähmter Mönch, der vor drei oder vier Jahrhunderten gelebt hat, auf Euren Herrn Gemahl den geringsten Eindruck machen und seine Entscheidung wegen des Herrn Johannes beeinflussen wird?" Ruhig entgegnet Frau Agnes: „Ihr werdet es miterleben, Herr Vogt. Nun widersetzt Euch dem Vorhaben nicht länger! Dazu habt Ihr kein Recht! Mit meinem Sohn Georg übernehme ich die volle Verantwortung für die Reise zur Reichenau." Georg fügt hinzu: „Wie wolltet Ihr uns auch an dieser Reise hindern, Herr Vogt? Würdet Ihr versuchen, uns die notwendigen Geldmittel vorzuenthalten, so würden wir uns nicht schämen, als bettelnde

Pilger durch die Lande zu ziehen.“ Hartmut von Tannen wirft dem Sprecher einen kritischen Blick zu, den Georg mit Freimut erwidert. Niemals hätte der Vogt vermutet, dass der ehedem beinahe schüchterne und fügsame Zweitgeborene des Waldstetters eine solche Festigkeit, ja beinahe Härte entwickeln würde. Sein entschlossenes Antlitz gleicht in verblüffender Weise dem seines Vaters. „Ihr seid wirklich der Sohn Eures Vaters, Herr Georg“ brummt er und ergibt sich in das Unvermeidliche. „Das habt Ihr ja wohl nie bezweifelt, nicht wahr?“ scherzt der junge Graf gut gelaunt. Er weiß, dass er gesiegt hat.

Mit Ruhe und Beharrlichkeit zerstreut er ängstliche Bedenken seiner Mutter und seiner Schwester Luitgard gegen das Unternehmen. In Frau Hemma hat er ohnehin eine Verbündete gefunden. Sie ist ganz erfüllt vom Glück ihrer Mutterschaft und möchte auch andere Menschen glücklich sehen, vor allem ihren stillen, klugen und liebenswürdigen Schwager Johannes. Ihr Wohlwollen schließt Kilian mit ein, den kleinen Mann mit dem edlen Antlitz und den sensiblen, wohlgeformten Händen. In seinen weisen, alterslosen Augen wohnt eine tiefe Traurigkeit, die sie durch ihre Güte mildern, lösen möchte. Er fühlt die Echtheit ihres Bemühens und unterhält sich gerne mit ihr. Mit geschickten Händen schnitzt er ihr eine kleine Muttergottesstatuette. „Für Euch und Euer Kind, Frau Hemma“, sagt er, als er ihr das kleine Kunstwerk mit einer artigen Verbeugung überreicht. Erstaunt und beglückt betrachtet sie die Gabe. „Vielen Dank, Herr Kilian! Ich werde sie in Ehren halten. Wie schön sie ist! Ihr seid ein echter Künstler.“ Er lächelt ein schmerzliches Lächeln. „Meine Hände sind der beste Teil an mir.“ Sie zeigt die Statuette ihrem Schwager Johannes. „Hättet Ihr ein solches Können hinter seiner traurigen Gestalt vermutet, Herr Johannes?“ Er betrachtet aufmerksam das unsagbar feine und liebliche Antlitz aus weichem Lindenholz. „Gott schenkte diesem Kilian eine große Gabe, ein seltenes Talent, Frau Hemma. Bitte, zeigt Georg das wunderschöne Schnitzwerk. Wenn er jemals in die Lage kommen sollte, etwas für Kilian tun zu wollen und zu können, muss es unbedingt auf diesem Gebiete geschehen.“ Sie seufzt ein wenig. „Was muten wir unserem Georg eigentlich alles zu.“

Mit Umsicht und mit einer gewissen Eile werden die Vorbereitungen für die Weiterreise zur Insel Reichenau betrieben. Vogt Hartmut beteiligt sich daran, ohne seine Bedenken zu äußern. In seinem undurchdringlichen Antlitz kann niemand lesen, wie er im Herzen dazu steht. Die Reise zur Reichenau fordert größere Vorbereitungen, denn sie wird nicht in raschem Tempo und ohne Unterbrechungen vor sich gehen. Johannes kann sich täglich nur ein oder zwei Stunden im Sattel halten, ehe Schmerzen in der linken Seite ihn zwingen, sich im Wagen auszuruhen und für einen erneuten Ritt zu stärken.

Luitgard hilft mit großem Eifer bei den Reisevorbereitungen, aber zwischendurch kniet sie oft still in der Burgkapelle vor dem Bild der Gottesmutter. Das Geschick ihres Bruders Johannes liegt ihr sehr am Herzen, aber sie bittet in ihren Gebeten auch um eine günstige Entwicklung ihres eigenen Schicksals. Sie verspricht Maria, dass sie nie und nimmer den alten, reichen Witwer heiraten wird, den der Vater als Ehegemahl für sie vorgesehen hat. „Wenn ich Wolfram nicht heiraten darf und kann, heirate ich gar nicht. Dann nehme ich den Schleier bei den Nonnen in Buchau am Federsee“, verspricht sie der Gottesmutter. „Aber vielleicht findest du in deiner mütterlichen

Güte einen Weg, wie Wolfram und ich glücklich werden können."

Sie erzählt Frau Agnes und Georg, was sie versprochen hat. Frau Agnes ist außer sich. „Aber, liebes Kind, du kennst doch den Standesdünkel deines Vaters! Wolfram ist ein prachtvoller Mensch, den ich liebend gern als Schwiegersohn begrüßen würde. Er stammt aus einem Adelshaus, aber sein Vater ist als Vogt nur ein Ministeriale der Waldstetter – und zu allem Unglück ist Wolfram ein nachgeborener Sohn, der keine Mitgift zu erwarten hat und keine selbständige Stellung. Er wird dir kein standesgemäßes Heim bieten können." Die Augen der schönen Luitgard blitzen zornig. Sie wirft ihren Kopf zurück und ruft mit hochroten Wangen: „Für mich gibt es nur die eine Wahl – Wolfram oder den Nonnenschleier. Meinem Herrn Vater müsste das Lebensglück seiner angeblich geliebten Tochter höher stehen als all die dummen Standesvorurteile!" Luitgard will sich der väterlichen Willkür auf keinen Fall beugen...

Unwillkürlich stöhnt Georg auf... Johannes, Kilian, Wolfram, Luitgard, sie alle wollen seine Hilfe. Ist das Schicksal dieser Menschen nicht eine allzu schwere Last für die Schultern eines Mannes? Dann strafft er sich wieder. Er darf diese geliebten Menschen auf keinen Fall enttäuschen. Zu ihnen zählen ja auch seine Mutter Frau Agnes und seine Schwägerin Hemma. Endlich sind die Vorbereitungen für die Reise zum Bodensee beendet. Wieder grüßt die Reisenden das erste Licht des Tages, als sie in früher Morgenstunde von Burg Waldstetten aufbrechen. Nebelschleier verhüllen das fruchtbare Hügelland der südlichen Ortenau und die Berghöhen des Schwarzwaldes. Die Reiter traben schweigend voran. Sie stehen noch unter dem Eindruck des schweren Abschieds von den Frauen.

Vogt Hartmut hat sich dagegen bis zum Schluss unbewegt gezeigt und ihnen mit kühnen Worten eine erfolgreiche Beendigung ihres in seinen Augen allzu waghalsigen Abenteuers gewünscht.

Langsam weichen die Frühnebel, und die Morgensonne vergoldet das Land: Die meisten Äcker sind bereits abgeerntet, aber Obstbäume und Rebstöcke beugen sich noch unter der Last ihrer reifenden Früchte. Ein angenehmer Wind streift die Wangen der Reiter. Johannes hält sich tapfer im Sattel seiner sanften und trittsicheren Schimmelstute. Er unterhält sich lebhaft mit Kilian, der ihm von seinem großen Verlangen erzählt, Menschen und Tiere zu zeichnen oder in Holz ihr Abbild zu gestalten: „Bis zu der kleinen Muttergottesfigur, die ich für Eure Frau Schwägerin geschnitzt habe, konnte ich diesem inneren Wunsch kaum nachkommen. Als Heranwachsender habe ich allerlei Tiere geschnitzt, aber später hat man mir das Tun als groben Unsinn verboten." Johannes wendet sich zu ihm hin. „Ihr müsst dieses Euch von Gott geschenkte besondere Talent nutzen, Herr Kilian. Nein, Ihr dürft es nicht länger vergraben. Denkt an das Gleichnis des Herrn von den Talenten!" Kilian antwortet ihm mit einem resignierten Lächeln: „Glaubt mir, ich würde es zu gerne tun, aber wie und wo sollte das möglich sein?" „Ach, Georg wird auch für Euch einen Weg finden", meint Johannes rasch und unbedacht. Nachdenklich fragt Kilian: „Muten wir Eurem Herrn Bruder nicht allzuviel zu? Er allein schleppt die Last von uns allen!" Johannes antwortet nicht. Kurze Zeit darauf muss er von seinem Pferd absteigen und sich in den Wagen setzen, der dieses Mal die Reise mitmacht. Georg und Wolfram betten ihn auf ein weiches Lager aus Kissen, Fellen und Decken. Er ist auffallend blass und trinkt gehorsam einen Becher frischen Quellwassers. Auf Rat des Medicus hat Georg das Wasser mit einigen Tropfen Mohnsirup vermischt. Sie halten eine kurze Rast. Als sie weiter reiten, spürt Johannes nichts von dem Gerüttele und Geschüttele des Wagens auf der steinigen Straße. Er schläft mit friedlichem und entspanntem Gesicht. So kommen sie, wenn auch etwas langsamer, eine gute Strecke ihres Weges voran. Kilian führt die Schimmelstute neben seinem Pferd am Zügel. Er macht ein unglückliches Gesicht. Haben seine Worte über die große Last, die sie alle Georg aufbürden, Johannes eben so sehr getroffen, dass sein schwacher Körper plötzlich versagt hat? Er grübelt darüber nach und findet keine rechte Antwort. Insgeheim macht er sich heftige Vorwürfe. Die beiden Vorreiter der Reisegesellschaft kommen mit der willkommenen Botschaft zurück, dass ihnen die Besitzer eines großen Herrengutes mit Freuden ein Quartier für die Nacht gewähren. „Den vier Herren im Gutshaus und dem Tross in der Scheune. Dort ist reichlich Stroh und Heu vorhanden. Für alle stehe ein gutes Nachtmahl bereit!" „Das müssen wohlhabende Leute sein", stellt Wolfram fest. Bisher hat er kaum gesprochen, denn seine Gedanken haben meist um Luitgard und eine mögliche Lösung seines eigenen Problems gekreist. Unwillkürlich wiederholt er mit einem Unterton von Bitterkeit: „Sehr reiche Leute!" Dabei denkt er, dass er so reich sein müsse, damit ihm der Waldstetter seine Luitgard zur Frau geben würde. Georg, der neben ihm reitet, sieht ihn erstaunt von der Seite an. So kennt der den Freund gar nicht. „Missgönnst du ihnen etwa ihren Reichtum?" Wolfram antwortet nicht. Er starrt mit zusammengekniffenen Augen in das sinkende Gold der Abendsonne. Auch Kilian ist seltsam schweigsam. Bisher war er auf ihren Ritten ein freundlicher und wortgewandter Gefährte. „Was haben sie nur alle?" denkt Georg missmutig. „Gerade jetzt könnte ich auch ein wenig Aufmunterung und Zustimmung gebrauchen. Schließlich halte ich meinen Kopf für alle hin."

Sein Unmut verfliegt rasch, als er in der Wohnhalle seinem ausgeruhten und vergnügten Bruder Johannes gegenüber sitzt. Der isst mit gesundem Hunger von den dargebotenen Speisen. Beim Weineinschenken benutzt Kilian die Gelegenheit, sich zu Johannes niederzubeugen und ihm zuzuflüstern: „Haben Euch vorhin meine Worte gekränkt, Herr Johannes?" Johannes muss sich zuerst besinnen. „Eure Worte sollten mich gekränkt haben? Welche Worte meint Ihr? Ach so, ich erinnere mich. Nein, das war die reine Wahrheit, was Ihr gesagt habt. Ich konnte Euch nicht mehr antworten, weil ich zu lange im Sattel geblieben war und Schmerzen und Schwäche mich zwangen, mich niederzulegen."

In den nächsten Tagen verspürt Georg eine zunehmende innere Unruhe. Die Reise geht zu langsam vonstatten. Es ist ihm, als müsse er eine baldige Entscheidung herbeizwingen. Manches Mal lässt ihn diese Unrast in der Nacht keinen Schlaf finden. Er streift alleine durch das nächtliche Land und schaudert in der taufrischen Kühle. Er lauscht auf das Hundegebell, das Grillengezirpe, die Schreie der Eulen und anderer Nachttiere. Am Morgen hat er sich nach kurzem Schlummer rasch wieder gefasst, aber im Laufe des Tages überwältigt ihn manchmal die Müdigkeit derart, dass er im Sattel im Halbschlummer vor sich hin träumt. Dann lässt ihn sein Schwanken im Sattel aufschrecken. Unter seinen Augen liegen dunkle Schatten, und seine Backenknochen treten im hagerer gewordenen Gesicht stärker hervor als sonst. Er ist schweigsam geworden. Johannes beobachtet ihn scharf. Er bemerkt die Veränderungen im Aussehen und im Verhalten des Bruders. Ob der langsame Verlauf der Reise den Bruder bedrückt? „Wahrscheinlich ist es meine Schuld“, sagt er sich und hält sich möglichst lange im Sattel. Er wehrt sich sogar heftig dagegen, als Wolfram ihn besorgt bittet: „Legt Euch nieder, Herr Johannes. Ihr seid ganz blass!“ Da fährt er ihn aufgebracht an: „Hört bitte auf, mich zu beobachten, Herr Wolfram. Schließlich bin ich mein eigener Herr!“ Erstaunt wendet sich Georg im Sattel um. „Aber, Johannes, was ist denn mit dir los? So hast du sonst nie zu meinem Freund gesprochen.“ Ehe Johannes sich dazu äußern kann, ertönen fröhliche Rufe. Die Reiterschar hält an. Gespannt sehen alle den beiden Quartiermachern entgegen. Sie nahen in schnellem Galopp. Erst dicht vor Georg halten sie ihre schweißnassen Tiere an. „Der See, Herr Georg! Der See! Wir haben ihn endlich erreicht. Heute abend können wir im Dorf Markelfingen am See übernachten. Der Ort gehört dem Kloster Reichenau.“ Johannes faltet dankbar die Hände. Nun hat die Qual des schier endlosen Rittes bald ein Ende! Er lenkt sein Pferd neben Wolframs Tier. „Bitte, verzeiht mir meine Heftigkeit, Herr Wolfram. Ich wollte eine körperliche Schwäche nicht zugeben!“ Der Freund nickt. „Das ist bereits vergessen, Herr Johannes!“ Georg atmet erleichtert auf. „Gott sei Lob und Dank, dass wir noch heute den See erreichen! Sagt mir, ihr beiden Boten, müssen wir uns beeilen, um vor Abend dort zu sein, oder können wir zuvor eine Rast einlegen?“ „Nein, Herr, wir brauchen uns nicht zu beeilen. Wir sind bereits recht nah bei Markelfingen. Wenn Ihr wollt, können wir hier an diesem großen Waldsee eine größere Pause einlegen.“ Und das geschieht auch zu aller Freude. Die Reiter waschen sich, tränken die Pferde und verzehren am schattigen Ufer eines großen Waldsees unter Lachen und Scherzen ihre letzten Vorräte. Kilian und Johannes lehnen müde und zufrieden an kräftigen Buchenstämmen. Die lauten Stimmen verstummen. Die Stille und der Frieden des weiten Gewässers teilen sich allen mit. Nun fürchten sie sich nicht mehr vor dem, was auf sie zukommt. Alles wird gut werden.

Nach einem erholsamen und ausgiebigen Schlaf in Markelfingen reiten sie am Seeufer entlang dem Dorf Allensbach zu. In Markelfingen hat man ihnen dazu geraten. „In Allensbach seid ihr der Insel sehr nahe. Ihr habt sie vor euch. Im Dorf könnt ihr Pferde und Wagen unterstellen und euch von Fischern zur Klosterinsel übersetzen lassen. Der See zwischen Allensbach und der Reichenau heißt Gnadensee." Gnadensee! Sie denken noch über diesen so tröstlichen Namen nach, als sich vor ihren Augen die Klosterinsel aus der klaren Flut des Gnadensees heraushebt. Sie erkennen auf der langgestreckten hügeligen Insel Kirchen, Häuser, Hütten, Äcker und Baumgruppen. Ob auf den Hügeln der Insel Reben wachsen? Ein breiter Landungssteg ragt weit in den See. Einzelne Fischerboote fahren daher. Es ist ein Bild des Friedens in der klaren und milden Luft.

„Seltsam... es ist mir zumute, als käme ich nach Hause!" sagt Johannes von Waldstetten laut wie ein glücklich Träumender. Seine Begleiter blicken ihn an. Sein Gesicht ist friedlich und entspannt. Seine Hände liegen gefaltet auf dem Sattelknauf. Kilian möchte ihm zustimmen, aber er wagt es nicht. Ja – nach Hause! Georg bricht das feierliche Schweigen: „Gott möge es geben!"

5
„Ihr müsst umdenken!“

Frau Margarete, die Haushälterin des Bürgermeisters Sebastian von Heimanns und seiner Frau Cornelia, eilt aufgeregt in die Wohnhalle. Dort befinden sich die Eheleute gerade beim Frühmahl. Sie wirkt so bestürzt, dass Sebastian von Heimanns schmunzelnd fragt – er weiß, wie leicht sich die gute Seele aufregt: „Was ist denn Furchtbares am frühen Morgen geschehen, Frau Margarete? Ihr schaut drein, als ob das Ende der Welt unmittelbar bevorstehen würde“, scherzt der Hausherr gut gelaunt. „Oh, es kommt mir beinahe so vor, Herr Bürgermeister und Frau Bürgermeisterin!“ jammert die Gute. „Wisst Ihr, wer soeben in unseren Hof eingeritten ist, und das mit einem stattlichen Gefolge?“ Erwartungsvoll schauen die Eheleute sie an. „Graf Heinrich von Waldstetten und sein Sohn Karl. Ich bin rasch gelaufen, um Euch zu benachrichtigen und Euch zu warnen. Der Graf hat unseren Torwächter sofort nach Herrn Georg gefragt.“ Frau Cornelia schaut noch sauertöpfischer drein als an normalen Tagen. „Das habt Ihr nun von Eurer Güte, Herr Sebastian. Auf alle Fälle werde ich dafür Sorge tragen, dass unsere Gäste gut bewirtet werden.“ Sie erhebt sich rasch und verlässt den Raum mit der furchtsamen Haushälterin. Er ruft ihnen noch nach: „Sorgt für eine festliche Mahlzeit mit allen nur erdenklichen Zutaten, für den besten Wein, roten und weißen, und für einen Krug Bier. So – und nun will ich mich geradewegs in den Rachen des Löwen begeben.“ Er steht ein wenig mühsam auf, ordnet sein

Gewand und legt seine schwere Amtskette um, die ihm sogleich ein besonderes Maß an Würde verleiht. Mit wuchtigen Schritten begibt er sich in den Hof seines stattlichen Besitzes.

Die unwillkommenen Gäste sind inzwischen von ihren Pferden gestiegen, verharren noch unschlüssig auf der Stelle und sehen sich suchend um. Mit ausgestreckten Armen geht der Bürgermeister auf sie zu. „Welch eine Überraschung, Graf Heinrich! Wo kommt Ihr denn in aller Frühe her? Herzlich willkommen im Hause Heimanns, mein lieber Freund, und natürlich auch Ihr, Herr Karl!“ Er schließt beide Männer kurz in seine Arme und schüttelt ihnen die Hände. Dabei wirkt er völlig unbefangen und beinahe fröhlich. Graf Heinrich von Waldstetten hat noch kein einziges Wort sagen können, obwohl er mehrmals zum Sprechen angesetzt hat. Seine dichten Brauen sind zusammengezogen. Seine Augen wandern suchend umher. „Danke für den herzlichen Willkommensgruß, Herr Bürgermeister! Wo ist mein Sohn Georg?“ Heimanns beißt sich auf die Lippen. Jetzt wird es krachen. „Das ist eine längere Geschichte, die ich Euch in aller Ausführlichkeit erzählen muss, Herr Graf. Kommt bitte mit mir ins Haus, erfrischt und stärkt euch zuerst einmal, ihr Herren. Meine Leute werden derweil für euer Gefolge und für die Pferde sorgen.“ Die offensichtlich ausweichende Art des Bürgermeisters gefällt dem Grafen nicht. Missmutig stampft er mit Heimanns und gefolgt von Karl durch den fliesenbelegten Flur in die helle Wohnhalle mit den schweren dunklen Eichenmöbeln. Dort erwartet ihn mit undurchdringlicher Miene Frau Cornelia. Er muss der Höflichkeit Genüge tun und die Frau des Hausherrn gebührend begrüßen und ihr seinen Sohn Karl vorstellen. „Es ist alles gerichtet!“ sagt sie rasch mit einem verstohlenen Seitenblick auf ihren Gatten. „Lasst Euch das Mahl gut munden, Herr Graf!“ Nach diesem Wunsch entfernt sie sich sofort wieder. Sebastian soll alleine ausbaden, was er angerichtet hat!

„Nun, Herr Bürgermeister, wo ist mein Sohn Georg? Das zu wissen ist mir wichtiger als Händewaschen und Frühmahl!“ fährt der Graf Herrn von Heimanns an. Der antwortet ihm nur mit einem hochmütigen und abweisenden Blick. „Oh, ich nehme doch an, dass Ihr Euch so zu verhalten wisst, wie es die Höflichkeitsregeln unseres Standes vorschreiben, Herr Graf Heinrich von Waldstetten! Im Nebenraum sind Schüsseln mit Wasser, Seife und Linnentücher für Euch bereit, und auch harte Bürsten, mit denen Ihr und Euer Sohn die Spuren des offensichtlich strengen Rittes von Euren Wämsern und Stiefeln tilgen könnt. Wenn Ihr Euch dort erfrischt habt, kommt zu Tisch!“ Unwillig möchte der Graf aufbegehren, aber der feste Blick des Hausherrn verweist ihn in seine Schranken. Mürrisch fügt er sich. Karl wirft im Hinausgehen dem Bürgermeister einen Blick zu, der besagt: „Verzeiht, aber so ist er nun einmal, mein Herr Vater…“

Mit Nachdruck und geheimer Aufregung bewahrt Bürgermeister von Heimanns seine überlegene Haltung, bis seine beiden Gäste das Beste vom reichlichen Frühmahl verzehrt haben. Dann bittet er sie in seine Amtsstube und schenkt ihnen dort umständlich einen Pokal Wein ein. „Was sagt Ihr zu diesen herrlichen Gläsern, Herr Graf? Mein Kollege aus Köln schenkte sie mir zu meinem Amtsjubiläum. Immerhin bin ich nun schon 25 Jahre Bürgermeister dieser gesegneten Stadt am Neckar.“ Mühsam bezwingt Graf Heinrich seinen Unwillen. Er nimmt einen großen Schluck des starken Rotweines, ehe er mit belegter Stimme sagt: „Darf ich nun endlich von Euch erfahren, was mit meinem Sohn Georg geschehen ist? Wir beide kommen von weit her, um ihn zu treffen. Wir waren in Erbangelegenheiten meiner Schwiegertochter Hemma in Lüttich und konnten die Sache erst nach langwierigen und zähen Verhandlungen schließlich gütlich regeln..." Nun schaut Bürgermeister Sebastian von Heimanns mit einem Male recht betroffen drein. „Ihr seid schon längere Zeit unterwegs? Dann habt Ihr meinen Brief nicht erhalten können, den ich Euch durch einen Boten zugesandt habe." Der Graf schüttelt das grauhaarige Haupt. „Wir waren fast einen Monat lang unterwegs. Uns ist nichts von einem Brief bekannt. Ist meinem Sohn Georg etwas Ernstes zugestoßen?" Stumm schüttelt Heimanns sein Haupt. So ein Pech! Er hat verstanden, dass der Graf nichts vom Verlauf der Dinge weiß und wissen kann. Verlegen sucht er nach Worten. Wie soll er beginnen?

„Wenn Georg nichts zugestoßen ist, hoffe ich, dass er und Wolfram endlich mit dem Studium begonnen haben. Welchen Studiengang haben sie gewählt? Wie? Georg ist nicht hier? Macht er etwa einen Ausflug, einen Ritt in die reizvolle Umgebung Eurer schönen Stadt? Ich hoffe nur, dass er auf diese Weise nicht zuviel Zeit verschwendet!" Bürgermeister von Heimanns sieht dem Grafen offen in das finstere Gesicht. So oder so – jetzt muss er mit offenen Karten spielen. „Euer Sohn Georg verschwendet gar keine Zeit, Herr Heinrich. Er tut nur das, was seine Christenpflicht ihm vorschreibt. Dabei zeigt er erstaunlichen Mut." Verständnislos starrt der Waldstetter ihn an. „Christenpflicht? Was soll denn das heißen? Speist er etwa die Armen dieser Stadt?" fragt er mit beißender Ironie, während sich der junge Graf Karl gespannt vorbeugt. „Nein, es geht um mehr. Euer Sohn Georg ist mit seinem Freund Wolfram und dem Tross nach kurzem Aufenthalt bei uns wieder abgereist…!“ Unbeherrscht schlägt der Waldstetter mit der geballten Faust auf den Tisch, so dass der Wein in den kostbaren Gläsern zittert und überzuschwappen droht. „Wieder abgereist? Was soll das heißen? Abgereist, einfach abgereist? Und da redet Ihr von Christenpflicht und Mut, Heimanns? Es ist eine ungeheure Dreistigkeit von ihm, dass er mein Gebot missachtet und Heidelberg verlassen hat, weil er keine Freude am Studium hat. Jetzt kann er Ackerknecht bei dir werden, Karl!“ Der erboste Graf brüllt dies alles laut heraus. Sein Gesicht ist hochrot vor Zorn, und seine Augen funkeln. Graf Karl ist die Maßlosigkeit seines Vaters offensichtlich peinlich. Er legt ihm beschwichtigend die Hand auf den Arm. Der Vater schüttelt sie sofort ab. „Bitte, hört zuerst darauf, was Herr von Heimanns Euch zu sagen hat, Herr Vater! Vielleicht hat Georg gewichtige Gründe gehabt, die seine Abreise notwendig gemacht haben“, wendet Karl tapfer ein. „Pah, ich pfeife auf diese gewichtigen Gründe!“ höhnt der Alte. „Wenn ich so etwas schon höre! Es gibt keinen einzigen Grund, der wichtig genug wäre, meine Befehle gering zu achten!“

Mit einem Male wird die Miene des sonst so verbindlichen Bürgermeisters streng und abweisend. „Darf ich Euch höflichst bitten, Euren Zorn zu beherrschen, Herr Graf von Waldstetten? Ihr seid hier zu Gast in meinem Hause. Wir befleißigen uns hier eines durchaus gemäßigten Tones. Darf ich Euch darum noch einmal bitten, Euch unseren Sitten und Gebräuchen anzupassen? Ich erwarte nun von Euch, dass Ihr in aller Ruhe – ich wiederhole ausdrücklich in aller Ruhe – die Gründe anhört, die Herrn Georg nach langen Überlegungen zu seinem außergewöhnlichen Schritt veranlasst haben? Wenn Ihr daheim gewesen wäret und meinen Brief erhalten hättet, so wäret Ihr bereits darüber informiert. Darum will ich Euch den Sachverhalt nun ausführlich darlegen. Ich tue dies aber nur unter der Bedingung, dass Ihr mich ausreden lasst, ohne mich auch nur ein einziges Mal zu unterbrechen." Missmutig starrt der Waldstetter vor sich hin und streckt seine Beine in den hohen Reiterstiefeln weit von sich. Seine Hände umklammern fest die Seitenlehnen seines Sessels, als müsse er sich stützen. Widerwillig murmelt er: „Verzeiht mir mein unbeherrschtes Wesen, Herr von Heimanns! Manches Mal ist für mich die bloße Nennung des Namens meines zweitgeborenen Sohnes für mich bereits ein Reizwort, was mich alles vergessen lässt. Georg hat einen überaus starken Willen." Der Bürgermeister spielt mit seiner langen Amtskette. „Er ist wirklich Euer Sohn, Herr Graf. Auch Ihr habt einen überaus starken Willen. Doch ist nicht der Name seines Zwillingsbruders Johannes für Eure Ohren nicht ein viel größeres Reizwort? Oder irre ich mich in dieser Beziehung?" Der Waldstetter beißt sich auf die Lippen und schweigt. Er verzichtet auf eine Entgegnung, denn er müsste die Worte seines Gastgebers bestätigen. Nach wie vor ist ihm dieser schwächliche Spross seines gesunden Geschlechtes ein Dorn im Auge und ein Grund zur Beschämung. „Nun müsst ihr euch noch ein kleines Weilchen gedulden, ihr Herren! Ich werde nämlich meinen Sohn rufen, den Studiosus Benno. Er wird mir helfen, euch die Zusammenhänge zu erläutern." Rasch verlässt er seine Amtsstube.

„Was soll das alles bedeuten, Karl? Was hat das Ganze mit Johannes zu tun? Offensichtlich heißt Sebastian von Heimanns den Ungehorsam seines Patensohnes Georg gut!" Behutsam und vorsichtig lenkt der junge Graf ein. „Wollen wir nicht mit unserem Urteil warten, Herr Vater, bis wir die Zusammenhänge wissen? Vielleicht ändert Ihr dann auch Eure Meinung über Georg.“ Ein böser Blick trifft ihn. „Nichts, gar nichts kann und wird meine Meinung über Georg ändern!“ Die beiden Männer müssen längere Zeit warten. Ungeduldig trommelt Graf Heinrich mit seinen breiten Fingern auf dem Tisch herum, öffnet das Fenster mit den Butzenscheiben und späht auf den Hof hinaus, setzt sich wieder und trinkt aus dem schönen Glas von dem trefflichen Rotwein. Karl schenkt ihm nach, als er das Glas geleert hat. „Das dauert ja sehr lange“, murrt er.

Da öffnet sich die Türe. Bürgermeister von Heimanns und sein Sohn Benno betreten die Amtsstube. „Ah, da ist ja endlich der Herr Studiosus, der meinem Sohn bei seinen Anfangsschwierigkeiten an der Universität helfen sollte“, kann sich Graf Heinrich nicht verkneifen, in spöttischem Ton zu äußern. „Verzeiht, dass es so lange dauerte, bis ich kommen konnte, Herr Graf. Die Knechte mussten mich in der Universität suchen“, sagt Benno und begrüßt mit unbefangener Herzlichkeit die beiden Gäste des Vaters. Ruhig nimmt er Platz und schenkt sich auch ein Glas Wein ein. Höflich trinkt er den Anwesenden zu. „Mein Herr Vater hat mich gebeten, dass ich Euch einen genauen Bericht erstatte. Das will ich auch gerne tun, und das tue ich um so lieber, weil Herr Georg und Herr Wolfram für mich in der kurzen Zeit ihres Hierseins zu guten Freunden geworden sind. Ich bewundere Georgs Mut und seine außergewöhnliche Selbstlosigkeit. Euer Sohn Georg und Wolfram zeigten beide zwar gar keine Neigung zum wissenschaftlichen Studium; sie waren aber durchaus willens und bereit, Eurem Befehle zu gehorsamen. Der Rektor der Universität, mein Herr Vater und ich gestanden ihnen gerne eine Zeit der Eingewöhnung in das Stadtleben zu. Außerdem mussten sie sich ja auch noch für einen bestimmten Studiengang entscheiden, und dabei wollte und sollte ich ihnen behilflich sein…" Nachdenklich legt Benno die Fingerspitzen seiner beiden Hände zusammen, so dass sie ein Zelt bilden. Er sammelt sich kurz. Dann berichtet er mit sachlicher Genauigkeit über die entscheidende Entdeckung Georgs bei dem Büchlein des Hermannus Contractus.

„Dies Büchlein hat die Wende gebracht. Versteht ihr, meine Herren? Der gelehrte Verfasser war der Mönch Hermannus Contractus; ein schwerbehinderter Mann aus dem Hochadel, der so große wissenschaftliche Leistungen vollbracht hat, dass man ihn das Wunder seines Jahrhunderts genannt hat!" Ratlos und verständnislos zuckt der Graf mit seinen kräftigen Schultern. „Was Ihr da erzählt habt, Herr Benno, ist zweifellos recht interessant, aber ich verstehe nicht, was dieser Hermannus Contractus, dieser Gelähmte, mit meinem unbotmäßigen Sohn Georg zu tun hat. Ich sehe da keinerlei Zusammenhang." Mit ernster Miene antwortet Benno: „Er hat viel mit Eurem Sohn Georg zu tun, dieser Hermannus Contractus, aber noch viel mehr mit Eurem Sohn Johannes." Unwillkürlich zuckt der Graf zusammen. Ist ihm schon die Erwähnung seines behinderten Sohnes peinlich? „Könnt Ihr Euch das denn nicht denken, Herr Graf?" fährt Benno fort. „Wenn ein Gelähmter, ein nachweisbar Schwerstbehinderter, wie dieser Hermann größte wissenschaftliche Leistungen erbringen konnte, so erhoffte Georg, Euch durch eben diese Leistungen des Hermannus Contractus davon überzeugen zu können, dass dies auch Eurem leichtbehinderten Sohn Johannes möglich sein würde. Er wollte dadurch von

Euch die Erlaubnis erwirken, dass Ihr Johannes aus der Haft seiner Studierstube entlasst und ihm die Erlaubnis zum Studium an unserer Universität gebt. Das Studium würde Johannes ein erfülltes Leben schenken. Georgs Bruderliebe ist so groß, dass er die Angst vor Eurer heftigen Reaktion überwand, als er sich mit seinem Freund Wolfram und mit unserer Unterstützung auf die Spurensuche nach dem Leben und den Leistungen dieses Hermannus begeben hat. All sein Tun galt selbstvergessen seinem Bruder Johannes." Spontan ruft Karl aus: „Ich finde das ganz großartig von Georg! Er wagte alles, nur um unserem Johannes zu helfen. Das müsst Ihr doch anerkennen, Herr Vater!" Der Waldstetter brummt vor sich hin und streicht gedankenverloren über seinen Bart. Schließlich meint er in gemäßigtem Ton: „Hätte er mich aber nicht zuvor fragen und meine Erlaubnis einholen müssen, ehe er sich auf die Reise nach den Spuren dieses seltsamen Mannes begab?" Unwillkürlich muss Bürgermeister von Heimanns über diese Äußerung lachen. „Macht Euch nicht selbst etwas vor, mein lieber Waldstetten! Ihr hättet seine Bitte als Hirngespinst abgetan, sie lächerlich gemacht und ihm nie und nimmermehr die Erlaubnis zur Reise gewährt. Nein, nein, Ihr seid nicht so tapfer wie Euer Sohn Georg! Ihr wolltet aus falschem Stolz Euren Sohn Johannes vor der Welt verbergen, weil Ihr Euch feige vor deren Spott gefürchtet habt." Gegen diese Feststellung des Bürgermeisters, die genau den Kern der Dinge trifft, möchte Graf Heinrich nur zu gerne protestieren oder heftig aufbegehren, aber er weiß nur zu gut, dass sie wahr und gerecht war. Plötzlich fehlt ihm die Kraft zum Widerspruch, aber er ist zu stolz, um laut einzugestehen, dass Sebastian Heimanns, Benno und auch Karl in ihrem Urteil über Georgs Handeln recht haben. Finster blickt er vor sich nieder. Er fühlt sich seltsam beschämt und verwirrt. Mit aller Macht kämpft er in seinem Innern gegen ein Gefühl der Bewunderung für das tapfere und entschlossene Handeln seines Sohnes Georg. Das Schweigen dauert sehr lange. Mit einer Regung des Mitleides beendet Bürgermeister von Heimanns schließlich die lange Verlegenheitspause und den inneren Kampf des besiegten Mannes. „Wenn ich Euch einen Vorschlag machen darf, Herr Heinrich, so bitte ich Euch zunächst, dass Ihr Euch von Eurer gewiss anstrengenden Reise in den Nordwesten bei uns eine Weile ausruht und erholt in unserer schönen Heimat an Leib und Seele. Ferner würde ich Euch, wenn Ihr das gerne möchtet, einen Ritt nach Kloster Marienpfort vorschlagen, einen Weg, den auch Euer Sohn Georg gemacht hat. Der Pater Prior und Bruder Gervasius sind weise und fromme Männer, mit denen ich immer wieder gerne spreche. Bei ihnen hole ich mir oft Rat.“ „Sollen diese Patres mich etwa bekehren?“ murrt der Waldstetter, um sich wenigstens irgendwie grimmig zu zeigen. „Durchaus – sofern Ihr der Bekehrung bedürft“, gibt Heimanns schlagfertig und behaglich lachend zurück. Dann wird er wieder ernst. „Ich nehme an, dass sich eine solche Begegnung auf alle Fälle hilfreich für Euch erweisen würde und Euch das Umdenken erleichtern könnte, was Eure Söhne Georg und Johannes anbetrifft.“ „Wenn ich nur wüsste, wo sich diese verflixten Burschen zur Zeit herumtreiben“, weicht Graf Heinrich aus. „Das ist nicht allzu schwer zu erraten. Ich nehme an, dass sie bereits in der Abtei Murbach im Elsaß und in St. Trudpert im Münstertal waren…“ Erneut umwölkt sich die hohe Stirn des Grafen. „St. Trudpert? Das ist nicht allzu weit von Waldstetten entfernt, und der dortige Vater Abt ist ein recht streitbarer Mann. Er hält an seinen vermeintlichen Privilegien fest, was Wasserrechte, Wald und Wiesenland betrifft." Mit einem nur mühsam unterdrückten Schmunzeln erkundigt sich der Bürgermeister scheinheilig: „Wer könnte auch so dreist sein und einem heiligmäßigen Mann Gottes solche Privilegien streitig machen? Das kann ich mir kaum vorstellen. Derjenige muss wenig Respekt vor dem Ordensstand haben." Sichtlich vergnügt beobachtet er, dass der mächtige Graf von Waldstetten verlegen errötet, wie ein Scholar, der dabei ertappt wird, dass er seine Lektion nicht gelernt hat.

Nach all den Aufregungen des Morgens ziehen sich die beiden Waldstetter zu einem ausgedehnten Mittagsschlaf zurück. Graf Heinrich ist beim Mittagsmahl zwar stiller als sonst, aber von einer freundlichen Nachdenklichkeit gewesen, während Benno und Karl unbefangen und lebhaft miteinander plaudern. Sebastian von Heimanns versagt sich die für ihn sonst gewohnheitsmäßige Ruhezeit. Er setzt sich hin und schreibt einen langen, ausführlich berichtenden Brief an die Gräfin Agnes zu Waldstetten. Die edle Frau soll zumindest über die Begegnung mit dem Grafen in Heidelberg unterrichtet werden und die ganze Lage klar überschauen. Der Bürgermeister weiß ja nicht, ob sich Georg mittlerweile mit der Mutter in Verbindung gesetzt hat. Trotz einer spürbaren Mattigkeit nach dem üppigen Mittagessen – Frau Caroline hatte das Beste aufgeboten, um dadurch ihrerseits den grimmigen Grafen zu beschwichtigen – zwingt sich Herr Sebastian zu einem genauen Bericht über den Verlauf des Gespräches mit ihrem zornmütigen Gatten. „Ich werde dafür Sorge tragen, dass Herr Heinrich und Euer Sohn Karl das Kloster Marienpfort besuchen werden. Dieser Besuch wird sich zweifellos zugunsten Eures Sohnes Georg auswirken. Fürchtet seine Heimkehr nicht, edle Frau Agnes! Euer Gatte ist bereits dabei, das Umdenken zu erlernen, wenngleich es ihm nicht gerade leicht wird bei seinem heftigen Naturell." Dann nimmt der Bürgermeister den sorgsam verschlossenen, versiegelten Brief und geht mit seinem treusten Knecht zum Neckarufer. Dort vereinbart er mit dem zuverlässigen Schiffer eines Lastkahns, dass er am nächsten Tag Mann und Pferd mitnehmen und in der Ortenau in der Nähe von Waldstetten absetzen wird. Einige Geldstücke wechseln den Besitzer. Auch der Knecht erhält ein reichliches Zehrgeld für seine Reise und das Versprechen, dass er für eine rasche Erledigung seines Auftrags eine weitere Belohnung erhalten wird. Zufrieden macht sich Herr von Heimanns auf den Heimweg. Er hat es dabei gar nicht eilig. Ab und zu bleibt er stehen, hält ein Schwätzchen mit seinen Heidelbergern oder sieht spielenden Kindern zu. Er ist rundum mit sich zufrieden, denn er hat das Seine dazu getan, dass Georg zum Ziel kommen und Johannes glücklich werden wird.

Den beiden Gästen aus der Ortenau vergehen die Tage in der schönen Stadt Heidelberg und im gastlichen Bürgermeisterhaus allzu rasch. Sie machen ausgedehnte Ritte in die schöne Umgebung der Stadt am Neckar. Sie besuchen auch das Kloster Marienpfort und kommen sichtlich beeindruckt nach ausgiebigen Gesprächen mit dem Pater Prior und mit Bruder Gervasius zurück. Herr Heinrich sagt kein Wort des Vorwurfs mehr über Georg und sein kühnes Unternehmen der Spurensuche. Er hat den Sinn dieses Abenteuers wohl verstanden, und er bereut heimlich seine starre Haltung, die er seinem Sohn Johannes gegenüber eingenommen hat. Allerdings gibt er das noch lange nicht zu, aber es ist schon ein Zeichen der Besserung, dass er es gelernt hat, sein vorschnelles Urteilen und Verurteilen zu unterlassen und zu schweigen. Natürlich möchte er nun liebend gerne wissen, wie weit Georgs Plan gediehen ist und ob seine Spurensuche erfolgreich gewesen ist. Eine ungeduldige Neugier drängt ihn voran. Am liebsten würde er nach Waldstetten abreisen, aber Herr von Heimanns hält es für richtiger, ihn noch eine Weile in Heidelberg festzuhalten, damit sich die Chancen für Georg und sein Unternehmen weiter vergrößern. Wer weiß, ob eine allzu frühe Begegnung zwischen Vater und Sohn nicht wieder einen Rückschlag in der mühsamen Phase des Umdenkens bei dem Grafen Heinrich verursachen würde! Mit unglaublicher Findigkeit entdeckt der Bürgermeister immer wieder neue Gründe, die ein längeres Verweilen seiner Gäste in seinem Hause geradezu erforderlich machen. Auch der Himmel hat ein Einsehen. Vorübergehend stellt sich kaltes, stürmisches Wetter ein mit heftigen Regengüssen. Wie gemütlich ist es da am flackernden Feuer bei einem Glas Wein und ausgedehnten Männergesprächen über Ackerbau und Viehzucht, über die Erträge der Forsten, über Abgaben und Steuern, über die hohe Politik und die Lage in der Kirche nach dem Konzil von Konstanz. „Dieses Konzil verursacht mir einiges Missbehagen", gesteht Herr Sebastian ein. „Einerseits war es notwendig, denn das Schisma der Kirche – drei Päpste – musste endlich aufhören, aber es hat viele Probleme ungelöst gelassen und viele Fragen, die auch den gläubigen Menschen heute bewegen, unbeantwortet gelassen. Ob das Unrecht, das man dem böhmischen Reformator Hus angetan hat, als man ihn trotz der königlichen Zusage freien Geleites als Ketzer zum Tode verurteilte, nicht weitere Unruhen nach sich ziehen wird? Für seine Anhänger ist dieser Hus nun ein Märtyrer, gleichsam ein Banner, das sie vor sich her tragen werden. Sie werden neue Gefolgsleute finden." Graf Heinrich stimmt ihm zu. Auf seiner weiten Reise hat er mancherlei Unruhe bei Bürgern und Bauern wahrgenommen, wenn er mit seinem Sohn in einem der Gasthäuser eingekehrt war und den Gesprächen gelauscht hat. Vielerorts waren die Menschen unzufrieden mit der weltlichen und geistlichen Obrigkeit. „Sie wollen über ihr eigenes Leben bestimmen", stellt er fest. „Sie wollen ihr Leben nicht von andern bestimmen lassen." Nun hätte der Bürgermeister einwerfen können: „Eure Söhne wollen auch nichts anderes!" – aber er schweigt klugerweise.

Benno hat sich schnell mit Karl angefreundet. Der Student nimmt den jungen Grafen mit in einige Vorlesungen. Karl gesteht sich schaudernd ein, dass ihn ein Übermaß an Wissenschaft keineswegs begeistert, sondern eher verwirrt. Er liebt die Grafschaft Waldstetten in der südlichen Ortenau und wird ein eifriger Nachfolger seines Vaters werden. Für dieses Amt benötigt er kaum Latein, zumal er ja einen gelehrten Hof- oder Burgkaplan dafür besitzt, wenn das einmal notwendig ist. Er kann gut rechnen, und er hat einen klaren Blick für die Möglichkeiten, mit seinem Land und mit dessen Bewohnern zurechtzukommen. „Ich möchte es den Menschen leichter machen. Sie sollen Freude am eigenen Besitz haben und gerne mit mir zusammenarbeiten. Ich möchte, dass sie in Freude und nicht in knechtischer Furcht gehorchen. Wie gut hat mir der ganze klösterliche Betrieb in Marienpfort gefallen, dieses offene Miteinander von Mönchen und ihren Leuten. Es wird mir ein Vorbild bleiben, was ich dort gesehen und erlebt habe. Der Herr darf sich nicht scheuen, selbst mit Hand anzulegen, wie es dort sogar der Prior tut. Eigentlich möchte ich noch einmal gerne nach Marienpfort. Würdet Ihr mich auch ein zweites Mal begleiten, Herr Benno?"

Aber der Plan der beiden Freunde, ein zweites Mal nach Marienpfort zu reiten, wird unverhofft vereitelt. Am ersten Sonntag trifft ein unerwarteter Gast im Hause des Bürgermeisters ein. Mit einem Lastschiff ist Pater Fidelis nach Heidelberg gereist und trifft nun mit zerdrücktem, regennassen Habit, müde und abgekämpft in Heidelberg ein. Er musste Regengüsse und Stürme auf offenem Deck überstehen und ist total heiser und verschnupft. Er kann kaum noch krächzen. Nun steht er in seinem schäbigen Habit fast wie ein alter, verschrumpelter Gnom vor dem breitschulterigen Grafen. Herr Heinrich bezeigt dem schmächtigen Mann trotzdem die Achtung, die er einem Priester Gottes schuldet. Beinahe ängstlich kommt es über seine Lippen: „Vater, bringt Ihr uns etwa schlimme Kunde aus Waldstetten? Es muss ja etwas sehr Wichtiges sein, das Euch hergeführt hat." Verwundert lauscht Pater Fidelis den beinahe sanften Worten seines Herrn. Eine solch milde Sprache kennt er sonst aus dem Munde des Grafen nicht. Ist etwa bereits ein Wunder geschehen?

„Ich kam hierher im Auftrage Eurer Gattin, der edlen Frau Agnes, und Eurer Frau Schwiegertochter, Gräfin Hemma. Zuerst soll ich Euch den Brief des Herrn Bürgermeisters übergeben, der in Waldstetten lange auf Euch gewartet hat. Außerdem habe ich für die Frau Gräfin einen wichtigen Brief an Euch niedergeschrieben, der Euch eine frohe Kunde bringen soll." „Frohe Kunde?" Der Graf möchte im ersten Augenblick nach der alten Art und Weise reagieren und seinen Unmut über die Wortwahl kundtun. „Frohe Kunde? Nennt Frau Agnes etwa den Ungehorsam meines Sohnes Georg eine frohe Kunde?" Dann bemerkt er die Trauer in den Augen des erschöpften, alten Mannes, und er besinnt sich, von seinem eigenen Rückfall sichtlich betroffen. „Dank für Euren Botendienst, Vater! Aber nun müssen wir zuerst für Euch sorgen. Ihr braucht dringend Speise und Trank und danach ein gutes Lager, um Euch von den Strapazen Eurer Reise zu erholen.“ Mit beinahe rührendem Eifer ist Graf Heinrich darum besorgt, dass es Pater Fidelis an nichts fehlt. Er sitzt bei ihm am Tisch, als er fügsam Speise und Trank zu sich nimmt, obwohl die Nähe des bislang gefürchteten Grafen bei ihm keinen rechten Genuss an den Speisen aufkommen lassen will. Geduldig wartet der Graf, bis der alte Mann sein Mahl beendet hat. Frau Cornelia geleitet ihn dann in sein Zimmer. Nun greift der Graf langsam, wie zögernd zu den Briefen. Den Brief von Bürgermeister von Heimanns kann er zunächst zurückstellen. Er kennt ja seinen Inhalt bereits. Mit beinahe furchtsamem Zögern nimmt er nun den Brief zur Hand, den Frau Agnes dem Pater diktiert hat. „Woher weiß sie überhaupt, dass ich mich in Heidelberg befinde?“ wundert er sich flüchtig, geht aber dem Gedanken nicht weiter nach. Gewiss wird Frau Agnes ihn in diesem Brief beschwören, Verständnis für Georg und Johannes aufzubringen…

Nur zögernd erbricht er das Siegel. „Mein lieber Herr Gemahl, da Ihr in Heidelberg seid, werdet Ihr nunmehr alles über unsere Söhne Georg und Johannes wissen. Inzwischen sind sie in Fortsetzung ihrer Spurensuche und ihrer Pilgerfahrt zur Klosterinsel Reichenau aufgebrochen. Ja, Ihr lest richtig: Georg und Johannes. Ich bete zu Gott, dass Euer Herz einsieht, dass sie das Rechte tun und dass Ihr ihnen nachträglich Euren väterlichen Segen dazu erteilt.“ Die kühnen Worte seiner Gattin wollen den Grafen zuerst wieder verstimmen, aber er weiß um ihre mütterliche Liebe zu Johannes. „Sie hat ihm von allen unseren

Kindern eigentlich immer das innigste Gefühl entgegengebracht. Es war so, als wolle sie meine Gefühlskälte ausgleichen." Nach dieser Erwägung liest er weiter. Seine umwölkte Stirn hat sich bereits entspannt, aber nun leuchtet Freude in seinem Antlitz auf. Karl hat ihn beinahe ängstlich beobachtet. Jetzt drückt er dem Sohn den Brief in die Hand. „Lies! Lies selbst!" fordert er ihn mit überschlagender Stimme auf. Sein zitternder Finger weist auf eine bestimmte Stelle. Karl liest: „Nun kann ich Euch und unserem Sohn Karl die gute Kunde geben, dass Frau Hemma ein Kind erwartet. Sie lässt Euch beide ganz herzlich grüßen, fühlt sich durchaus gesund und wohl und ist voll des Glückes!" Karl springt auf. „Ein Kind!" jubelt er. „Herr Vater, mein Kind... unser Kind! Lasst uns bald heimkehren! Ich bitte euch darum. Wie sehne ich mich danach, meine geliebte Frau im Arm zu halten..." Der sonst meist stille und zurückhaltende Karl ist wie ausgewechselt. Vater und Sohn begeben sich zusammen in die Amtsstube des Bürgermeisters. Heimanns blickt einigermaßen verwundert in zwei glückliche Gesichter... „Nun, offensichtlich hat Euch der brave Pater Fidelis wirklich gute Kunde von Zuhause gebracht." „Ja, lieber Freund, Karls Frau erwartet ihr erstes Kind. Denkt nur, ich werde Großvater!" „Herzlichen Glückwunsch!" erwidert der Bürgermeister. „Graf Karl wird Vater. Ihr, Graf Heinrich werdet Großvater – aber mir will es scheinen, als wäret Ihr in diesen Tagen auch in einem neuen Sinn Vater geworden."

6
Neue Pfade

Im romanischen Münster zu Mittelzell auf Reichenau stehen drei Mönche und ein bürgerlich gekleideter Mann zusammen: Abt Friedrich von Wartenberg hat sie in das Ostchor des Münsters geführt. Nachdenklich betrachten sie die hohen freskengeschmückten Wände des Chorraumes. Wie lebensvoll wirken die Darstellungen aus dem Leben Jesu! „Meine lieben Brüder, ich bedauere es auch sehr, wenn wir diesen altehrwürdigen Teil unseres Münsters abtragen mussen, aber ich kann mich mit dem allzu gedämpften Licht im Ostchor einfach nicht mehr abfinden. Auf meinen Reisen habe ich viele Bauten der neueren Zeit gesehen und die Fülle des Lichtes bewundert, die in den Ostchor strömt, da sich dort hohe Fenster befinden. Wo das Opfer Christi dargebracht wird, sollte das Licht zuhause sein. Er ist doch das Licht vom ewigen Lichte. Wie wunderbar muss es sein, wird es sein, wenn am Morgen vom Osten die Sonne aufgeht und ihr Licht geradewegs auf den Altar fällt! Leider wird der Chorraum dann einen anderen Baustil zeigen als das übrige Münster, aber es wird den gesamten Kirchenraum bereichern und verschönern. Wir dürfen uns dem Neuen nicht deshalb verschließen, weil wir am Alten hängen. Das ist auch eine der Botschaften, die vom Konzil zu Konstanz ausgehen. Wer stehen bleibt, der muss auf die Dauer erstarren, denn die Zeit und die Entwicklung gehen über ihn hinweg. Baumeister Arnoldus hat auf meinen Wunsch bereits detaillierte Pläne für den neuen Ostchor gezeichnet und auch für eine neue Sakristei. Oh, wie freue ich mich auf den neuen lichterfüllten Raum! Aber in euren Mienen lese ich Skepsis und Ablehnung, meine lieben Brüder! Nun antwortet mir ehrlich: Ihr seid anderer Meinung, nicht wahr?" Fragend und fordernd schaut der Abt Prior Arnim an. Der Mönch tritt verlegen von einem Fuß auf den anderen. „Wenn ich ehrlich sein soll, Vater Abt, so stelle ich mir nach wie vor die Frage, ob ein solcher Chorraum zu unserem romanischen Langhaus und seinen Seitenschiffen passt... und auch zu dem romanisch-wehrhaften, hallenartigen und hohen Westwerk des Abtes Berno. Jetzt bildet unser Münster noch eine harmonische bauliche Einheit, zu der als krönender Abschluss die wundervolle normannische Zimmermannsarbeit von Decke und Dach passt – ein umgekehrtes Schiff über dem Schiff der Kirche." Mit leichtem Unwillen runzelt der Abt seine starken Brauen im herrscherlichen Antlitz. Nun wagt auch der Ökonom seinerseits einen vom Wirtschaftlichen her bestimmten Einwand. „Werden uns durch das Bauvorhaben nicht für einen längeren Zeitraum große Kosten entstehen, Vater Abt? Schon der Abbruch des Ostchores wird beträchtliche Summen verschlingen. Nach einer Zeit ständigen Niederganges haben wir gerade mit großer Mühe die Abtei wieder auf eine sichere wirtschaftliche Grundlage stellen können. Würden wir mit einer Baumaßnahme von solch beträchtlichem Umfang nicht ein allzu großes Risiko auf uns nehmen?" Ein scharfer Blick des Abtes und eine schroffe Geste seiner Rechten lassen seine weiteren Worte in einem unverständlichen Murmeln versickern. „Ihr sagt es selbst, dass die Abtei wirtschaftlich aus ihrem Tief heraus ist. Das stimmt. Und da seid Ihr schon wieder ängstlich und kleinmütig? Noch einmal wiederhole ich, dass wir Neues wagen müssen! Sollten wir nicht alles tun, um unseren Herrn durch die Feierlichkeit und Schönheit unseres liturgischen Dienstes zu ehren. Es dürfte uns nicht schwerfallen, dafür materielle Opfer zu bringen! Ihr wisst, dass ich es im Allgemeinen peinlich vermeide, mich auf meinen Verdienst zu berufen, aber nun muss ich es einmal tun: Wer hat denn mit Gottes Hilfe die Abtei aus ihrem Niedergang und ihrer Stagnation geholt? Man hatte sie in kirchlichen und weltlichen Kreisen bereits weithin aufgegeben, bevor unsere Reformen begannen. Habe ich auch damit nicht ein gewisses Recht gewonnen, als sichtbaren Dank an Gott sein Haus zu verschönern? Er hat unsere Reichenau nicht dem Spott ihrer Feinde überliefert. TE DEUM LAUDAMUS! Nun besitzt unsere Abtei wieder eine größere Anzahl spendefreudiger Gönner, und unsere Vogteien sind mittlerweile wieder in die Lage versetzt, unser Bauvorhaben kräftig zu unterstützen. Sollte die Summe dennoch nicht ausreichen, so verkaufen wir eben eines unserer weit entfernten Besitztümer, etwa Limonta am Comer See. Nun kommt mit mir und seht euch den Bauplan an. Er liegt im Kapitelsaal aus! Baumeister Arnoldus wird ihn euch erläutern."

Die Mönche sind von den Plänen des Abtes nach wie vor nicht begeistert und nicht überzeugt von der Richtigkeit und Notwendigkeit des Bauvorhabens. Sie folgen dem Abt ins Langhaus. Dabei sehen sie sich schweigend an und zucken mit den Schultern. Wenn Abt Friedrich einmal einen Entschluss gefasst hat – und das ist für sie ganz offensichtlich – wird er ihn trotz ihres Widerstrebens auch verwirklichen. Wer würde im Kapitel der Mönche angesichts seiner Entschlossenheit, das Bauvorhaben durchzuführen, einen ernsthaften Einspruch dagegen erheben? Die jungen

Mönche, die er aus alten Patrizierfamilien des gehobenen Bürgertums und aus dem Kleinadel aufgenommen hat, werden alle auf seiner Seite stehen. Sie, die Söhne der Ministerialen und der bürgerlichen Patrizier, sind dem Abt in Dankbarkeit verbunden. Sie werden seinen Entschluss unterstützen und freudig begrüßen. Die zahlenmäßig geringere Schar der älteren Mönche aus dem Hochadel, von denen sich jeder auf zwölf Generationen adeliger Vorfahren berufen kann, sind zu einer unbedeutenden Minderheit zusammengeschmolzen und nicht einmal untereinander einer Meinung. Obwohl sich manche von ihnen grundsätzlich gegen jeden Vorschlag des Abtes stellen, des Abtes, der wie vor Jahrhunderten Abt Berno von auswärts zur Insel gekommen ist, werden sich schließlich schweigend und nur insgeheim grollend fügen. Außerdem wissen auch sie, dass Abt Friedrich die Abtei wirklich aus tiefstem Niedergang gerettet und mit großer Klugheit, sanfter Festigkeit und, wo es Not tat, auch mit Strenge durchgegriffen hat, bis die klösterliche Familie auf der Insel wieder ein normales Leben führen konnte, ein Leben nach den evangelischen Räten und im Geiste des heiligen Ordensvaters Benediktus.

Vor dem Konzil zu Konstanz hatte man rings um den Bodensee bedauernd erwartungsvoll oder spöttisch zueinander gesagt: „Wann ist es so weit, dass die ehedem so berühmte Abtei auf der Klosterinsel ihre Tore endgültig schließen muss?“ Heute, wenige Jahre nach dem Konzil, folgen wieder junge begeisterte Männer dem Ruf der Klosterglocke zu Gebet und Arbeit – und nicht nur gebrechliche Greise in schäbigen Kutten. Die bereits totgesagte Abtei ist unter dem Wartenberger zu neuem Leben erwacht.

Abt Friedrich schreitet langsam an den Grabplatten seiner Vorgänger vorbei in das Westwerk des Münsters, die kühn gestaltete hohe Halle des Abtes Berno. Von dort aus will er einen prüfenden Blick auf den Chorraum im Osten werfen. Er ist von seinem Vorhaben innerlich nicht so überzeugt, wie es in seinen Worten zum Ausdruck gekommen ist. Er hat ein starkes Gefühl für Tradition und bricht bei allem Mut zu Neuem ungern mit ihr. Er tut sich schwerer mit dieser nicht eben unbedeutenden Entscheidung, als seine beiden Mitbrüder es nach seinen Worten vermuten können.

Soeben treten vier Herrn in Reisegewändern aus einer der beiden Vorhallen in das Westwerk des Gotteshauses ein. Sie wenden sich sofort dem Grab des Abtes Berno zu, das sich vor der Kaiserloge in der Mitte des Westwerks befindet. „Abt Berno war der väterliche Freund, der geistliche Vater und kongeniale Lehrmeister unseres seligen Hermannus Contractus", sagt einer der Ankömmlinge zum Erstaunen des Abtes in halblautem, ehrfürchtigem Ton. Sind es Pilger, die aus frommen Beweggründen zur Insel gekommen sind? Das muss er zu erfahren suchen. Er geht auf die kleine Gesellschaft zu und achtet dabei nicht darauf, dass sich einer der Ankömmlinge, ein kleinwüchsiger, verwachsener Mensch, fester in seinen Mantel hüllt und den außergewöhnlichen hohen Kragen so anhebt, dass der sein Gesicht verbirgt. Mit kundigem Blick stellt Abt Friedrich fest, dass es sich bei den Herrn um Männer edler Abkunft handelt. Ihm fallen besonders zwei der jungen Männer auf, die einander ähneln und dennoch verschieden sind. Die beiden jungen Leute haben scharfgeschnittene Gesichter, hohe Stirnen und dunkles, schulterlanges Haar. Der eine von ihnen ist kräftig gebaut und wirkt gesund, der andere ebenso große ist schmal und schmächtiger und stützt sich auf einen Stock. Abt Friedrich nähert sich den Reisenden freundlich und bittet sie mit einer einladenden Geste, mit ihm und seinen Mitbrüdern auf den Klosterhof zu gehen. Dabei achtet er nicht darauf, dass sich der Kleinwüchsige rasch hinter der Wittigowo-Säule verbirgt und seiner Einladung nicht folgt. Der Prior und der Cellerar folgen mit dem Baumeister der Gruppe ins Freie. „Wer mögen diese Besucher vom Festland sein?“ raunt der Cellerar dem Prior zu. „Vielleicht neue Klosterkandidaten“, gibt der ebenso leise zurück. „Abt Friedrich zieht die Kandidaten an wie der Honig die Fliegen“, flüstert der Prior nicht ohne einen Unterton des Neides. Ihn als Alt-Reichenauer wurmt es noch immer, dass der „fremde“ Abt einen solchen Einfluss ausübt.

Das Brustkreuz und der große Ring an der Rechten des Abtes haben den Besuchern sofort verraten, wen sie vor sich haben. Georg von Waldstetten tritt einen Schritt vor und verbeugt sich mit höflichem Anstand. „Darf ich Euch, hochwürdiger Herr Vater Abt, unsere Namen und den Grund unseres Besuches nennen?“ bittet er. „Dies sind mein Bruder Johannes von Waldstetten und unser Freund Wolfram von Tannen und ...“ er schaut sich suchend um. Wo ist denn Kilian geblieben? Er kann ihn nicht entdecken und fährt darum fort. „Mein Name ist Georg von Waldstetten.“ Der Abt stellt seine Mitbrüder und den Baumeister Arnoldus vor und reicht den Besuchern die Hand: „Seid herzlich willkommen auf unserer Klosterinsel, ihr Herren! Seid ihr gekommen, um euch hier ein wenig umzuschauen?“ fragt er freundlich. Hinter der schlichten Frage verbirgt sich freilich die Hoffnung, es könne sich bei diesen sympathischen Männern um Klosterkandidaten handeln. Bereitwillig gibt Georg Auskunft über ihr Vorhaben. „Wir haben ein außergewöhnliches Ziel, Herr Abt. Wir sind nämlich bis hierher auf den Spuren des Hermannus Contractus gereist." Unwillkürlich stößt der Abt einen Laut der Überraschung aus. Was soll denn diese Aussage bedeuten? Verwundert wiederholt er: „Auf den Spuren des Hermannus Contractus, unseres seligen Hermann von der Reichenau?" „Ja, Herr und Vater Abt, aber das ist eine längere Geschichte", beginnt Georg bestätigend. „Würdet ihr mir sie später im Gästehaus erzählen, nachdem ihr euch erfrischt habt? Kommt ihr von Konstanz?" Sind es etwa Abgesandte des dortigen Bischofs? Dieser Herr ist nicht eben ein Freund und Gönner der Reichenau, wie Abt Friedrich beim dortigen Konzil öfter zu spüren bekommen hat. Georg verneint. „Nein, wir kommen von Allensbach, nachdem wir in Markelfingen den See erreicht haben. Ein Fischer aus Allensbach hat uns über den Gnadensee gerudert. Die sechs Männer unseres Trosses warten drüben im Dorf auf unsere Rückkehr." „Ich werde Anweisung geben, dass man sie dort bestens versorgt. Wenn es euch recht ist, ihr Herren, gehe ich mit euch zum Gästehaus. Meine Mitbrüder werden sich derweil mit Baumeister Arnoldus und den Bauplänen beschäftigen. Darum verfüge ich über einige freie Zeit." Die Mönche und der Baumeister entfernen sich. Der Abt fordert sie mit einer einladenden Handbewegung auf, ihm zum Gästehaus zu folgen. Johannes verharrt und schaut sich suchend um. „Fehlt euch noch etwas, ihr Herren?" erkundigt sich Abt Friedrich. „Einer unserer Gefährten hat sich noch nicht bei uns eingefunden. Eben in der Kirche war er noch bei uns. Wo bleibt Herr Kilian nur?" „Kilian?" sagt der Abt laut und scheint den Namen in sich nachklingen zu lassen. Er wiederholt ihn wie fragend: „Kilian?" Da löst sich die verwachsene Gestalt im verhüllenden Mantel, der Mann mit dem edlen Antlitz und den wohlgeformten Händen, aus dem Halbdunkel der Vorhalle des Münsters. Zitternd, mit wankenden Schritten und mit gesenkten Lidern geht er langsam wie ein Schlafwandler auf die hohe Gestalt des Abtes Friedrich von Wartenberg zu. „Kilian! Kilian!“ ruft der Herr und Vater Abt der Abtei Maria von der Au aus und kniet ergriffen und bis ins Innerste erschüttert vor dem Kleinwüchsigen nieder, bis beider Antlitz auf der gleichen Höhe ist. „Bruder, lieber Bruder!“ Ohne Scheu und ohne Zögern umfasst Herr Friedrich liebevoll die hohen Schultern Kilians und schließt ihn in seine Arme.

Fassungslos vor Staunen verfolgen die anderen das Schauspiel. Wer hätte das gedacht? Kilian Niemand – ein Bruder des Abtes Friedrich… „Dass ich dich noch einmal wiedersehen darf, Bruder“, schluchzt Kilian stammelnd. „Das ist für mich ein solches Geschenk, dass mir das Herz vor Freude in der Brust zu zerspringen droht.“ Die Worte verraten dem Abt alles. „Also ist es dir schlecht ergangen, lieber Bruder? Man hat in Wartenberg nach dem Tod unserer Mutter sein Versprechen nicht gehalten, nicht wahr? Mir schrieb man immer, es würde dir gut gehen. Ach, ich hätte misstrauisch werden müssen, weil nie mehr eine Zeile von dir selbst eintraf, aber ich habe ihren recht eindringlichen Versicherungen geglaubt.“ Kilian schaut fast mitleidig in das erschütterte Antlitz seines großen Bruders, der zerknirscht und beschämt wirkt. Leise bittet er ihn: „Darf ich dir die Einzelheiten später erzählen, Friedrich, wenn wir alleine sind? Nur so viel möchte ich dir jetzt schon verraten: dass ich hier bin, und dass ich lebe, verdanke ich nebst den Herren von Waldstetten und Wolfram von Tannen dem seligen Hermannus Contractus.“ Abt Friedrich erhebt sich. „Es soll alles so geschehen, wie du es wünschst,

Kilian! Wir wollen nun ins Gästehaus gehen. Der Bruder wird inzwischen dort alles gerichtet haben. Nach diesem unerwarteten Wiedersehen kann auch ich eine gute Stärkung vertragen. Der Gästebruder erwartet sie bereits voller Freude und mit etwas zu eifriger Ungeduld. Der Prior hatte ihm vorhin rasch Nachricht zukommen lassen, und so ist der hellste und schönste Raum für Abt Friedrich und seine Gäste eingerichtet. Der Tisch ist mit allem versehen, was die Landwirtschaft auf der Reichenau an Gutem zu bieten hat. „Danke, lieber Bruder Markus", sagt Abt Friedrich freundlich und zufrieden. Der Bruder strahlt. „Würdet Ihr nun auch noch vier Gästezimmer für die Herren richten? Sie werden länger unsere Gäste sein. Den Herrn Vogt Werner aus Öhningen habt Ihr ja nicht vergessen." Der Bruder versichert, dass auch das Zimmer für Herrn Werner fertig ist. Die Gäste lassen sich nicht lange nötigen. Sie greifen tüchtig zu und loben die wunderbaren, frischen Erzeugnisse der Reichenauer Landwirtschaft. Der Abt und Kilian bedienen sich nur ein wenig. Sie nippen nur eben an dem trefflichen Inselwein und sind von einer lächelnden Schweigsamkeit. Lange Zeit beobachtet Abt Friedrich das ruhige Licht der duftenden Kerze aus reinem Bienenwachs. Dann treffen sich seine Blicke wieder mit denen seines Bruders. Er liest in ihnen wie in einem offenen Buch. Er nickt ihm zu. Dann wendet er sich an seine anderen Gäste. „Darf ich euch einen Vorschlag unterbreiten, meine Herrn? Ihr seid vorhin die Zeugen eines unerwarteten und ergreifenden Wiedersehens zwischen meinem Bruder Kilian und mir gewesen. Ihr werdet es uns daher bestimmt nicht verübeln, wenn wir beiden Brüder uns nach diesem Mahl zunächst zurückziehen. Nach jahrelanger Trennung haben wir einander viel zu sagen." Eine tiefe Trauer liegt auf dem Antlitz des Abtes, als er seinen Bruder betrachtet. Was hat Kilian wohl alles erdulden müssen? Zur Zeit erstrahlt Kilians Gesicht in kindlich reiner Freude. Johannes sieht ihn beglückt an. Dieser gute Mensch durfte nach Hause kommen! Gott sei Dank! Abt Friedrich erhebt sich. „Wenn ihr euch ausgeruht habt, darf ich euch meinen Bibliothekar, Bruder Reginbert, schicken. Er kann euch gewiss weitere Spuren des Hermannus Contractus weisen und euch viel Interessantes über ihn berichten. Ich rechne mit eurem Verständnis dafür, dass Kilian und ich nun erst einmal allein sein müssen. Später werde ich mich euch widmen können."

Mit einem freundlichen Gruß verlassen die ungleichen Brüder das Gemach. Georg sieht dem ungleichen Paar nach, das langsam über den Klosterhof zur Abtswohnung geht. Staunend sagt er: „Wer hätte das gedacht, dass unser Kilian Namenlos, den wir in tiefstem Elend in Heidelberg aufgegriffen haben, Graf Kilian von Wartenberg ist? Langsam überkommt mich fast etwas wie Furcht, wenn ich an unseren Hermannus Contractus denke. Er hat uns Kilian zugeführt. Das war kein Zufall, das war Fügung. Außerdem war ich bereits damals so von dem Gedanken an Hermannus Contractus erfüllt, dass ich Kilian, der in Heidelberg eine wirkliche Jammergestalt war, einfach mitnehmen musste. Womit wird uns dieser Hermannus Contractus noch überraschen? Was wird er uns noch für Streiche spielen?" „Streiche?" entrüstet sich Johannes. „Das ist bestimmt nicht das richtige Wort für all das Gute und Schöne, das wir bisher auf seinen Spuren erleben durften!" „Ob das der angekündigte Bruder Reginbert ist?" lenkt Georg ein wenig beschämt rasch ab. Er weist auf den Klosterhof. Dort eilt ein älterer, etwas beleibter, aber recht hurtiger

Mönch mit wehender Kutte herbei. „Er kommt zu uns. Auf Wiedersehen Mittagsruhe“, meint Wolfram wenig begeistert. Kurze Zeit später klopft es.

Der Angekündigte betritt mit eiferroten Wangen das Zimmer. Er begrüßt sie so begeistert, als wären sie altbekannte und vertraute Freunde. Dabei gesteht er ihnen ein: „Hermann der Lahme, das ist für mich wie ein Zauberwort, auf das ich sofort reagieren muss. Ich habe ihn in mein Herz geschlossen, das sonst meist mit Daten und Zahlen und trockenem Wissenschaftskram angefüllt ist. Er bedeutet mir sehr viel, und darum freue ich mich außerordentlich, dass ich ihn euch näherbringen darf, die ihr seinen Spuren gefolgt seid.“ Nur kurze Zeit setzt sich der quirlige Mann nieder und nimmt ein Glas Wein an. Als er es ziemlich rasch geleert hat, drängt er trotz der Mittagsstunde unerbittlich zum Aufbruch. Wolframs deutliches Gähnen lässt er völlig unbeachtet. Auch Georgs vorsichtiger Vorschlag, zuerst eine kleine Mittagspause einzulegen, schiebt er kurzerhand beiseite. Während Johannes voller Eifer mit dem Bruder in Richtung Klosterbibliothek davoneilt, folgen Georg und Wolfram nur mit einigem Zögern und nur wenig unterdrückten Seufzern. „Nun bringen wir gescheiterten Studenten der Wissenschaft doch ein Opfer“, meint Wolfram resigniert. „Ihre Rache holt uns ein“, witzelt Georg und reckt sich gähnend, ehe er die Bibliothek betritt. „Was sagt ihr nun? Habt ihr jemals eine solche Bibliothek gesehen?“ Sie müssen es wahrheitsgemäß verneinen, denn die Bibliothek der Universität zu Heidelberg haben sie gar nicht von innen betrachtet. Auf hohen Regalen reiht sich Buch an Buch, sind unzählige Pergamentrollen, Schriften, Bilder, Skizzen und kostbare Handschriften aus vergangenen Jahrhunderten aufgestapelt. Der Geruch wie in Johannes’ Studierstube, der

Geruch nach Tinte, Farbe, Pergament, Holz und Staub ist hier in verstärktem Maße vorhanden. Johannes atmet ihn mit sichtlichem Wohlbehagen ein. Auf kleinen Tischen stehen fremdartige Gerätschaften mit Zahlen und Skalen, deren Sinn und Gebrauch sie sich nicht erklären können. „Alles Originale… Hier ein Astrolabium, das Hermannus selbst gearbeitet hat. Oh, wir haben noch viel mehr – eine Sonnentischuhr, ein Monochord… Leider hat einer der Vorgänger unseres jetzigen Abtes bereits manches davon verschenkt oder verkauft, unersetzliche Werte auf diese Art und Weise der Reichenau genommen.“ Wortreich erläutert der Bruder seinen Zuhörern einzelne Schriften, Aufzeichnungen und Skizzen des Gelehrten, und er weist auf die Modelle des Astrolabiums, der Säulchensonnenuhr und des Monochords hin. „Mit Hilfe dieses selbst gefertigten einfachen Musikinstrumentes hat Hermann eine eigene Buchstabennotation entwickelt, die im Kloster damals eifrig benutzt wurde zur Bereicherung der Gregorianischen Gesänge. Später hat sich allerdings die zur gleichen Zeit entwickelte Notenschrift des Guido von Arezzo durchgesetzt. Hermanns mühsame Arbeit geriet in Vergessenheit, was aber keineswegs seine große wissenschaftliche Leistung herabmindert, die er seinem siechen Körper abgerungen hat.“ Der Eifer reißt den Bruder förmlich mit fort und spornt ihn zu immer neuen und ausführlicheren Erklärungen an. Johannes folgt ihm mit Begeisterung. Er hängt förmlich an seinem Mund. Er stellt immer wieder neue Fragen, wenn der Bruder einmal Luft holen muss. Den beiden verhinderten Studenten der Universität Heidelberg wird es nach einiger Zeit des Guten zuviel. Ihnen schwirrt bald der müde Kopf vor lauter Gelehrtem, Lateinischem aus der Musik, der Geometrie, der Historie und der Astronomie. Kann wirklich ein einziger Mensch und dazu ein Schwerbehinderter, beinahe in allem von fremder Hilfe Abhängiger, das alles geschaffen haben? Dabei war ihm nur ein kurzes Leben vergönnt. „Er wurde erst mit dreißig Jahren Mönch und starb bereits mit 41 Jahren. Was hätte er wohl alles schaffen können, wenn er doppelt so alt geworden wäre!" lässt der Bruder einmal bedauernd einfließen. Georg und Wolfram blicken sich an. Hatten sie den gleichen unchristlichen Gedanken, dass es für sie ein Glück ist, dass Hermann nicht älter geworden ist? Sie hätten sonst noch mehr, viel mehr an Wissenschaft über sich ergehen lassen müssen. Nein, für heute reicht es wirklich! Auf Zehenspitzen verlassen sie die beiden Bücherwürmer, die ihr Fehlen nicht einmal bemerken werden. Leise entfernen sie sich durch das Scriptorium. Ein Bruder führt dort mit dem feinsten Pinsel eine Initiale aus. Er wirft ihnen nur einen kurzen Blick und einen stummen Gruß zu, ehe er sich erneut seiner Arbeit widmet.

Im Klosterhof atmen die beiden Freunde zuerst einmal in vollen Zügen die reine Luft ein, die ein wenig nach Wasser, Holz und Gras riecht. „Puh!" ruft Wolfram aufatmend aus. „Drinnen ist es mir eben erst recht zu Bewusstsein gekommen, welcher Gefahr wir durch unsere Abreise von Heidelberg entgangen sind. Es wurde mir langsam wirklich schwindelig. Soviel Gelehrsamkeit kann mein armer Geist nun einmal nicht aufnehmen." Georg lacht vergnügt: „Mir geht es ebenso. Wenn ich noch einen Rest an schlechtem Gewissen gehabt hätte, weil wir uns dem Studium verweigert haben, so wäre er mir eben ausgetrieben worden." Langsam spazieren sie über den Klosterhof und betrachten aufmerksam die umliegenden Gebäude aus Stein, Fachwerk und Holz. „Ein ansehnliches Kloster ist diese Abtei auf der Insel Reichenau. Ich hätte sie mir nicht so groß vorgestellt", meint Wolfram. „Und sieh nur dort – die herrlichen Gärten, Felder und die prachtvolle Schafherde." Sein Freund zeigt wenig Interesse daran. Er erwägt nämlich gerade ein anderes Problem. „Wie mag es unserem lieben Kilian bei seinem Bruder ergangen sein? Was war das für ein Wiedersehen... Hoffentlich kann Kilian auf der Insel bleiben." Wolfram sieht ihn von der Seite an. „Was meinst du, lieber Freund: könnte die Reichenau nicht für zwei unserer Sorgenkinder zur bleibenden Heimat werden?" Wie auf ein Stichwort tritt Kilian aus der Abtswohnung in den Klosterhof. Er eilt und hastet, so schnell es seine Beine vermögen, auf seine beiden Freunde zu. Sein Antlitz strahlt. „Würdet ihr mit mir ein wenig in den Garten gehen, liebe Freunde?" Gerne erfüllen sie seine bescheidene Bitte. Umflattert von bunten Schmetterlingen und umsummt von emsigen Bienen und Hummeln nehmen sie auf einer Steinbank im Blumengarten der Abtei Platz. Ein vielfältiger Reichtum an Farben und Düften umgibt sie. Hier werden wohl die Blumen für den Schmuck der Klosterkirche gezüchtet. „Vergesst nicht, dass wir Abt Bernos Grab schmücken wollen!" erinnert Wolfram. „Und das Grab des Hermannus Contractus?" fragt Kilian. „Das müssen wir doch wohl vor allem ehren und schmücken." „Wisst Ihr schon, wo es sich befindet, Herr Kilian?" Betroffen sieht Kilian Georg an. „Nein, ich habe meinen Bruder gar nicht danach gefragt. Wir hatten einander so viele Dinge zu erzählen, dass ich nicht weiter überlegt habe. Ich werde es aber nachholen, sobald ich Abt Friedrich wiedersehe. Heute wird es zwar nicht mehr möglich sein. Die Mönche haben am Abend nämlich eine besondere Zusammenkunft, bei der er ihnen seine neuen Baupläne erläutern will. Das Münster soll einen neuen Ostchor erhalten.“ Dann sitzen sie wiederum eine Weile schweigend beisammen und betrachten mit Muße das Blumenmeer und den schimmernden Gnadensee.

Endlich ergreift Kilian wieder das Wort: „Herr Georg und Herr Wolfram, ihr habt euch sicher gewundert, dass ich euch so lange meinen Familiennamen verschwiegen habe. Ich kann euch das nicht verübeln. Als eure Knechte mich damals im Stall fanden, hatte ich innerlich bereits mit meinem Leben abgeschlossen. Es war Rettung in letzter Stunde. Dann wollte ich euch meinen vollen Namen nicht sagen, weil ich unserem Haus keine Unehre bereiten wollte. So lange meine Mutter lebte, war ich zuhause wirklich geborgen, geliebt und umsorgt. Ich war mit meinem Leben irgendwie zufrieden, wenn es auch nie wie das der Gesunden sein würde. Ich konnte reiten und hielt mir als treuen Gefährten einen Hund, besaß meine Bücher und hatte Freude daran, Dinge zu zeichnen oder zu schnitzen. Mein Leben verlief still und ereignislos, da ich nie an Gesellschaften teilnehmen wollte, aber ich liebte meine stille Zurückgezogenheit. Mein Schwager hatte seinerzeit meinem Vater und meiner Mutter in die Hand versprochen, dass er allezeit für mich sorgen würde, und dies hatte er auch ausdrücklich meinem Bruder Friedrich gelobt, als er unsere kranke Mutter ein letztes Mal besuchte. Kaum aber hatte meine gute Frau Mutter ihre Augen für immer geschlossen, als sich mein Leben von Grund auf änderte. Man nahm mir mein Pferd, meinen Hund und meine Räume in der Burg fort und wies mir eine alte Hütte außerhalb des Burggeländes an. Man verbot mir, der Burg überhaupt nahe zu kommen, und reichte mir das Notwendigste an Nahrung und Kleidung nur noch als Almosen. In der totalen Einsamkeit meiner erbärmlichen Hütte drohte ich, den Verstand zu verlieren. So lief ich eines Tages davon, erbettelte mir meinen Lebensunterhalt und schloß mich schließlich einer Truppe umherziehender Gaukler an. Meine groteske Figur machte mich zum berufenen Trottel und Spaßmacher, der belacht, verspottet und geprügelt wurde. Als ich das nicht mehr aushalten konnte, lief ich der Truppe davon. Ich war am Ende und wollte nur noch sterben, als ihr mich fandet..." Seine feingliedrigen Finger streichen liebkosend über eine zarte Blüte. „Mit euch durfte ich auf den Spuren des Hermannus Contractus zur Reichenau kommen. Ich wusste, dass ich hier meinem Bruder begegnen würde, aber ich fand wiederum nicht den Mut, es euch zu sagen. Ich konnte nach all den schlechten Erfahrungen kaum glauben, dass mein Bruder mich liebevoll aufnehmen und sich meiner nicht schämen würde vor seinen Brüdern im Konvent. Er nahm mich auf – und er nahm mich an. Ja, ich darf auf der Insel bleiben. Ich trete nicht ins Kloster ein, aber ich werde für die Mönche schnitzen und in einem kleinen Haus nahe beim Kloster wohnen. Es wurde auch früher von einem Schnitzermeister bewohnt, der aus Altersgründen in das Spital der Insel übersiedeln musste. Ich darf mir auch wieder einen Hund halten. Nun wisst ihr, wie sehr ihr mir mit Hilfe des seligen Hermannus Contractus geholfen habt. Ich bin sicher, dass der Selige euch auch zu einem neuen Ziel verhelfen wird." „Darauf bin ich aber wirklich gespannt" scherzt Georg. „Schließlich liebte Hermann das Studium, das wir beide nicht mögen, und die Fülle der Wissenschaften. Ob er da bereit ist, zwei unwissenschaftlichen Tröpfen wie uns zu helfen?" „Da habe ich auch meine berechtigten Zweifel, Herr Kilian", schließt Wolfram sich dem Freunde an. „Jedenfalls freuen wir uns herzlich über Euer Glück. Gewiss werdet Ihr Johannes oft begegnen. Ich habe das sichere Gefühl, dass ihn die Reichenau nicht mehr loslässt."

Beim Mittagsmahl findet sich ein neuer Gast bei ihnen ein. Es ist ein älterer weißhaariger Mann mit einem frischen, braunroten Gesicht und kräftiger Statur. Er stellt sich ihnen als Vogt Werner von Öhningen vor. Mit leiser Ungeduld wartet auch er auf ein ausgiebiges Gespräch mit dem Vater Abt. Der Gästebruder meint bedauernd, dass da für den heutigen Tag keinerlei Aussicht mehr bestehen würde. „Es tut mir leid, ihr Herren, der Vater Abt wird euch rufen lassen, sobald es ihm möglich sein wird – irgendwann morgen im Laufe des Tages. Ihr möchtet euch derweil das Kloster ansehen oder mit einem Kahn über den See fahren – je nach Belieben." Johannes von Waldstetten sitzt als lächelnder Schweiger am Tisch. Gedankenverloren zerbröckelt er sein Brot. Ob er überhaupt weiß, was er zu sich nimmt? Wahrscheinlich ist er im Geiste immer noch mit all den Herrlichkeiten befasst, die ihm Bruder Reginbert gezeigt und erläutert hat. Hat ihn die Welt der Bücher und der Wissenschaft schon jetzt völlig vereinnahmt? Um überhaupt ein Gespräch in Gang zu bringen, fragt Georg ohne sonderliches Interesse: „Wo liegt denn dieses Öhningen, in dem Ihr zuhause seid, Herr Werner?" Der Vogt lacht ein lautes, herzhaftes Lachen, das auch Johannes aus seinen Träumereien erwachen lässt. „Oh, ihr könntet es beinahe von hier aus sehen, wenn das Fenster nach Nordwesten liegen würde. Vielleicht habt ihr bei eurer Ankunft den weit in den See vorgeschobenen Bergrucken bereits gesehen… das ist die Höri. Dort befindet sich unter anderem auch der beachtliche Ort Öhningen." Nun haben sich die Schleusen der Beredsamkeit bei dem zuvor so still wirkenden

Vogt jäh geöffnet. Voller Liebe zu Land und Leuten schildert er ihnen den Bezirk, den seine Vogtei umfasst. Er erzählt von seinem großen Vogthof mit dem stattlichen, schlossähnlichen Haus, schildert die ausgedehnten Wälder, die weiten Felder diesseits und jenseits des Rheins und am See, das zur Vogtei gehörende Kloster Schienen, ein Priorat der Reichenau, die guten Menschen des Landes und die reichen Viehherden. Er spricht langsam und bedächtig, ohne dabei seine Begeisterung und Heimatliebe zu verleugnen.

Seine etwas monotone Sprache ermüdet schließlich seine braven Zuhörer. „Muss ich hier auf der Insel eigentlich dauernd den Zuhörer spielen?“ denkt Georg gereizt. Seine Ungeduld will mit ihm durchgehen. Darum unterbricht er den Redefluss des heimatverbundenen Mannes entschlossen mit einer Frage: „Herr Werner, könnt Ihr uns sagen, wo sich auf der Reichenau das Grabmal des seligen Mönchs Hermannus Contractus befindet?“ Nun schauen alle Anwesenden Herrn Werner an. Der besinnt sich eine ganze Weile und breitet dann bedauernd seine Hände aus. „Es tut mir leid, Herr von Waldstetten, aber ich habe diesen Namen noch nie gehört. Bitte nehmt daran kein Anstoß, ich bin nur ein biederer Landmann.“ Johannes, der aus seiner Versunkenheit erwacht ist, wirft dem Vogt einen empörten Blick zu. „Höre ich recht, Herr Werner? Ihr seid dem Inselkloster Reichenau verbunden und habt nie etwas von seinem berühmtesten Sohn gehört?“ Verlegen hebt der Vogt seine breiten Schultern und fährt sich mit seiner Rechten über das weiße Haar. „Tut mir leid, mein Herr, aber ich kenne oder kannte diesen Hermannus nicht. Ich kenne mich aus in der Feldbestellung, beim Fischfang, in der Viehzucht, im Forstwesen, bei der Hege und Jagd des Wildes und in der Verwaltung bäuerlichen Besitzes auf der Höri und drüben im Thurgau. Ich kann lesen, rechnen und einigermaßen passable Briefe schreiben, aber ich habe mit eigentlichem Bücherwissen und mit der Historie des Klosters nie etwas zu tun gehabt.“ Georg bangt davor, dass Johannes nun eine abwertende oder geringschätzige Antwort geben könnte. Wer die Wissenschaft nicht liebt – und das hat er selbst schon von seinem Bruder zu hören bekommen –, der ist in dessen Augen ein bedauernswerter und beschränkter Mensch. Darin zeigt Johannes beinahe die Intoleranz eines Fanatikers. Zum Glück tritt gerade der Gästemeister ein, noch ehe Johannes seine Meinung kundtun kann. „Meine Herrn, unser Vater Abt lässt euch durch mich mit Bedauern mitteilen, dass er wider Erwarten noch bis zum morgigen Mittag verhindert ist. Ihr möchtet euch derweil nach eurem Belieben auf der Insel oder auf dem See vergnügen, wenn ihr euch von den Strapazen eurer Reise erholt habt.“

Bereits nach einer kurzen Ruhepause hinkt Johannes eiligen Fußes geradewegs wieder zur Bibliothek. Dort wartet Bruder Reginbert bereits auf ihn. Er ist fasziniert von der Klugheit, dem unstillbaren Wissensdurst und den klaren, schönen Schriftzügen des Grafensohns aus der Ortenau. Für eine weitere Unterredung mit ihm opfert er gerne seine ihm sonst so teure Mittagsruhe. Er sieht ihn strahlend an und fragt ihn gleich bei seinem Eintritt in die Bibliothek: „Wäret Ihr nicht bereit, in die Fußstapfen des Hermannus Contractus zu treten, Graf Johannes? Bisher seid Ihr nur seinen Spuren gefolgt.“ Johannes errötet über diese, wie er meint, allzu kühne Frage. „Meint Ihr das, weil ich auch behindert bin, Bruder?“ erwidert er bitter. „Das verschafft mir wahrscheinlich eine gewisse Ähnlichkeit mit dem Sohn des Grafen von

Altshausen, nicht wahr?" „Aber, nein, Herr Johannes, so habe ich das nicht gemeint. Ich habe dabei gar nicht an Eure – überdies leichte – Behinderung gedacht. Ich habe vielmehr bereits in der kurzen Zeit unseres Miteinanders feststellen können, dass unser Herr in seiner großen Güte Euch eine außergewöhnliche Begabung geschenkt hat, die der des Hermannus ähnelt." Längere Zeit schaut ihn Johannes nur stumm an. Könnte es wirklich wahr sein, was dieser Bruder da sagt? Hatte er beim Anblick der Insel Reichenau nicht sofort ein Gefühl verspürt, als würde er nach Hause kommen? „Wir wollen miteinander beten, dass Euch der Geist Gottes, der Euch hierher geführt hat, nun auch das Richtige erkennen und tun lässt! Alles Gute ist reines Geschenk der göttlichen Gnade. Doch nun möchte ich Euch einige der Werke zeigen, die der selige Hermann zur Geometrie verfasst hat..."

Während sich Johannes von Waldstetten wieder von der Fülle des wissenschaftlichen Erbes gefangen nehmen lässt, das dieser Hermann auf der Reichenau hinterlassen hat, begibt sich Georg nach kurzem Ausruhen nach draußen. Kilian hat sich gleich nach dem Essen mit der Entschuldigung entfernt, dass einer der Brüder ihm bei der Einrichtung seines neuen Heimes helfen wolle. „Und wir fahren danach herüber nach Allensbach. Dort hat der Förster einen prächtigen Hund zu verschenken", hat er mit leuchtenden Augen gesagt. Als Georg vor das Gästehaus tritt, bemerkt er, dass zwei Männer ein Stück weit entfernt über die Insel wandern. Sind da nicht Herr Werner und Wolfram? Offensichtlich sind sie in ihr Gespräch vertieft. Ab und zu bleiben sie stehen, und einer von ihnen weist auf ein Feld oder einen Garten. Wahrscheinlich sind sie in ein Gespräch über den Ackerbau vertieft, für den er sich nie besonders interessiert hat: Die Begeisterung des Freundes für die Landwirtschaft ist ihm immer unerklärlich gewesen. Er verspürt keinerlei Neigung, die Unterhaltung der beiden zu stören oder sich ihnen anzuschließen. Gelangweilt schlendert er über den Klosterhof, grüßt freundlich vorbeigehende Mönche und Knechte und gelangt schließlich auf den schlichten, beinahe schmucklosen Klosterfriedhof. In der langen Reihe der Gräber unter dem großen Kreuz und unter schattigen Linden sucht er vergebens nach einem älteren Grab oder nach einer Gedenktafel, die auf den seligen Hermannus Contractus hinweist. Auch in der großen Klosterkirche weist nichts darauf hin, dass hier einmal der berühmte Gelehrte gelebt und das Salve Regina zum ersten Mal angestimmt hat. „So rasch ist also auch ein bedeutender Mensch von den Seinen vergessen!" empört er sich und betrachtet diese Haltung als grobe Undankbarkeit. Missmutig stapft er in den Kräutergarten. Auf den wohlgeordneten Beeten findet er manche Heil- und Gewürzkräuter wieder, die seine Mutter Frau Agnes trotz des Widerstandes ihres Gatten mit Eifer anbaut. Wie segensreich wirkt sie mit ihren Tees, Kräutern und Salben bei Menschen und Tieren in Waldstetten! Er wandert weiter bis zum Gnadensee. Die glatte Wasserfläche liegt still da im gleißenden Licht der Nachmittagssonne. Sonnendunst verbirgt das Ufer mit dem Dorf Allensbach. Dort werden die Männer des Trosses sich sicherlich nicht langweilen. Zuerst hockt er im Ufergras, dann nimmt er sich einen der Kähne, rudert ein wenig und lässt sich treiben. Er betrachtet die breitgelagerten Klostergebäude, die Kirche mit ihrem massiven Turm und den hügeligen Weinberg. Ob diese Insel seinem Bruder Johannes wirklich zum Schicksal werden wird, oder ist es nur die Liebe zur Wissenschaft, die ihn vorantreibt? Ohne eine echte Liebe zum geistlichen Leben kann er nicht hier bleiben und Mönch werden. Ob Johannes diesen Zug zur Frömmigkeit bei sich verspürt? Das kann er beim besten Willen nicht beurteilen. Wenn dies aber der Fall sein sollte, würde der Vater sich durch die Herrschergestalt des Abtes so beeindrucken lassen, dass er Johannes die Erlaubnis zum Klostereintritt nicht verweigern würde. Kommt Zeit, kommt Rat! Georg seufzt und richtet nun seine schweigenden Gedanken auf Kilian. Der wird sein Leben auf alle Fälle hier auf der Insel führen und er wird im Rahmen des Möglichen glücklich sein... Was will Wolfram machen? Was wird aus Luitgard? Für die beiden, ihm so lieben Menschen weiß Georg keinen Ausweg aus ihrer bedrängten Lage. Und was soll aus ihm selbst werden? Welcher Weg wird ihm bestimmt sein? Bisher weiß er nur, dass er auf gar keinen Fall in Heidelberg studieren wird. Sein rastloser Blick wandert über die weite Wasserfläche bis hin zu den bläulichen Schatten der Berge des Ergat. Der Blick ins Weite lässt ihn ruhiger werden. Er faltet seine Hände und betet zur Mutter des Herrn und zu Hermannus Contractus, dass sich auch für ihn eine Lösung finden möge...

Am nächsten Tag ist Herr Werner der erste, den der Vater Abt nach dem feierlichen Hochamt zu sich bitten lässt. Er bleibt recht lange aus. Kilian ist wieder mit der Einrichtung seines kleinen Hauses an der Herrenbruck beschäftigt. Vogt Werner kommt von der Unterredung mit Abt Friedrich fröhlich und aufgeregt zurück. Offensichtlich ist das Gespräch nach seinen Wünschen verlaufen. Mit geheimnisvoller Dringlichkeit winkt er Wolfram von Tannen beiseite und redet eifrig auf ihn ein. Es geschieht aber so, dass Georg kein Wort verstehen kann. Als Wolfram zu ihm zurückkehrt, ist sein Gesicht verändert. Es zeigt einen fröhlichen Ausdruck, so als habe er bereits mit Erfolg einen neuen Weg für sich gefunden. Aber er verrät auch seinem besten Freund nichts über den Inhalt des Gesprächs, das er mit Herrn Werner geführt hat. Georg ist darüber verstimmt, obwohl er sich ehrlich eingestehen muss, dass der Freund in keiner Weise verpflichtet ist, ihm den Inhalt des Gesprächs mitzuteilen. Aber – der Freund hat Geheimnisse vor ihm. Schweigend wandern beide über die Insel. Ein plötzlicher Regenguss zwingt sie, sich unter das dichte Laubwerk einer uralten Linde auf der Ergat zu retten. Georg beißt sich vergebens auf die Lippen, um die Worte zurückzuhalten. Plötzlich strömen sie förmlich aus ihm heraus: „Was ist mit dir los, Wolfram? Verheimlichst du etwas vor mir?“ Seine Ungeduld ist offensichtlich. Wolfram sieht ihn nicht an. „Ich darf noch nicht darüber sprechen, Georg. Ich darf es einfach noch nicht. Es gibt eine vage Möglichkeit, die sich für mich bietet. Ich weiß aber nicht, ob es nur ein schöner, unerfüllbarer Traum für mich ist, der nie Wirklichkeit werden wird. Bitte, habe ein wenig Geduld mit mir!“ „Haben wir bisher nicht alles miteinander geteilt, Wolfram? Bin ich dir nicht mehr soviel wert, dass du mir deine Träume anvertraust?“ Wolfram wiederholt beinahe flehend: „Noch einmal möchte ich dich um Geduld bitten, lieber Freund. Wahrscheinlich wird sich das Rätsel so oder so noch am heutigen Tag lösen.“ Unwillig ruft Georg aus: „Und das nennst du Vertrauen?“ Ohne auf Wolframs weitere Worte zu achten, stürmt er durch den Regen zum Gästehaus. Im Nu ist er bis auf die Haut durchnässt. Er trocknet gerade in seiner Stube mit einem groben Leinentuch seine Haare und sein Gesicht – und er ist dabei recht beschämt wegen seiner übersteigerten Reaktion auf die Worte des Freundes, als der Gästebruder anklopft und ihn bittet, er möge umgehend zum Vater Abt kommen. Rasch kämmt er sein Haar. Er hat keine Zeit mehr, seine Kleidung zu wechseln. Mit seinem durchnässten Wams muss er sich, beschämt und verwirrt, zum Vater Abt begeben. Abt Friedrich empfängt ihn freundlich, aber er lässt ihm sofort einen Becher mit gewärmtem Wein bringen. „Eine Sommergrippe ist ein gefährliches Ding. Sie würde Eure Pläne bestimmt empfindlich stören. Durch die überraschende Begegnung mit meinem Bruder Kilian und meine verschiedenen Amtspflichten konnte ich mich leider noch nicht um Euch kümmern. Ich möchte gerne ausführlich mit Euch sprechen. Kilian hat mir bereits vieles erzählt. Bitte, tut es nun noch einmal aus Eurer Sicht. Ich wäre Euch sehr verbunden dafür..."

Die gelassene und höfliche Art des Abtes erleichtert es dem jungen Mann, offen und frei zu sprechen. Seine unkomplizierte Offenheit, mit der er die Dinge darstellt, lässt den Abt einige Male still und verstohlen schmunzeln. Abt Friedrich erfährt lückenlos alles vom Abschied von Waldstetten, um das verordnete Studium zu beginnen, bis zum heutigen Tag auf der Reichenau. Er erfährt auch von der Liebe zwischen Wolfram und Luitgard, zwischen dem mittellosen Zweitgeborenen des Hartmut von Tannen und der Tochter des reichen Waldstetters. Georg hat die Verstimmung über das Schweigen des Freundes in seinem Eifer längst vergessen. Ja, er ist ein beredter Anwalt, der sich für das Glück seines Bruders Johannes, für das Glück seiner Schwester Luitgard und seines Freundes Wolfram einsetzt. Abt Friedrich blickt mit Wohlgefallen in das gerötete Antlitz seines Gastes, und er lauscht seinen etwas langen Ausführungen mit ungeteilter Aufmerksamkeit. Als er endlich mit einem Seufzer der Erleichterung seinen Bericht beendet, dankt ihm der Abt herzlich für seine Mühe. „Es ist offensichtlich, dass unser seliger Mitbruder Hermann Euch hierher gebracht hat. Das macht mir Euer Kommen doppelt wert. Ich möchte Euch noch einmal dafür danken, dass Ihr mir meinen lieben Kilian zugeführt habt. Er war bereit zur Selbstaufgabe, als Ihr ihn fandet. Für ihn habe ich, wie Ihr wisst, bereits einen Weg gefunden. Und nun glaube ich auch, dass ein ebensolcher für Euren treuen Wolfram in Sicht ist. Mein langjähriger treuer Vogt Werner von Öhningen möchte seine letzten Lebensjahre auf seinem eigenen kleinen Gut im Kreise seiner Lieben verbringen. Er bat mich heute, ihn bald von der Verwaltung der großen Vogtei zu entbinden. Ich habe seinem Wunsche stattgegeben unter der Bedingung, dass er zuvor seinen Nachfolger einarbeitet. Als Nachfolger habe ich auf seinen Rat hin Wolfram von Tannen vorgesehen. Nun, was sagt Ihr dazu? Wäre das eine tragfähige Lösung? Wartet mit Eurer Antwort! Ich muss noch hinzufügen, dass der Vogt in Öhningen ein stattliches Herrenhaus bewohnt und keine geringen Einkünfte bezieht." Spontan greift Georg nach der Hand des Abtes und küßt seinen Ring. „Wie danke ich Euch, Herr Abt! Wie glücklich bin ich für Wolfram! Nun hat er vielleicht doch die Möglichkeit, um Luitgard zu werben." Nun schmunzelt Friedrich von Wartenberg offen und vergnügt. „Auch das habe ich bereits eingeleitet. Herr von Waldstetten wird mitsamt seiner Familie zur Reichenau eingeladen. Der Herr Graf muss und wird seinen Sohn Johannes freigeben, der mir bereits heute morgen in der Sakristei anvertraut hat, dass er gerne Mönch auf der Reichenau werden möchte. Und Graf Heinrich wird auch seinen Untertan Wolfram von Tannen freigeben, weil der Abt der Reichenau ihn als Vogt in Öhningen einsetzen möchte. Seiner Tochter Luitgard wird er nach reiflicher Überlegung gestatten, die Gattin des Vogtes von Öhningen zu werden.“ „Wie herrlich wäre es, wenn alle Eure Pläne sich verwirklichen ließen, Herr und Vater Abt, aber Ihr kennt den Starrsinn des Grafen Heinrich nicht. Er hat wiederholt dem Kaiser und der Kirche zu trotzen gewagt und sich nicht selten dabei durchgesetzt. Gewiss wird er mit allen nur erdenklichen Mitteln versuchen, Eure wunderbaren Pläne zu durchkreuzen.“ Abt Friedrich lacht. Er geht zum Fenster und öffnet es weit. „Seht nur, der Regen hat aufgehört, und unser Gnadensee spiegelt das reine Blau des Himmels wider. Habt Mut, mein lieber Freund! Vertraut auf die Gottesmutter, auf den seligen Hermann und ein wenig auch auf mich! Ehe Ihr nun zum Gästehaus geht, habe ich eine Frage an Euch, die Ihr ehrlich beantworten müsst. Was habt Ihr eigentlich für Euch selbst erbeten?“ Mit großen Augen staunt Georg ihn an. „Für mich? Nichts, Herr Abt. Bisher war ich mit dem Schicksal meiner Freunde so voll und ganz beschäftigt, dass ich mich darüber vergessen habe. Ich weiß nur, dass ich nicht nach Heidelberg möchte. Meinen Weg, den richtigen Weg, muss mir Hermannus Contractus zuerst noch zeigen. Ich weiß ihn nicht. Darf ich um Euren Segen bitten und mich Eurem Gebet empfehlen, Vater Abt?“ Mit leichter Rührung sieht der Abt auf den Knieenden nieder. Der junge Mann ahnt nicht, welch ein wunderbares Bild er soeben von sich selbst gezeichnet hat. Er hat sich selbst vergessen, weil ihm vor allem das Geschick der Freunde am Herzen lag. Dabei ahnt er nicht einmal, welchen Zug zur Größe sein selbstloses Handeln aufweist. Der Abt segnet ihn. Dann hilft er ihm beim Aufstehen. „Wahrscheinlich werde ich mit Euch nach Altshausen rei sen, um am Grab des seligen Hermannus Contractus zu beten. Er wurde auf Wunsch seiner Mutter nämlich in seinem Geburtsort bestattet, und zwar in der Ulrichskapelle, der Krypta der alten Burgkirche. Ihr könnt dort Eure so erfolgreiche Pilgerfahrt abschließen. Kilian wird natürlich mit uns reisen. Und nun schickt mir bitte ganz schnell Euren Freund Wolfram!“

7
Abt Friedrich

Beim Abendessen im Gästehaus berichtet Johannes ganz begeistert seinen aufmerksamen Zuhörern: „Bruder Reginbert hat inzwischen herausgefunden, dass Hermannus Contractus gar nicht auf der Insel beigesetzt, sondern nach Altshausen überführt worden ist. Es war eine Bitte der Frau Hiltrud, seiner Mutter, die eine große Wohltäterin der Abtei gewesen ist. Der damalige Abt Udualrich hat ihr entsprochen. Hermanns Leichnam wurde sofort nach seinem leider allzu frühen Tod nach Altshausen überführt. Dort steht oder stand die Burg seines Vaters, des mächtigen Grafen Wolfrad II., einem der vornehmsten Grafen im damaligen Eritgau. Wie aus alten Annalen hervorgeht, hat er der Reichenau viel zu schaffen gemacht. Es gab Gebietsstreitigkeiten zwischen ihm und der Reichenau, die sogar Kaiser Heinrich II. zu Gunsten des Altshausers entschieden hat." Georg nickt bestätigend. „Wie sich alles wiederholt! Denkt nur daran, liebe Freunde, was uns der Abt von St. Trudpert über seine Schwierigkeiten mit Graf Heinrich anvertraut hat! Anscheinend bestimmt die Gier nach immer größerer Macht das Handeln vieler Menschen!" Vogt Werner fällt ein: „Oh, davon kann ich auch ein Liedchen singen! Ihr habt dabei recht, dass es den Streitenden dabei weniger um den Besitz als um den Zugewinn an Macht geht. Ihr werdet damit rechnen müssen, dass Ihr auch eines Tages in so etwas verwickelt werdet, Herr Wolfram! Nicht alle Ministerialen der Reichenau haben Ihr die Treue gehalten, wenn sie anderswo Vorteile für sich witterten. Unter dem vortrefflichen Abt Dietrich von Krenkingen, der übrigens zugleich Bischof von Konstanz war, sind manche Ministerialen von der Abtei abgefallen und haben sich den Deutschherren angeschlossen. So war auch die Insel Mainau im Überlinger See ursprünglich Eigentum der Reichenau. Jetzt ist sie eine Kommende der Deutschherren." Johannes und Kilian wundern sich darüber, dass Herr Werner ein solches Thema so ausführlich und fast ausschließlich mit Wolfram bespricht. Hat Wolfram sich plötzlich in die Geschichte des Inselklosters vertieft? Das würde nicht zu seiner Wesensart passen. Zudem dürfte Wolfram wohl kaum Gelegenheit dazu bekommen, Güter der Reichenau gegen fremde Übergriffe zu verteidigen.

Im Stillen schmunzelt Herr Georg über ihre erstaunten Gesichter. Aber dann entschließt er sich, der Sache ein Ende zu bereiten und ihnen die Entscheidung des Abtes Friedrich über den Nachfolger des Vogtes Werner mitzuteilen. Wolfram, der noch nicht persönlich mit dem Abt sprechen konnte, möchte dieses Thema von sich aus anscheinend nicht anschneiden. Vogt Werner sieht ihn auffordernd an, aber Wolfram schüttelt nur den Kopf. Sein Freund will ihn aus seiner offensichtlichen Pein erlösen. „Liebe Freunde, es ist euch allen bekannt, dass ich heute eine ausführliche Unterredung mit dem Vater Abt haben durfte. Der Vater Abt hat mir recht erfreuliche Dinge gesagt. Unter anderem haben wir darüber gesprochen, dass du, lieber Johannes, in der Abtei bleiben möchtest, um als Mönch unserem Herrn Jesus Christus zu dienen, aber auch durch ein intensives Studium und durch eine spätere Arbeit auf wissenschaftlichem Gebiet das Lob unseres Herrn und seiner heiligen Mutter zu verkünden. Ich freue mich, dass der Vater Abt ohne Zögern seine Zustimmung für deine Aufnahme gegeben hat! Dazu gratuliere ich dir von Herzen. Nun trittst du wirklich in die Fußstapfen des Hermannus Contractus." Johannes wird auch von den anderen beglückwünscht. Nun zeigt er seine Freude darüber ohne jede Hemmung. „Gleich als ich die Insel zum ersten Mal sah, war es mir so, als käme ich nach Hause. Nun fürchte ich nicht einmal mehr den Unwillen meines Herrn Vaters. Mein Entschluss steht so fest, dass er mich nicht mehr davon abbringen kann." Sein Zwillingsbruder lächelt ihm zu. „Du bist mittlerweile sehr tapfer geworden, lieber Bruder, aber du hast ja auch in Abt Friedrich einen mächtigen Schutzherrn bekommen, der sich für dich einsetzen wird. Was soll Herr Heinrich dem Herrn der Reichenau entgegensetzen? Und das ist zweifellos auch in einem anderen Fall entscheidend... Unser Freund Wolfram will kein Mönch werden – und dennoch ist die Reichenau auch für ihn zum Schicksal geworden, allerdings auf eine ganz andere Art. Er fährt nicht nach Heidelberg zurück, sondern er wird hier am Bodensee einen ganz anderen Weg gehen, als mein Herr Vater ihn für ihn vorgesehen hat. In seiner väterlichen Güte hat Abt Friedrich ihn nämlich zum Nachfolger des Herrn Vogtes Werner von Öhningen bestimmt." Erstaunte und freudige Ausrufe werden laut. Spontan reichen die Männer Wolfram die Hand. Erst nach einer Weile kann Georg fortfahren: „Die beiden Herren Vögte werden einige Monate zusammenarbeiten. Dann zieht sich Herr Werner auf sein Landgut zurück, und Wolfram wird alleine alle Rechte und Pflichten in der ausgedehnten Vogtei übernehmen. Für mich persönlich ist das eine besondere Freude, lieber Freund, und ich bin besonders froh darüber, dass mit der Übernahme der neuen Aufgabe die Übersiedlung in ein stattliches Herrenhaus verbunden ist!“ Er schließt Wolfram spontan in seine Arme und flüstert ihm dabei zu: „Dann wird sich unser Herr Vater auch nicht länger sträuben, seine Tochter Luitgard einem solch wohlhabenden Manne zur Frau zu geben…“

Danach wird die allgemeine Freude der Tischgesellschaft so lautstark, dass niemand den Wiedereintritt des Herrn Kilian bemerkt, der zuvor kurz den Raum verlassen hat. Er muss einige Male auf den Tisch klopfen, ehe die anderen schweigen und sich die Aufmerksamkeit auf ihn richtet. „Meine lieben Freunde“, beginnt er, und sein edles Antlitz strahlt, „darf ich euch beglückwünschen zu den guten Wegen, die Abt Friedrich mit euch und für euch gefunden hat! Wenn Herr Georg bisher auch leer ausgegangen ist, so bin ich doch davon überzeugt, dass sich bald auch für ihn ein Weg öffnen wird, den er voller Freude beschreiten kann. Nach einer kurzen Überlegung mit dem Bruder Gästemeister, der mir dabei behilflich sein wird, darf ich euch alle für morgen abend in mein kleines Haus an der Herrenbruck einladen und euch meine Schnitzerwerkstatt zeigen! Ich will euch schon heute verraten, dass ich bereits zwei Arbeiten in Angriff genommen habe. Zunächst habe ich sie grob skizziert und mir das dafür notwendige Holz besorgt. Ich möchte zuerst ein Bildnis von Maria, Unserer Lieben Frau, Mutter und Fürsprecherin, schnitzen. Unter ihrem weiten Mantel sollen sich rechts und links von der hohen Frau alle jene bergen, die mit uns von Heidelberg und Waldstetten zur Reichenau gepilgert sind. Mein zweites Schnitzwerk soll den lieben Hermannus Contractus zeigen und mit ihm wiederum die Gefährten unseres Pilgerweges.“ Georg meint: „Das ist ein wunderbarer Gedanke, Herr Kilian, aber unser Pilgerzug ist noch nicht beendet. Das Grab des Gelähmten befindet sich in der Krypta der Ulrichskapelle der Burgkirche zu Altshausen. Die Burg ist nun ein Sitz der Deutschherren und einer Kommende ihres Ordens." Kilian entgegnet rasch: „Wenn ihr dahin pilgert, schließe ich mich euch selbstverständlich an. Ist es weit bis Altshausen?" wendet er sich an Herrn Werner. Der gute Mann macht eine unbestimmte Geste. „Darüber weiß ich nichts Genaues. Es soll nördlich vom großen Bodensee liegen. Ich hörte es einmal – nahe bei den Orten Saulgau und Ravensburg. Leider war ich niemals in dieser Gegend. Ich kann daher nur vermuten, dass es von Allensbach aus bis dahin ein mehrtägiger Ritt sein muss. Ihr müsst nämlich um einen weiteren Ausläufer des Sees reiten, ehe ihr zum großen See gelangt. Es wäre wahrscheinlich einfacher, mit einem Lastschiff ab Konstanz über den großen See zu fahren, irgendwo am nördlichen Ufer auszusteigen und nach Altshausen zu reiten. Die Deutschordensritter auf der Mainau könnten euch den einfachsten Weg weisen." Kilian wirft ein: „Wie ich von meinem Bruder erfahren habe, soll Altshausen ein bedeutender Ort sein. Es ist oder wird nämlich der Sitz des Landkomturs der Ballei Elsaß-Burgund." Keiner der Anwesenden kann sich vorstellen, was eine Ballei oder ein Landkomtur ist, aber niemand denkt daran, eine Frage zu stellen, um keine lange Erklärung herauszufordern. Sie alle sind so erfüllt und dankbar für die Wendung, die manche Lebensschicksale genommen haben, dass sie sich kaum mit etwas anderem befassen können. Georg legt Kilian die Hand auf den Arm. „Ich kann Euch gar nicht sagen, wie ich mich auf Eure Schnitzwerke freue, Herr Kilian, auf Unsere Liebe Frau mit unserer Reisegesellschaft unter ihrem Schutzmantel und auch auf Hermannus Contractus! Ich weiß zwar noch nicht, wie mein Lebensweg verlaufen wird, aber ich werde auf alle Fälle einmal zu Euch kommen, um mir das fertige Schnitzwerk anzusehen. Das verspreche ich Euch!" „Und ich werde Eurem Abbild einen Ehrenplatz unter dem Mantel Mariens einräumen, Herr Georg. Ihr verdient es." Georg geht auf dieses Lob nicht ein. Er hat in seinen Augen nichts Besonderes getan. Er tat das, was ihm aufgetragen worden war. Zu Anfang herrschte bei ihm sogar ein recht eigensüchtiges Motiv vor: wenn er den Spuren des Hermann folgte, so konnte er nämlich den Zeitpunkt für den Beginn des ungeliebten Studiums immer weiter hinausschieben... Bei einem Glas Reichenauer Weißherbst sitzen die Freunde mit Herrn Werner bis in die Nacht in gemütlicher Runde beisammen. Sie sind zufrieden und müde und verspuren keinen Bedarf mehr, tief schürfende Gespräche zu führen. Sie freuen sich einfach auf den nächsten Inseltag, für den der Gästebruder schönes Wetter vorausgesagt hat, „weil die Sonne im Westen so sauber untergegangen ist".

Am folgenden Morgen schließt sich Georg zunächst Herrn Werner und Wolfram an, die wieder das Ackerland auf der Insel begutachten. Eine Weile lauscht er geduldig den Erklärungen des alten Vogtes über Bodenpflege, Düngung, Pflanzenaufzucht, Sämereien und Anbau von Feldfrüchten, ohne viel davon zu begreifen. Er freut sich darüber, wie freudig und offen die Männer und Frauen, die auf den Feldern oder in den Gärten arbeiten, sie grüßen. In ihrem kehligen Dialekt gehen sie bereitwillig auf die Fragen des Vogtes ein. „Oh weh", ruft Wolfram mit besorgter Miene aus. „Ich verstehe kaum ein Wort. Das wird lange dauern, bis ich die Leute hier verstehen kann!" „Macht Euch darüber keine Sorgen, Herr Wolfram. Zunächst bin ich ja mit Euch zusammen. In der Zeit lernt Ihr schon manches von unserer Mundart kennen und verstehen. Dann behaltet Ihr auch meinen guten Blasius, den Altknecht des Vogthofes. Er kann Euch übersetzen, was Ihr nicht versteht. Er wird Euch nach und nach mit den alemannischen Lauten vertraut machen. Unsere Sprache hier lernt sich erstaunlich schnell." Offenbar haben die Leute am Wegesrand die Worte verstanden. Sie nicken Wolfram lachend zu, so als wollten sie ihm Mut machen. „Was mir bisher auf der Insel Reichenau bereits aufgefallen ist, das ist das offene und furchtlose Betragen der einfachen Leute", stellt Georg fest. „Wie anders ist das Verhalten der Menschen bei uns in Waldstetten. Sie fürchten meinen Vater und auch seinen Vogt. Sie äußern kaum ein Wort. Ihre Grüße sind unterwürfig und fast kriecherisch. Dennoch glaubte ich stets so etwas wie verhaltenen Grimm, geheime Feindseligkeit bei ihnen wahrzunehmen." Bedauernd stellt Herr Werner fest: „Dann herrscht in Eurer Grafschaft kein Vertrauensverhältnis zwischen Herrn und Untergebenen. Das hat zwischenzeitlich auch auf unserer Insel nicht mehr bestanden. Unserem Vater Abt ist es durch seine echte Güte und Menschenfreundlichkeit, aber auch durch seine vernünftigen Forderungen und durch die notwendige Festigkeit gelungen, die Menschen hier wieder zu gewinnen. Jeder Reichenauer fühlt sich von ihm anerkannt und geachtet, weil er ihm gezeigt hat, dass seine Arbeit ein wertvoller Teil des Ganzen ist und nur im Miteinander aller das gemeinsame Werk gelingen kann. Abt Friedrich besucht die Leute in ihren Hütten und bewundert ihre Gärten und ihr Kleinvieh. Er kennt jeden der Inselbewohner mit Namen. Er tauft ihre Kinder, wann immer es ihm möglich ist, persönlich. Seine Taufgabe, meist eine silberne Muttergottesmedaille, wird hoch in Ehren gehalten.

Wisst Ihr, es ist wahr, dass unsere Abtei wieder eine ehrenvolle Stellung unter den Klöstern am Bodensee einnimmt. Viel, viel wichtiger ist ihre innere Gesundung im Gemeinwesen und im Konvent. Unser verehrter Vater Abt hat seine Macht nie missbraucht, wie es leider viele, wenn nicht die meisten der weltlichen und geistlichen Gebietsherren tun. Er ist einfach ein Vater der Seinen."

Vogt Werner hat sich förmlich von seiner Begeisterung mitreißen lassen. Nun ist ihm nach seiner ungestümen Lobpreisung des Abtes beinahe etwas unbehaglich zumute. Mit Nachdruck und Entschlossenheit wendet er sich darum rasch wieder der Landwirtschaft zu. Er bückt sich und nimmt eine Handvoll Erde in seine breite Hand. „Seht her, ihr Herren, wie locker und dunkel der Boden hier ist? Zum Düngen nehmen sie hier unter anderem verrottetes Röhricht und Schlick aus dem See, ein ausgezeichnetes Mittel, um den Boden anzureichern. Im nächsten Jahr werden sie hier auf der Insel endlich auch Weizen anbauen. Bisher kam er von Ermatingen. Man begnügte sich im Kloster mit dem widerstandsfähigeren und nahrhaften Dinkel, eine Vorstufe des Weizens. Dinkel reichte für ein derbes Brot und für kräftige Suppen, aber er ist nicht geeignet für Hostien, welche die Priester bei der heiligen Messe brauchen..."

Den weiteren Ausführungen des Herrn Werner will Georg nicht mehr lauschen. Bewusst bleibt er hinter den beiden zurück. Er blickt über die Insel und den See. Spielerisch streift er durch die Gräser am Feldrain. Seine Gedanken weilen noch immer bei dem Thema, das Herr Werner eben mit so großem Eifer angeschnitten hat, das Thema vom Missbrauch der Macht. War und ist dies nicht die Sünde, deren sich auch sein Vater, Graf Heinrich von Waldstetten, schuldig gemacht hat und noch schuldig macht? Ohne Rücksicht auf Begabung und Neigung will er restlos über das Leben der Seinen bestimmen und nach seinem Gutdünken über sie verfügen. Georg wagt es gar nicht, sich auszumalen, welches Maß an Willkür der Vater den Kleinen und Abhängigen gegenüber gebraucht. Sie sind ihm bis ins Letzte ausgeliefert. Niemand darf seinen Wohnsitz wechseln, ein Stückchen Wald für sich roden, eine Hütte erbauen oder nur ausbessern, eine Ehe eingehen, ohne dass Herr Heinrich zuvor seine Erlaubnis dazu gibt. Ohne seine Zustimmung darf niemand eine Familie gründen, in ein Kloster eintreten oder Priester werden oder gar in ein anderes Land überwechseln. Wie viele Menschen mögen bereits geflohen sein und Not und Elend in der Fremde dieser Unterdrückung jeder menschlichen Freiheit vorgezogen haben? Aber gibt es innerhalb der Kirche nicht auch den Missbrauch der Macht? Der heilige Apostel Johannes hat verkündet: „Gott ist die Liebe!“ Warum dann diese furchtbaren Drohungen mit Höllenstrafen, welche viele Prediger jeden Sonntag auf ihre ohnehin von tausenderlei Plagen und Leiden niedergedrückten Menschen von den Kanzeln herabprasseln ließen? Wie oft hat Pater Fidelis, der fromme Burgkaplan von Waldstetten, sich gegen diesen furchtbaren Missbrauch der geistlichen Macht ausgesprochen! Er hat sich bedrückt über manche Vorgänge beim Konzil von Konstanz geäußert, so über die widerrechtliche Verurteilung und Verbrennung des böhmischen Reformators Hus. „Wieder ein großes Unrecht mehr, das im Namen Gottes verübt worden ist“, so hat der sonst duldsame Pater Fidelis dieses unglückliche Ereignis kommentiert. „Macht ist eine furchtbare Kraft. Sie korrumpiert die Machthaber in der Kirche und im Reich. Sie ist ein gar gefährliches Instrument, für dessen Handhabung die Mächtigen Gott einmal schwerste Rechenschaft schulden. Selig sind die Ohnmächtigen, denn sie ruhen in Gottes Händen." Aber die Macht kann auch zum Besten der Mitmenschen benutzt werden, wie es durch Abt Friedrich auf der Reichenau geschehen ist und geschieht.

Am Nachmittag kehrt Georg zu einem Besuch bei Kilian ein, den er ihm persönlich versprochen hat. Er soll das Häuschen an der Herrenbruck als Erster sehen. Das weiß gekalkte Fachwerkhaus mit den schweren schwarzen Balken ist bescheiden, aber sauber und sachgemäß eingerichtet. „Mein Vorgänger, der hier wohnte, war ebenfalls ein Schnitzer. Er ist nun so gebrechlich, dass die guten Brüder ihn im Hospital der Insel betreuen. Er hat keine eigene Familie. Der Mann besitzt einen ganz wachen Geist. Er ist erfreut darüber, dass wiederum ein Schnitzer sein Häuschen bewohnen und seine Werkstatt benutzen darf. Ich habe mich einige Male mit ihm unterhalten. Er gab mir bereits manchen guten Rat zur richtigen Verwendung der einzelnen Holzarten, zur notwendigen Zeit der Lagerung und anderes mehr. Wie Ihr wisst, habe ich nie eine sachgemäße Ausbildung erhalten und bin darum für jeden Rat und Hinweis besonders dankbar. Der brave Mann und ich – wir bleiben im Gespräch. Ja, er hat mir sogar sein großes Geheimnis anvertraut und mir seine größte Kostbarkeit gegeben. Eigentlich wollte er sie erst nach seinem Tode dem Vater Abt aushändigen lassen. Seht nur und staunt!" Mit liebevollen Bewegungen entfernt Kilian ein Tuch von einer Schnitzerei und bietet seinem Besucher das kleine Kunstwerk dar. Es ist eine Büste eines Mannes, liebevoll geschnitzt und bis in alle Einzelheiten und ins Feinste ausgearbeitet. Überrascht und beinahe gerührt ruft Georg aus: „Abt Friedrich, wie er leibt und lebt!“ Das edle, scharf geschnittene Antlitz mit den feinen und doch herrscherlichen Zügen und dem gütigen Mund über dem kräftigen Kinn ist wunderbar herausgearbeitet. „Der Schnitzermeister kennt meinen Bruder nicht nur gut. Er liebt ihn wie ein Sohn seinen Vater.“ „Wie ein Sohn seinen Vater“, wiederholt Georg. „Es muss wunderbar sein, einen solchen Vater zu haben und ihn lieben zu dürfen.“ Mit dem feinen Gespür des sensiblen Künstlers spürt Kilian, dass damit an eine offene Wunde in der Seele des andern gerührt worden ist. Wie ein Vater... Solchen Schmerz darf man weder ignorieren noch einfach fortzureden suchen. Das wäre wie eine Missachtung. Er muss darauf eingehen. So beginnt er behutsam: „Wir sind miteinander den Spuren des Hermannus Contractus gefolgt, lieber Freund. Habt Ihr während unserer Reise auch oft daran denken müssen, wer er eigentlich war, dieser Hermann? Ich musste es immerfort tun, weil sein Leben dem meinen ähnelte. Schon in Murbach haben wir einiges über ihn erfahren und erst recht nun hier auf der Insel Reichenau. Graf Wolfrad II. von Altshausen zwang seine Frau, die Gräfin Hiltrud, das Kind, es war eben sieben Jahre alt, im Kloster auf der Reichenau abzuliefern. Er wollte es anderenfalls in die Hütte eines seiner Leibeigenen schaffen lassen. Dort wäre das Kind vor lauter Lieblosigkeit und Stumpfsinn bald zugrunde gegangen. Wie in einem Brief des Mönches Berno, des damaligen Abtes, zu lesen steht, hat er das Kind, das völlig gelähmt und der Sprache beraubt war, nur der Mutter zuliebe aufgenommen. Der Vater stand sogar dem gelehrten und berühmten Mönch Hermann später beinahe fremd und ablehnend gegenüber. Unser Hermann lebte und litt also immer unter der Ablehnung durch seinen leiblichen Vater. Erst durch die Güte und selbstlose Liebe des Abtes Berno lernte er an die Güte des himmlischen Vaters glauben und Gott lieben. Irgendwo schrieb er, der ständig schmerzgequälte Krüppel, als Leitwort seines Lebens nieder: „Die Güte des himmlischen Vaters stehet immerdar vor meiner Seele." Als Herr Kilian schweigt, fährt Georg mit einer scheuen und zugleich zärtlichen Geste über die kunstvolle kleine Büste. „Mir hat die Güte Eures Herrn Bruders bereits viel geschenkt, Herr Kilian, und er hat Euch, Johannes und Wolfram bereits glücklich gemacht. In diesen Tagen habe ich mich unwillkürlich gefragt, ob auch mein Platz nicht hier auf der Klosterinsel Reichenau sein könnte. Vieles zieht mich hier an, aber andererseits kenne ich mein unruhiges Wesen. Ich würde bei dem stilleren, beschaulichen Leben der Mönche bereits nach einiger Zeit unzufrieden werden. Ich brauche Bewegung, Handlung, ritterlichen Einsatz. Ich bedauere es auf eine Art selbst, aber ich möchte mich und die Reichenau nicht betrügen." Kilian meint: „Es ist richtig, dass Ihr darin ganz ehrlich seid, denn wenn ein Mensch wie Ihr etwas nur mit halbem Herzen tun würde, wäre es ein großes Unrecht, das er sich und dem Orden zufügen würde, und es würde sich für beide Seiten sehr schlecht auswirken. Aber seid getrost, Hermann wird auch für Euch einen Weg finden, und zwar auf eine Art und wahrscheinlich auch an einem Ort, wo Ihr es gar nicht erwartet." Sorgsam deckt er die Büste des Abtes wieder zu. „Ich soll sie ihm an seinem Priesterjubiläum geben... Wahrscheinlich wäret Ihr – um auf euer Thema zurückzukommen – einer der wirklich guten Kreuzfahrer geworden. Dafür seid Ihr zu spät geboren.

Die Kreuzzugsidee lebt zwar im Orden der Deutschherren und als geheime Sehnsucht auch in den Herzen mancher Gläubigen weiter fort, aber es wird nie wieder zu einem Kreuzzug kommen. Die Idee an und für sich war rein und edel, aber die Ausführung wurde zum großen Teil schauerlich, grausam und blutig. Macht, Geld, Besitzgier verdrängten bei vielen, die sich Ritter des Kreuzes Christi nannten, die ursprüngliche Idee. Es ging diesen Menschen nicht mehr um die Befreiung der Stätten des Lebens Jesu, sondern nur noch um Macht, vermeintliche Ehre und Reichtum. Ach, wie rasch wird eine gute und reine Sache durch menschliches Versagen verwässert oder gar ins Gegenteil verkehrt! Wir erbärmlichen Menschlein können unsere Schwachheit nur immer wieder vor dem Herrn bekennen und uns und unser Leben vorbehaltlos in seine barmherzigen Hände geben. Manches Mal schenkt er einem Werk oder einer Idee einen neuen Anfang, wie zur Zeit der Reichenau. Aber es kann auch sein, dass er in seiner Weisheit einem Werk, einer Institution ein Ende setzt, weil ihre Träger zu weit vom ursprünglichen Wege abgewichen sind. Werft nur einen Blick in unsere Fürstenhäuser… oder weiter zurück auf die Geschichte des Volkes Israel. Wie oft huldigte Gottes auserwähltes Volk fremden Götzen wie Baal und anderen. Die Götzen unserer Tage tragen nur andere Namen.“ Kilian sieht in das trübe, finstere Gesicht des Freundes. „Verzeiht mir, Herr Georg, ich wollte Euch nicht mit diesem allzu ernsten Thema belasten, aber dieses Thema liegt heute so nahe, zumal es an allen Ecken und Enden in der Kirche und im Reich gärt. Man hat das deutliche Gefühl, dass es so nicht lange mehr weitergehen kann und wird. Ein Mensch wie ich hat vielleicht zuviel Gelegenheit, still zu beobachten und nachzudenken, weil sein Gebrechen ihn hindert, wirklich in der Gesellschaft aufzugehen. Ich bin und bleibe immer Außenseiter." Herzlich wendet sich der Gast ihm zu. „Aber Ihr steht außerhalb ohne Neid und Missgunst, Ihr wollt den Menschen wohl."

Wie auf Verabredung begeben sich beide nach draußen an den Gnadensee, der im milden Schein der abendlichen Sonne ein Bild beinahe überirdischen Friedens schenkt und so ihre von dem Gespräch aufgewühlten Seelen zu besänftigen vermag. Sie nähern sich dem Landungssteg, der Herrenbruck. Mit einem Male kommt Abt Friedrich ihnen entgegen. Er betet sein Brevier. Bereitwillig schließt er das umfangreiche Buch, grüßt sie und meint freundlich zu ihnen: „Gut, dass ihr beiden Stubenhocker auch einmal an die frische Luft kommt. Unser Herrgott schenkt euch die herrlichste Landschaft, und ihr bleibt im Haus. Mir ist so etwas unbegreiflich! Ihr wundert euch sicher, weil ich ein so großes Buch nach draußen schleppe, nicht wahr? Manchmal wird das Bedürfnis nach Weite und frischer Luft für mich wie zu einem Zwang. Ich wollte mich hier auf die Planken der Herrenbruck setzen, dort mein Brevier lesen und die Beine einfach über dem Wasser baumeln lassen. ‚Welch ein Verhalten für den Vater Abt', so würde mein strenger Pater Prior entsetzt ausrufen, wenn er es sehen würde. Manchmal habe ich einfach das Bedürfnis, das starre Zeremoniell zu durchbrechen und einfach nur Mensch zu sein. Seid Ihr nun entsetzt über mich, Herr Georg?" „Aber nein, Vater Abt!" ruft der Gefragte spontan aus, „Ihr werdet mir immer sympathischer." „Hast du das gehört, Kilian? Dein Freund ist von einer herzerfrischenden Offenheit. Oh, ich kann euch übrigens zwei Neuigkeiten melden. Unser guter Bruder Reginbert, die unermüdliche Schnüffelnase unserer Abtei oder, klösterlicher ausgedrückt, der einmalig erfolgreiche Altertumsforscher in der langen und wechselvollen Geschichte unserer Abtei, der nie und nimmer aufgibt, hat den Bericht eines Mönchs Berthold oder Bertholdus an den Konvent von Anfang Oktober Anno Domini 1054 aufgestöbert, in dem er seinem Abt Udualrich und seinen Mitbrüdern die Beisetzungsfeierlichkeiten des Hermannus Contractus in der Ulrichskapelle zu Altshausen schildert und zuvor den Weg dorthin. Er tue es schriftlich, weil er selbst längere Zeit im kleinen Benediktinerpriorat Altshausen verweilen wolle, um am Grabe des Vaters Hermann zu beten. Reginbert ist nun dabei, das sehr brüchige Schriftstück auszubessern oder nach bestem Wissen und Gewissen zu ergänzen. Johannes ist ihm behilflich. Sobald beide die Arbeit vollendet haben, wird Reginbert uns seinen Inhalt vortragen. Damit jeder Reichenauer daran teilnehmen kann, soll dies in der Münsterkirche geschehen. Bei ihrer gemeinsamen Arbeit erfahren Reginbert und Johannes das reine Glück der Entdecker. Nun habe ich meinerseits folgenden Entschluss gefasst: da uns Hermann so viel Ehre eingebracht hat und euch so sichtlich geholfen hat, möchte ich als Abt der Reichenau nun in Vertretung meiner Brüder unseren seligen Mönch ehren und an seinem Grabe beten. Kurz und gut – ich habe vor, mich eurer Wallfahrt nach Altshausen anzuschließen. Wenn alles zeitlich genau so verläuft, wie ich das geplant habe, könnten wir sogar am 24. September wieder auf der Insel sein und am Fest des seligen Hermann Johannes das Ordenskleid überreichen. Nun, was haltet ihr davon? Wäre das nicht ein sinnvoller Abschluss?“ Sie stimmen ihm begeistert zu. „Und nun schaut einmal rasch fort!“ Er legt das kostbare Buch einfach ins Gras, streift seine Sandalen ab, hebt die Kutte an und geht mit sichtlichem Wohlbehagen im seichten Wasser spazieren. „Ah, tut das gut! Ob ich in den Kirchenbann komme, wenn ich aus eigenem Ermessen den Bräuchen der Abtei Maria von der Au für die Mönche tägliches Wassertreten im See und für die Mutigen unter ihnen eine Stunde Schwimmen verordne? Die Zaghaften und allzu Konservativen können ja ihre Füße in der Sicherheit des Dormitoriums in einen Kübel kalten Seewassers stecken. Berthold schreibt in einem seiner Briefe, dass er dem Gelähmten oft den Genuss eines Bades im Gnadensee verschafft hat. Es muss ein rührendes Bild gewesen sein: ein starker Mönch, der den verkrümmten und gelähmten Körper seines Meisters in den Gnadensee taucht." Die Klosterglocke mahnt laut und lang nachhallend. Abt Friedrich verlässt das Wasser, trocknet seine Füße flüchtig an Grasbüscheln ab, streift seine Sandalen über und eilt mit dem kostbaren Buch unter dem Arm nach einem flüchtigen Gruß davon. „Welch ein vielseitiger Mensch!" wundert sich Georg. „Das hätte ich bei seinem würdevollen Auftreten gar nicht in ihm vermutet." „Ja, er hat sich bei aller Festigkeit und Größe die Arglosigkeit und Heiterkeit eines Kindes bewahrt", pflichtet ihm Kilian bei. „Er muss ganz in Gott geborgen sein, denn ohne Zweifel hat er auch im Kloster Schweres durchmachen müssen. Wie sagt unser Herr Jesus? Wenn ihr nicht werdet wie die Kinder..."

Am Abend folgen alle Pilger und Herr Werner der Einladung des Herrn Kilian und versammeln sich im kleinen Haus an der Herrenbruck. „Wo bleibt denn nur unser guter Johannes?" meint Wolfram, als sie gemütlich auf der Eckbank am Eichentisch sitzen mit einem Becher Reichenauer Wein und Scheiben weißen Brotes. „Nun, wahrscheinlich hat er sich so in seine

Arbeit in der Bibliothek vertieft, dass er uns vergessen hat oder wenigstens unsere heutige Zusammenkunft. Die Reichenau hat ihn bereits restlos vereinnahmt", meint Georg liebevoll. Da klopft es. Kilian öffnet und sieht sich einem atemlosen Johannes gegenüber. „Verzeiht mir, Herr Kilian, wenn ich zu spät komme, aber sie war zu schwer!" „Tretet näher und trinkt zuerst einen Schluck, Herr Johannes. Ihr wirkt ganz erschöpft." Johannes macht einen Schritt über die Schwelle des Hauses, aber dann bleibt er wieder stehen, als ob ihn etwas festhalten würde. „Nein, das kann ich nicht. Sie darf nicht allein am Wegrand stehen", sagt er. Die anderen sehen sich an. Was hat er denn? Wen meint er mit „sie"? „Komm näher, Johannes, und erkläre uns, was dich bedrückt. Können wir dir helfen?" fordert ihn sein Bruder freundlich auf. „Sag uns, wen hast du am Wegesrand stehen lassen und wer war zu schwer?" Johannes trinkt rasch einen Schluck und meint dann zum Erstaunen seiner Freunde: „Unsere Liebe Frau." „Unsere Liebe Frau?" Besorgt blickt Wolfram ihn an. Hat er am Ende Fieber? Jetzt erst bemerkt Johannes Erstaunen und Besorgnis in den Blicken seiner Freunde. „Oh, ich muss mich schon wieder entschuldigen, weil ich mich so missverständlich ausgedrückt habe. Es handelt sich um eine alte Statue, die wir bei unseren Nachforschungen in der Bibliothek hinter allerlei alten Schriften entdeckt haben. Bruder Reginbert wollte sie euch morgen bringen, Herr Kilian, damit Ihr sie Euch anseht und vielleicht wieder etwas säubert und ausbessert. Ich wollte sie Euch noch heute abend bringen, aber unterwegs kam ich einfach nicht mehr weiter mit dem Stock in der Linken und der Statue in der Rechten. Darum habe ich sie neben einem alten Baum niedersetzen müssen." „Wart nur, Johannes! Mache dir keinen Kummer. Ich hole sie sofort."

Mit diesen Worten schlüpft Georg rasch aus dem Haus und kommt bereits nach wenigen Augenblicken mit einer Marienstatue aus dunklem Holz zurück. Behutsam stellt er sie mitten auf den Tisch, nachdem er Brot und Käse beiseite geschoben hat. Im Kerzenlicht sieht das Antlitz der Statue ungemein lieblich und mütterlich aus. Mariens Linke ist wie eine Schale geformt, über die sie wie schützend ihre rechte Hand hält. „Eine eigenartige Darstellung", meint Kilian. „Man meint, sie müsse das Kind auf ihrem Schoße tragen. Aber sie ist ungemein ansprechend." Er will sie sich genauer anschauen. Die Anwesenden sind mit ihm gespannt auf das Ergebnis seiner Untersuchung. „Die Schäden sind gering. Hier ist eine Kleinigkeit abgesplittert, und der fehlende kleine Finger der Rechten lässt sich, wenn sie gereinigt ist, ohne weiteres ersetzen. Helft mir, die Statue einmal umzuwenden, bitte! Vielleicht befindet sich auf der Unterseite eine Inschrift." Wolfram hilft ihm, die Statue hinzulegen. „Ja, hier steht etwas!" ruft Kilian aus. Alle beugen sich vor. „Berno Abbas † 1048", liest Kilian mit zitternder Stimme vor. „Kommt näher und überzeugt euch selbst davon..." Ergriffen lesen sie die Inschrift, die in das Holz eingegraben worden ist. „Dann hat die Statue sicher diesem Abt Berno, der 1048 gestorben ist, einmal gehört", murmelt Vogt Werner. Auch er, der Mensch, der ganz im Heute verhaftet ist, kann sich diesem Zeugnis der Vergangenheit nicht entziehen. „Welch ein Schatz!" ruft Kilian aus. „Eine Muttergottesstatue aus dem 11. Jahrhundert." Wolfram betrachtet das Kunstwerk besonders lange. Dann wiederholt er: „Berno Abbas... Sagt euch die Jahreszahl nichts, meine Freunde? Berno war der väterliche Abt unseres Hermannus Contractus, und ich nehme an, dass er diese Marienstatue in seiner

Zelle hatte, die nach seinem Tode geräumt worden ist. Wahrscheinlich hat der neue Abt die Statue nicht sonderlich gemocht, aber ein Bruder gab sich nicht damit zufrieden, dass sie fortgeschafft wurde. Er brachte sie in die Bibliothek und bewahrte sie dort ein wenig versteckt für die Nachwelt auf. Das sind freilich nur Vermutungen. Aber das ist sicher, dass der Nachfolger des Abtes Berno nicht vom gleichen Geiste war." „Wie wird sich Abt Friedrich über diesen Fund freuen! Ist es nicht eine wunderbare Fügung, dass wir durch unser Eintreffen auf der Reichenau indirekt die große Suche nach der Vergangenheit mit veranlasst haben?" stellt Georg fest. „Eine wunderbare Fügung, liebe Freunde", stimmt Kilian zu, und seine Hände fahren sanft über das alte, stark gedunkelte Holz der Marienstatue. „Nehmen wir sie dankbaren Herzens als Zeichen an, dass der Herr uns durch die Fürbitte Unserer Lieben Frau auch fürderhin helfen wird."

Bereits am folgenden Tag erfahren sie den Namen der Statue. Bruder Reginbert findet ihn in den Notizen eines seiner Vorgänger, des Bruders Willigis, Bibliothekar anno Domini 1050, der niedergeschrieben hat: „Aus dem Besitz des Abtes Berno sel. Angedenkens wurde hierher gebracht die Statue Unserer Lieben Frau mit den leeren Händen, die Abt Berno über alle Maßen geliebt und verehrt hat." Abt Friedrich eilt auf die Nachricht hin sofort zum Haus des Kilian und steht lange und still vor dem Marienbildnis. „In Mariens mütterliche Hände wollen wir fortan mehr denn je all unsere Bitten und Wünsche niederlegen. Sie wird sie ihrem Sohne fürbittend vortragen." Kilian meint: „Du wirst Unsere Liebe Frau von den leeren Händen, wenn ich die Statue gereinigt und restauriert habe, wohl mit in deine Wohnung nehmen, lieber Bruder?" „Das muss ich später entscheiden,

Kilian. Zunächst bin ich einfach glücklich darüber, dass wir diesen wertvollen Schatz gefunden haben. Gott erweist unserer Insel zur Zeit besonders viel Liebe. Irgendwie hat Hermannus Contractus damit etwas zu tun."

Am Samstag der gleichen Woche versammeln sich die Mönche, ihre Gäste und auch einige Fischer- und Bauernfamilien auf Wunsch des Abtes im Münster. Es ist bereits dämmrig. Ein letzter Strahl der Abendsonne scheint durch die Kaiserloge auf das Grab des Abtes Berno im Westwerk. Im Ostchor brennen neben dem Ambo vier hohe Kerzen, deren Schein auf die Schriftstücke auf der Platte fallen. Aber sonst nimmt die fortschreitende Dämmerung mehr und mehr Besitz vom hohen Kirchenraum. Es ist ganz still. Die Menschen in der Kirche fühlen, wie in dieser heiligen Stille sich ihrer ein Gefühl bemächtigt, als ob etwas Besonderes bevorstehe. Gemessenen Schrittes tritt Abt Friedrich an das Lesepult. Mit ruhiger Stimme verkündet er: „Im Namen des Vaters und des Sohnes und des Heiligen Geistes begrüße ich euch alle im Marienmünster am Abend dieses Tages, der wie jeder Samstag ein besonders der Gottesmutter geweihter Tag ist. Liebe Brüder und Schwestern in Christo, heute abend wollen wir mit heiligem Ernst und tiefer Dankbarkeit dem Bericht des Mönches Berthold aus dem Jahre des Herrn 1054 lauschen. Er berichtet über die Beisetzung unseres seligen Mitbruders, des Mönchs Hermannus Contractus, in der Burgkapelle zu Altshausen. Unser Bruder Reginbert hat das alte Dokument gefunden, ausgebessert und übersetzt, damit alle der Anwesenden dem Vorgang folgen können. Er wird uns den Brief zu Gehör bringen." Abt Friedrich zieht sich still zurück. Sein Kreuz blitzt dabei hell im Schein der vier Kerzen auf. Er setzt sich nieder. Nach ihm tritt, unscheinbar und klein, der Bibliothekar an das Lesepult. Anfangs ist er schwer zu verstehen, denn seine alte Stimme zittert vor Aufregung. Aber dann wird sie unerwartet sicher und klar. „Nun will ich euch, meine lieben Brüder, getreulich vom Weg unseres so verehrten und geliebten Vaters und Bruders Hermannus Contractus berichten. Ihr wisst ja alle, wie schwer wir mit seinem Sarge von unserer Insel Abschied nahmen. Ach, wie gerne hätten wir unseren Vater in unserer Mitte behalten! Aber der Wunsch seiner Mutter musste erfüllt werden. Der Sohn ihres Herzens musste heimkehren nach Altshausen, das er als siebenjähriger gelähmter Knabe verlassen musste. So betteten wir denn den Sarg mit den sterblichen Überresten des Vaters in Allensbach auf einen der dort wartenden Wagen. Von da ab kamen wir nur sehr langsam voran, überall wollten die Menschen den Sarg unseres Vaters sehen und verehren. Der Ruf seines heiligmäßigen Lebens und Sterbens war ihm vorausgeeilt. Die Leute säumten unseren Weg und drängten sich dicht an dicht. Sie wollten das Holz des Sarges berühren oder Blumen und Kerzen im Wagen niederlegen. Die Männer zogen ihre Kappen. Viele Frauen weinten oder hoben ihre kleinen Kinder so hoch, dass sie einen Blick auf den Sarg werfen konnten. Nahmen wir in einem der Orte Quartier, so mussten wir den Sarg mit dem teuren Verstorbenen vor jenen in Sicherheit bringen, die sich auch auf unlautere Weise ein Andenken an ihn verschaffen wollten. Meist schlossen wir den Sarg in der Kirche ein, und zudem hielt einer unserer Reichenauer Leute dort Nachtwache. Unseren guten Leuten war nichts zuviel, was sie zur Ehre und im Andenken an unseren Vater auf sich nehmen mussten. Auf der ganzen mühsamen und langsamen Fahrt hörte ich sie kein einziges Wort des

Unmutes oder der Ungeduld äußern. Endlich erreichten wir Altshauser Gebiet. Nun wurde der Volksauflauf noch viel größer, denn beim Volke dort wird die Gräfin Hiltrud, die Mutter unseres Vaters Hermann, sehr verehrt. Die Leute fanden es billig und recht, dass nun der Sohn zur Mutter heimkehrte. Für uns Reichenauer war ein herber Verlust, was für sie ein großer Gewinn war. Auf halbem Wege kam uns der Bruder Albrecht, der Prior des Klosters zu Altshausen, entgegen und mit ihm all seine Brüder aus der kleinen Niederlassung. Sogleich übernahm er die Leitung unseres Trauerzuges. In geordneter Prozession zogen wir singend und betend vor und neben dem Wagen mit dem Sarg unseres lieben Vaters auf Burg Altshausen zu. Im Angesicht der Burg nahte demütiglich zu Fuß mit dem Burgkaplan an der Spitze, der ein Kreuz trug, die Familie des Hermann. Gleich hinter dem Burgkaplan ging der ehedem so gefürchtete Graf Wolfrad II., der Vater des Hermann. Oh, wie gut hatte er 1020 daran getan, als er sein gelähmtes Kind zur Reichenau brachte! Das wird sein Verdienst bleiben, wenn er seinerzeit das Kind auch nur loswerden wollte! Welche Fülle des Segens hat die Reichenau indirekt diesem hartherzigen Vater zu verdanken. So kann unser Herr alles menschliche Tun in Segen wandeln. Die edlen Frauen der Familie, vor allem Frau Irmengard, die Mutter des Abtes Wolfrad von Isny, trauerten und klagten sehr.

Unter dem feierlichen Geläute der Glocken der Burgkirche und der Kapelle des Priorates zogen wir in das Burgtor von Altshausen ein. Wir hoben den Sarg vom Wagen, und mit mir trugen drei unserer Brüder ihn in die Kirche. Nach einem feierlichen Seelenamt und der Einsegnung brachten wir ihn mit etlicher Mühe über eine Wendeltreppe in die Krypta der Kirche, die Ulrichskapelle. Der heilige Ulrich ist, wie ihr euch gewiss erinnern werdet, ein Verwandter des Geschlechtes der Altshauser Grafen. Dort in der Ulrichskapelle stand bereits ein kunstvoll verzierter Steinsarkophag bereit, um den schlichten Holzsarg aufzunehmen. Als die Knechte den schweren Deckel des Steinsarkophags schlossen, wallte in uns erneut das Weh um den Vater auf. Es war uns in diesem Augenblick, als ob wir erst da begriffen hätten, dass uns der Vater wirklich verlassen hatte. Nun ruht Hermanns sterbliche Hülle neben dem Sarkophag mit den Gebeinen seiner geliebten Mutter, Frau Hiltrud, aus. Es war noch nicht sehr lange her, dass er mir für sie eine Grabinschrift diktiert hatte. Dieses wunderbare Epitaph ist ein einziges Lied der Dankbarkeit und eine klare Übersicht über ihr Leben, das sich im Dienste der Nächstenliebe verzehrt hat. Eines Tages hatte der Vater zu mir gesagt: ‚Wenn ich beigesetzt werde, und das wird bald sein, habe ich einen besonderen Wunsch an dich, mein getreuer Berthold: Singt dann bitte das Lied: Der Tod kann mich nicht zwingen.‘ Wir mussten nun, wenn auch unter Tränen, seinem Wunsche willfahren. Und so tönte es durch die Krypta der Ulrichskapelle: ‚Der Tod kann mich nicht zwingen. Du kamst ja, Herre Christ, um mir dein Licht zu bringen, der du mein Leben bist. Drob jauchzet dir mein Herze und freuet sich dein sehr. Es singt in Freud' und Schmerze und jeglicher Beschwer. Du bist mir Weg und Ende und Heimat Jesus Christ. Geb' mich in deine Hände, der du mein Leben bist.‘ Ja, liebe Brüder, wir sangen auch das dreifache Alleluja, denn bei allem Schmerz wussten wir ihn daheim bei seiner himmlischen Mutter und bei Frau Hiltrud. Lange Zeit verharrten wir in stillem Gebet. Dann stimmten wir dankbar und wundersam getröstet sein Lied an…“

Endet der Bericht des Berthold hier? Jedenfalls liest Bruder Reginbert nicht mehr weiter. Er steht ganz still da im Schein der hohen Kerzen. Die Menschen im Münster schweigen, von dem Gehörten ergriffen. Da erhebt sich Abt Friedrich von Wartenberg, und mit seiner kräftigen Stimme beginnt er zu singen: „Salve Regina, Mater Misericordiae...", und alle anwesenden Mönche, Gäste und Inselleute singen das ihnen so vertraute und liebe Lied der Insel Reichenau mit.

8
Pilgerfahrt

Im Kapitel verkündet Abt Friedrich seinen Brüdern, dass er sich entschlossen habe, an der Pilgerfahrt der Gäste und seines Bruders Kilian nach Altshausen teilzunehmen. Für den Abt der Reichenau ist es allerdings eine besondere Pilgerfahrt, denn einmal wallfahrtet er wie die andern zum Grab des seligen Hermannus Contractus, aber zugleich möchte er dort am Sitz des Landkomturs der Ballei Elsaß-Burgund ein Siegel unter die lange Zeit der so unsicheren und beinahe feindseligen Beziehungen zwischen den Deutschherren und der Abtei Maria von der Au setzen, ein Siegel des Friedens, der Freundschaft und der Zusammenarbeit in echt christlichem Geiste. „Das Konzil zu Konstanz hat uns allen wohl schmerzlich zu Bewusstsein gebracht, dass unser vermeintliches Christentum noch vieler Vertiefung bedarf. Christus und seine Liebe müssen die Mitte einer jeden Gemeinschaft und eines jeden Herzens sein. Nur dann bringen wir der Welt den so bitter benötigten Segen."

Natürlich gibt es in der nachfolgenden Rekreation nicht nur begeisterte Stimmen über den Entschluss des Abtes. Namentlich einige der älteren Mönche meinen, man würde diesen stolzen und hochfahrenden Deutschherren viel zu sehr entgegenkommen. Sie berufen sich darauf, dass die im 12. Jahrhundert am Bodensee aufgetauchten Deutschherren ihrerseits wenig dazu getan haben, dass sich eine wirkliche Zusammenarbeit mit den seit alter Zeit am Bodensee ansässigen Orden entwickeln konnte. War nicht mancher Ministeriale aus niederem Adel geradezu zu ihnen übergelaufen und hatte die verwalteten Gebiete einfach mitgenommen? Die Deutschherren hatten sich keinesfalls gegen die Mitbringsel gesträubt, sondern die Ministerialen samt Besitzungen bereitwillig in die eigenen Reihen aufgenommen. Auf diese Weise war unter anderem auch die Insel Mainau in die Hände der Deutschherren geraten. Abt Diethelm von Krenkingen hatte sich im 13. Jahrhundert bereits bemüht, eine gütliche Einigung zwischen beiden Parteien zu erzielen. Aber bis zum Wiederaufblühen des Klosters auf der Reichenau und Abt Friedrich von Wartenberg blieben unterschwellige Gefühle des Misstrauens, des Neides und der Abneigung bestehen. Das Gerede unter den Brüdern kommt dem Abt zu Ohren. Er hält es darum für klug, das Thema in der nächsten Hauskonferenz noch einmal aufzugreifen: „Meine lieben Brüder, es wird euch im Gleichmaß eures Dienstes für Gott auf unserer Insel des Friedens nicht so vorkommen, aber wir leben in einer Zeit voller Gefahren für die heilige Kirche Gottes. Das Konzil hat das ganze Ausmaß der wachsenden Bedrohung enthüllt. Darum ist es – und überdies vor allem, weil die Einheit Christi Wunsch ist – notwendig, dass sich die christlichen Gemeinschaften von ihrer Enge und Selbstgenügsamkeit lösen, die Werte der anderen Gemeinschaften anerkennen und sich mit ihnen zusammenschließen, um das kostbare Gut des gemeinsamen Glaubens zu verteidigen. Wir wollen uns gemeinsam, wenn auch jeder auf die ihm eigene Weise, für die Sache Christi einsetzen – so auch die Deutschordensritter und die Benediktiner in unserer Region. Es ist kleinlich, unwürdig und unklug, in einer solchen Zeit der Bedrohung und der Bewährung an alten Vorurteilen festzuhalten. Wer nicht voranzuschreiten wagt, der geht zurück! Darum wage ich in Christi Namen die Reise nach Altshausen. Ihr wisst aber auch, dass es einen weiteren und ebenso gewichtigen Grund für meine Reise gibt. Unsere lieben Gäste aus Waldstetten haben ihn mir nahegebracht. Wie sie, die so getreu den Spuren des Hermannus Contractus gefolgt sind, möchte auch ich an seinem Grabe in der Ulrichskrypta der Burgkapelle beten, und zwar in euer aller Namen. Ich möchte dort um Segen für unsere Insel, für unseren Konvent und für alle Menschen bitten, die auf unserer Insel leben. Aller Voraussicht nach werden wir rechtzeitig zum Festtag unseres Seligen heimkommen. In diesem Jahr soll der 24. September ein besonderer Festtag sein. Johannes von Waldstetten wird dann aus meiner Hand das Ordenskleid erhalten. Nun bitte ich euch, meine lieben Brüder und Söhne im Herrn, begleitet unsere Pilgerfahrt nach Altshausen mit innigen Gebeten, vor allem zu unserer Herrin und Mutter Maria, der Königin der Barmherzigkeit, und zu unserem seligen Mitbruder Hermann, auf dass wir alle aus dieser Wallfahrt einen reichen geistlichen Gewinn zu ziehen vermögen!" Offensichtlich ist es ein Herzensanliegen des Abtes, aus dieser Reise ein bedeutendes Ereignis für den ganzen Konvent zu machen. In den Horen des kirchlichen Stundengebetes und in der heiligen Messe lässt er wiederholt Gebete für die Pilgerreise sprechen. Das Grab des väterlichen Freundes Hermanns, das Grab des Abtes Berno im Westwerk des Münsters, ist ständig mit Blumen und Kerzen geschmückt. Auch darüber müssen einige ältere Mönche aus dem Hochadel murren. Einer der Ihren wird bei Abt Friedrich vorstellig. „Vater, wir verstehen nicht, warum man plötzlich einen solchen Kult um diesen Abt Berno macht! Er war nur aus niederem

Adel und wurde nicht kanonisiert." Abt Friedrich sieht den Mönch scharf an: „Ach, das beunruhigt Euch, Bruder? Seid Ihr wirklich der Ansicht, dass vor unserem Herrn und Gott das vermeintliche blaue Blut überhaupt etwas zu bedeuten hat? Wenn jemand in Liebe und aus Liebe gelebt hat, so kann der ärmste Tagelöhner vor Gottes Augen größer sein als der mächtige Kaiser. Jemand, der nicht von der Kirche kanonisiert worden ist, kann bei Gott der Heilige sein, weil er dem Herzen Gottes besonders nahesteht." Allerdings hat der Abt diese Herren nicht überzeugt. Sie können ihren „modernen" Abt überhaupt nur selten verstehen und teilen nur allzu oft seine Ansichten nicht. An wen soll man sich schließlich noch halten, wenn nicht an die alten Privilegien des Adelsstandes und an die offiziellen Kanonisierungen durch die Kirche? Sie sind erst recht entsetzt, als der Cellerar in einer Rekreation meint: „Eine solche Heilig- oder Seligsprechung ist schließlich jedesmal auch eine Sache der Finanzen. Nach Abt Berno hat die Reichenau eine Zeit wirtschaftlichen Niedergangs erlebt. Sie hätte es sich damals gar nicht leisten können, in Rom wegen der Kanonisierung Bernos einzukommen. Hinzu kam auch noch, wie ich aus den Annalen weiß, dass Bernos Nachfolger Udualrich eifersüchtig auf ihn war." Damit ist das Thema zwar endgültig vom Tisch, aber die Mönche aus dem Hochadel beten kein einziges Ave am Grab im Westwerk des Münsters.

Mit Eifer und Umsicht trifft der Abt die Vorbereitungen für die Pilgerfahrt nach Altshausen. Ein Eilbote teilt dem Herrn Landkomtur zu Altshausen die höfliche Bitte des Abtes der Reichenau mit, ob er die Burg der Deutschherren aufsuchen und mit einer Gruppe von Pilgern am Grabe des Hermannus Contractus beten dürfe. Mit dem Eintreffen sei etwa ab

Mitte des Monats September zu rechnen. Umgehend trifft eine bejahende Antwort ein, die zugleich eine herzliche Einladung darstellt. Damit ist der äußeren Form Genüge getan. Zu seinem Leidwesen muss sich Bruder Reginbert von einem besonders schön geschriebenen Evangeliar trennen, das zu seinen liebsten Schätzen gehört. Er tut es nur schweren Herzens und mit heimlichen Seufzern. Abt Friedrich will das kostbare Kunstwerk dem Landkomtur schenken. Ob die Deutschherren den Wert einer solchen Gabe überhaupt zu würdigen wissen, wagt der Bruder zu bezweifeln. „Wenn man schenkt, soll man das geben, was man liebt. Eine Gabe, die man leichten Herzens entbehren kann, ist keine Gabe der Liebe", wird ihm als klare Antwort zuteil. „Packt das Buch mit besonderer Sorgfalt in weich gegerbtes Rehleder ein und umgürtet es mit einem güldenen Band!"

Gehorsam befolgt der Bruder die Weisung des Abtes, aber das vermindert seinen Trennungsschmerz nicht. „Wisst ihr was, lieber Bruder? Zum Trost dürft Ihr dieses Kind Eures Herzens bis Altshausen begleiten. So seid Ihr mir für diese Kostbarkeit selber verantwortlich und noch eine Weile mit ihr zusammen." Bei Kilian regen sich ähnliche Gefühle, als Abt Friedrich ihn bittet, die gesäuberte und restaurierte Statue Unserer Lieben Frau von den leeren Händen einzupacken. „Willst du die Statue des Herrn Berno in Altshausen verschenken?" fragt er mit ehrlichem Entsetzen. „Es ist die Statue des Berno!" wiederholt er eindringlich. „Das ist mir bekannt, lieber Bruder. Wäre es so ungeheuerlich, wenn Unsere Liebe Frau mit den leeren Händen, die Statue des Herrn Berno, zu Hermann gehören würde, welcher der liebste Schüler dieses Abtes war? Aber vielleicht habe ich ganz andere Pläne. Nimm dich dieser Statue besonders an, wie sich Bruder Reginbert des Evangeliars annimmt. Mehr verlange ich nicht von dir."

An einem schönen, frühen Septembermorgen ist es endlich so weit. An der Herrenbruck, dem breiten Landungssteg, liegen rechts und linkes flache, breite Lastkähne. Einer der schwankenden Kähne wird mit den Reisebündeln und dem Proviant beladen. Dann werden die Geschenke für die Vogteien und Höfe untergebracht, in denen die Reisenden unterwegs rasten werden. Außer dem Tross des Waldstetters werden auch vier Knechte von der Reichenau ihren Abt, Bruder Reginbert und die Gäste begleiten. Der erste Lastkahn legt bereits vom Ufer ab und wird von vier kräftigen Fischern in Richtung Allensbach gestakt, solange es bei dem flachen Ufer möglich ist, aber als der Gnadensee an Tiefe zunimmt, legen sich die Männer kräftig in die Ruder. Abt Friedrich segnet die Mönche auf der Insel und die zahlreichen Inselbewohner, die sich dieses seltene Schauspiel nicht entgehen lassen wollen. Dann betritt er den zweiten Lastkahn, gefolgt von Bruder Reginbert, der ängstlich das verschnürte Evangeliar umklammert, von seinem Bruder Kilian, den Brüdern von Waldstetten und Wolfram. Vogt Werner bleibt auf der Insel, aber er will noch heute zu seinem Amtssitz heimkehren. „Herr Wolfram", ruft er mit seiner weittragenden Stimme, „ich bereite in Öhningen alles für meinen Nachfolger vor! Lasst mich nicht zu lange warten." „An mir soll's nicht liegen", gibt Wolfram lachend zurück und winkt ihm freundlich zu, während sich der Lastkahn langsam vom Steg löst.

„Diese beiden Männer passen wirklich gut zusammen", schmunzelt Abt Friedrich, der die kleine Szene beobachtet hat. Dann weist er mit seiner ringgeschmückten Rechten auf die heute außergewöhnlich klare Kette der Alpen, die gleichsam über dem See zu schweben scheint. „Welch herrliches Schauspiel! Die Berge, besonders Altmann und Säntis, scheinen zum Greifen nahe, wie auch im Nordwesten die Kuppen des Hegaus. Der Gnadensee spiegelt das tiefe Blau des Himmels wider. Solche Tage mit ihrer beinahe schmerzhaften Klarheit sind wahrlich ein seltenes Geschenk, vor dem man nur staunend verstummen kann, weil diese Schönheit für unsere armen Augen beinahe unerträglich ist, aber leider sind sie meist auch die Vorboten ganz schlechten Wetters, was Euch bei diesem Anblick wahrscheinlich unglaubwürdig erscheinen mag, Herr Georg." „Hoffen wir, dass Ihr... einmal... Unrecht habt, Vater Abt", lächelt der Waldstetter. „Oh", ruft Kilian mit glänzenden Augen, „mein Herr Bruder wird eingestehen müssen, dass er nicht selten Unrecht hat." „Wäre ich sonst ein Mensch? Da ich Mensch bin, darf ich Fehler haben", antwortet der Abt behaglich und lehnt sich lässig auf den hohen Seitenrand des Lastkahns. Nun wirkt er jung und unbeschwert. Der Fahrtwind spielt in seinem blond-grauen Haar. Er lässt seine Hände locker über das Wasser baumeln, dessen Gischtspritzer ihn manchmal erreichen. „So könnte ich stundenlang, tagelang fahren, mir die Sonne ins Gesicht scheinen und den Wind um die Ohren wehen lassen und einmal einfach an nichts denken und um nichts sorgen, keine Glocke hören und kein Klopfen an der Zimmertür... Wie tut mir das gut!" Kilian muss ihn schnell ein wenig necken. „Ich hätte dich für tugendhafter gehalten, lieber Bruder. Ich habe immer gedacht, die Askese sei dir ein Vergnügen." Fröhlich lachend wirft Herr Friedrich den Kopf in den Nacken. „Kilian! Kilian! Du blamierst dich und mich! Als Bruder eines Abtes müsstest du etwas mehr Ahnung vom geistlichen Leben haben. Wenn Askese ein Vergnügen wäre, dann wäre sie keine Askese mehr. Gelegentlich werde ich dich einmal ausführlich darüber aufklären, aber heute habe ich einfach keine Lust dazu.“ Kilian gibt sich geschlagen. Sein vergnügtes Gesicht verrät, dass er dem verehrten Bruder seinen Sieg von Herzen gönnt. Derweil beobachtet Georg seinen Bruder Johannes. Er steht, leicht auf seinen Stock gestützt, ganz vorne im Lastkahn. Seine großen Augen sind so gespannt auf das Ufer gerichtet, als würde er die Frauen, Männer und Kinder zählen, die sich in Allensbach ansammeln, um auch dort die Landung des Lastkahnes mit dem Vater Abt und seinen Gefährten zu beobachten. Die Ankündigung von der Reise des Abtes nach Altshausen hat auch im kleinen Allensbach für einige Aufregung gesorgt. Dazu haben auch die Männer des Trosses von Waldstetten beigetragen, die mit Übereifer sogleich mit den Vorbereitungen begonnen haben, als sie von der Reise erfuhren. Kann er nicht erwarten, dass der Lastkahn am Ufer anlegt? Georg tritt an seine Seite. „Nun, wie geht es dir, lieber Bruder? Dauert dir die Überfahrt zu lang? Eilst du im Geiste schon voraus nach Altshausen?“ Johannes sieht ihn mit einem flüchtigen Lächeln an. „Dieses Mal irrst du dich gründlich. Ich habe nämlich schon jetzt Heimweh nach der Augia. Darum sehe ich mich nicht nach ihr um. Außerdem musste ich gerade daran denken, wie oft Hermann wohl über den Gnadensee gefahren worden ist. Was mag er empfunden haben, als sie ihn, das erst sieben Jahre alte, gelähmte, stumme Kind, zur Klosterinsel brachten? Der arme Knabe konnte ja nicht ahnen, dass ihn in Abt Berno drüben ein Vater erwartete und dass ihm Unsere Liebe Frau auf so wunderbare und einmalige Weise zur Mutter werden würde. Wie elend muss es dem armen Kind zumute gewesen sein, und es konnte seine Not nicht einmal äußern! Mit welch anderen Gefühlen ist der Mönch Hermann später den gleichen Weg gefahren, wenn er seine Mutter, Gräfin Hiltrud, auf deren Bitte hin in Altshausen besuchen durfte. Man gewährte ihm diese Ausnahme, obwohl er wie alle Benediktiner zur stabilitas loci verpflichtet war." Abt Friedrich gesellt sich zu ihnen. Er wirft Johannes einen verstohlenen Blick zu. Nach einer Weile nimmt er Georg beiseite. „Mein Freund, Euer Bruder Johannes bereitet mir etwas Sorge. Seine reinen Kinderaugen vermeinen nämlich, im Kloster auf der Reichenau einen Blick in den Himmel getan zu haben. Ich hoffe nur, dass ihn später die Enttäuschung nicht zu sehr schmerzen wird, wenn er viel Menschliches, allzu Menschliches in der Abtei vorfinden wird. Diese Erfahrung bleibt keinem der Mönche erspart." Verwirrt sieht der Waldstetter ihn an. „Habt Ihr Zweifel an seiner Berufung, Vater Abt?" „Aber nein, mein Freund, Ihr habt mich missverstanden. Johannes hat Ordensberuf. Gott hat seine Hand auf ihn gelegt, daran zweifle ich nicht. Aber ich beobachte mit Sorge, dass Johannes, es mag auch durch seine Behinderung bedingt sein, bei allem, was ihm widerfährt, bis in die Tiefe seines Wesens vorstößt. Bei ihm bleibt nichts an der Oberfläche haften. Aber es gibt eben nicht nur Sonnentage wie heute, Sonnentage draußen und innerhalb der Klostermauern. Gerade ein solch herrlicher Sonnentag, wie wir ihn heute dankbar genießen dürfen, ist meist die Vorankündigung für graue, trübe Tage mit Nebel, Regen und Sturm. Ich gestehe, dass dies ein etwas seltsamer Vergleich ist, lieber Freund, aber so ist es auch im Ordensleben. Es gibt im Kloster ‚Hochzeiten'. Dann ist die klösterliche Welt voller Harmonie und beinahe überirdisch schön. Auf eine solche ‚Hochzeit' folgen meist stürmische, regnerische und trübe

Zeiten, manchmal sind es lange Monate. Nur der feste Blick auf unseren Herrn Jesus Christus hilft uns dann durchzuhalten. Die Liebe zum Herrn allein macht in solchen Zeiten das Klosterleben sinnvoll. Glaubt mir, dies alles ist auch solch großen Persönlichkeiten wie einem Abt Berno oder wie unserem Hermannus Contractus nicht erspart geblieben. Betrachtet unter diesem Gesichtspunkt einmal aufmerksam das Salve Regina. Dort spricht Hermann von der irdischen Verbannung, dem ‚Exilium ostende', dessen Ende er herbeisehnt."

Während diesem ernsten und nachdenklich stimmenden Gespräch mit Abt Friedrich hat der Lastkahn das Ufer von Allensbach erreicht. Aus der dort wartenden Menge der Dörfler ertönen freudige Rufe des Willkommens. Hilfreiche Hände strecken sich aus, um das Schiff an den Pfählen zu vertäuen. Die Männer des Trosses winken ihren Herren wohlgelaunt zu. Sie freuen sich sichtlich auf das neue Abenteuer, wenngleich es ihnen in ihren Quartieren an nichts gefehlt hat. Ehe der Abt als Erster den Lastkahn verlässt, raunt Georg ihm hastig zu: „Vater Abt, wäre es möglich, dass wir unser Gespräch während unseres Rittes irgendwann fortsetzen? Ich möchte Euch manches fragen." „Gerne, Herr Georg, wir werden reichlich Zeit dafür haben."

Die Kriegsknechte von Waldstetten schütteln Georg, Johannes, Wolfram und auch Herrn Kilian begeistert die Hände. „Wie gut ist es, wieder mit euch zusammen zu sein", sagt der Trossmeister. Wohlgefällig betrachten die Ankömmlinge sie. Ihre Kleidung und ihre Waffen glänzen vor Sauberkeit. Pferde, Zaumzeug und Sättel sind sorgfältig gepflegt. „Die Ruhetage in Allensbach haben euch anscheinend gefallen?" meint Johannes scherzend. Sie bejahen dies und legen dann eifrig mit Hand an, als es gilt, den ersten Frachtkahn zu entladen und alle Dinge im Wagen zu verstauen. In kurzer Zeit ist der Wagen so voll, dass kein Platz für Johannes mehr übrigbleibt. „Könnten wir einen zweiten Wagen mitnehmen, Vater Abt?“ schlägt Wolfram, der immer praktisch Denkende, vor. „Im ersten Wagen findet Johannes keinen Platz, wenn er sich bei einem Ritt ausruhen muss. Wahrscheinlich wären auch Bruder Reginbert und Herr Kilian dankbar dafür, wenn es für sie unterwegs eine solche Gelegenheit geben würde…“ Kurz entschlossen fordert der Abt die Allensbacher auf, ihnen einen zweiten Wagen zu überlassen. Dann wirbt er zwei junge Burschen aus dem Dorf als Fahrer an und verspricht ihnen ein beträchtliches Handgeld. „Eigentlich brauchte ich ihnen nichts zu zahlen“, sagt er leise zu Wolfram, „aber ich möchte, dass die Leute Freude an ihrer Arbeit haben.“ Die Pferde scharren ungeduldig mit den Hufen, bis die Reiter aufsitzen. Abt Friedrich hat ein paar freundliche Abschiedsworte für die Leute. Dann setzt sich der Reiterzug langsam in Bewegung. Kinder und Hunde geben ihm bis vor das Dorf Geleit. Schnell blickt Johannes, der sich im Sattel umwendet, auf die Reichenau zurück, die Insel im Sonnenschein, beinahe zum Greifen nahe. Sein sehnsüchtiger Blick erinnert Georg an das unvollendete Gespräch mit dem Vater Abt im Frachtkahn auf dem Gnadensee.

Sie verlassen das Dorf Allensbach und biegen auf einen breiten, langsam ansteigenden Waldweg ein. Gleichmäßig klappern die Pferdehufe auf dem steinigen Weg, der durch einen lichten Buchenwald führt. Nach einer Weile fasst sich Georg ein Herz. Er lenkt sein Pferd neben das Tier des Abtes. Hoffentlich stört er den still Dahinreitenden nicht im Gebet! Höflich und ein wenig zaghaft bitter er: „Darf ich mich zu Euch gesellen, Vater Abt?“ „Aber gerne, mein Freund. Wir waren ja sowieso mitten im Gespräch, als wir in

Allensbach angelegt haben.“ Er schenkt seinem Begleiter ein freundliches und wohlwollendes Lächeln. Er nickt ihm auffordernd zu. „Nun, ich merke Euch an, dass Ihr mir eine Frage stellen wollt, die Euch auf den Lippen brennt.“ „So gut kennt Ihr mich bereits, Vater Abt? Ja, ich habe allerlei auf dem Herzen. Ihr sprachet vorhin von Spannungen und trüben Tagen im Klosterleben. Darum möchte ich in meiner Unwissenheit Euch die Frage eines Laien vorlegen: wie kann es überhaupt unter Menschen zu so etwas kommen, unter Brüdern, die sich durch einen heiligen Schwur der einen Sache Christi verpflichtet haben und die nach einer Regel zu einem Ziele unterwegs sind?“ Zunächst antwortet der Abt nicht. Er sieht ihn lange an, ehe er antwortet: „Ihr seid Johannes auch in Eurem Wesen ähnlicher, als ich dachte. Auch in Euch lebt noch viel von dem Kind mit den reinen Augen, obwohl Ihr daheim in Waldstetten bestimmt kein leichtes und angenehmes Leben führen konntet. Ihr wundert Euch also, dass in einer Abtei, in der alle die eine Regel befolgen und dem einen Herrn dienen, ernste Missverständnisse und Streitereien auftreten können? Sie müssen auftreten, denn sonst würde unser Konvent lauter Engel beherbergen. Alle Menschen, die von Gott berufen und mit dem besten Willen der Welt in einen Orden eintreten, bringen sich selbst mit. Ihren Charakter, ihr Temperament, ihr Vorgeprägtsein durch Erziehung, Bildung und vor allem durch ihre Familie. Da trifft der ungeduldige Tatmensch, der das Himmelreich mit Gewalt an sich reißen möchte, auf den stillen, bescheidenen, mehr eingezogenen Beter; der immer zuversichtliche Optimist auf den tief veranlagten und leicht traurig gestimmten Melancholiker. Der eine möchte über die Schönheit der Erde und alle Gaben Gottes jubeln, für den anderen ist die Erde wirklich das Jammertal. Dem einen liegt das Alleluja mehr, dem anderen das De profundis. So verschieden hat der Herr in seiner Güte uns Menschen nun einmal erschaffen. Da wir aber alle begrenzt sind, begreifen wir nicht, dass jeder Mensch in seiner Art einen Lobpreis Gottes darstellt. Und schon kommt es zu allerlei Missverständnissen und Reibereien. Denkt an die Worte unseres Herrn über den Splitter im Auge des Bruders und den Balken im eigenen Auge. Seltsam, die schlimmsten Kritikaster unter den Brüdern vermögen trotz ihres Balkens immer noch den Splitter im Auge des Bruders zu sehen."

Georg zögert mit seiner Antwort, er sieht wie beschämt auf den nickenden Kopf seines Pferdes nieder und tätschelt es. Aber das ist nur eine Geste der Verlegenheit. Scheinbar will er Zeit gewinnen. Endlich beginnt er wieder zu sprechen: „Vater Abt, ich muss Euch beschämt eingestehen, dass ich viel zu hohe Ansprüche an die Ordensleute gestellt habe. Ich kannte bisher nur unseren lieben Pater Fidelis, einen Franziskaner, der für mich – oder sagen wir: in meinen Augen – ein Heiliger war und ist. In meiner Unwissenheit habe ich angenommen, dass man bereits ein Heiliger werden würde, wenn man ins Kloster eintritt." Abt Friedrich lacht fröhlich. „Wäre das nicht allzu leicht und bequem, mein Lieber? Alle anderen Menschen müssten sich redlich plagen, um..."

Mit einem Mal zügelt er jäh sein Pferd. Das Tier möchte erschrocken ausbrechen, als aus dem Gebüsch drei, vier wildbärtige, abenteuerlich gekleidete Gestalten stürzen. „Wir sind unseren Gefährten davongeritten im Eifer unseres Gespräches. Mal sehen, was der Kerl da von uns will!" Mit einem frechen Lachen entblößt ein besonders verwegen aussehender Bursche seine lückenhaften gelben Zahnstummel. Dabei betrachten seine trüben Augen begehrlich die prächtigen Pferde und das juwelenbesetzte Brustkreuz des Abtes. „Los, gib den Weg frei!“ fordert Abt Friedrich in aller Ruhe. „Oho, das ordnet der hohe Herr so einfach an?“ spottet der Wegelagerer. Er wendet sich nach seinen Kumpanen um, die rasch näherkommen. „Na, seid ihr nicht mit mir der Meinung, dass diese beiden edlen Herrn uns einen reichen Wegezoll schulden, wenn sie hier passieren wollen?“ Grölendes Gelächter antwortet seinen frechen Worten. Der Kerl will bereits nach dem Zügel des Pferdes von Abt Friedrich fassen, da zuckt er mit einem Male entsetzt zurück. Um die Biegung des Waldweges traben die bewaffneten Männer des Trosses von Waldstetten heran, angeführt von Wolfram, Johannes und Kilian. „Verdammt noch mal! Die sind nicht allein!“ flucht der Wegelagerer laut, gibt seinen Kumpanen ein Zeichen. „Nichts wie weg!“ Wie ein Spuk sind die Kerle im dichten Unterholz verschwunden. „Sollen wir ihnen nachsetzen, Vater Abt?“ fragt Georg mit neu erwachter Kampfeslust. Ein solches Abenteuer wäre jetzt nach seinem Geschmack. Abt Friedrich winkt ab. „Nein, lasst das, bitte. Ihr würdet nur den Kürzeren ziehen. Die Wegelagerer kennen hier bestimmt tausend Schlupfwinkel. Aber ich werde meinem Vogt in Felsingen sagen, er solle mit seinen Knechten den Wald durchkämmen, um das Gesindel dingfest zu machen. So etwas gehört nämlich auch zu den Aufgaben eines Vogtes, Herr Wolfram. In der Vogtei von Öhningen gibt es ausgedehnte Waldgebiete, für deren Sicherheit ihr demnächst sorgen müsst. Leider sind die Anführer solcher Banden nicht selten die sogenannten Vaganten, entlaufene Mönche. Sie sind den einfachen Dieben an Klugheit und Grausamkeit überlegen." Georg ist wieder um eine Illusion ärmer geworden. Er hätte niemals geglaubt, dass es so etwas geben könnte... Vaganten, entlaufene Mönche... Wieder wirft ihm der Abt mit leisem Schmunzeln einen Seitenblick zu. „Ihr seid wirklich in allem der Zwillingsbruder des edel gesinnten Johannes. Ich bin ehrlich darauf gespannt, wohin unser Herrgott Euch führen wird." Georg seufzt. „Das bin ich auch!" Schweigend setzen sie ihren Ritt fort und halten sich eng zur Truppe der anderen Reiter. Der Waldweg wird schmal, und die Fahrer der beiden Wagen haben Mühe, ihre Gefährte durch das dichte Gesträuch zu zwängen. „Wie gut, dass wir unseren Tross bei uns haben! Welch herrliche Beute wäre der zweite Wagen für die Wegelagerer gewesen", stellt Wolfram nüchtern fest. Im ersten Wagen hat sich eine fröhliche Gesellschaft zusammengefunden – Johannes, Kilian und der Bibliothekar. Sie lachen, singen und beten zusammen. Ihre herzwarme Frömmigkeit steckt ihre bewaffneten Begleiter an. Nach einigen verlegenen Momenten des Zauderns und Sträubens wollen sie mit dem frohen und frommen Trio mithalten. Es ist ein sehr gemischter Chor vom tiefen Bass bis zum jugendlichen Tenor. Anstelle der nicht beherrschten Texte tritt manchmal ein Brummen und Summen der einfachen Soldaten. Johannes erstaunt alle. Er beginnt mit der Anrufung des Herrn und der Gottesmutter und intoniert dann eine Art Litanei, deren Anrufungen er betenderweise verfasst und bereits auf der Reichenau niedergeschrieben hat. Es ist eine Litanei auf den seligen Hermannus Contractus. Er zählt seine vortrefflichen Eigenschaften der Reihe nach auf: seine Frömmigkeit, seine Freundlichkeit, seine Liebe zur Reichenau, seine Freundschaft mit Abt Berno, seine Gelehrsamkeit... Er vergisst nichts, und der Chor antwortet ihm mit einem lauten „Ora pro nobis". Das währt eine ganze Weile und macht den Sängern scheinbar viel Freude. Als die Litanei endet, weist Abt Friedrich auf eine Lichtung. „Nach dieser ausdauernden Übung der Frömmigkeit haben wohl alle eine kleine Rast verdient. Sitzt ab, Leute, und teilt von den Vorräten an Speise und Trank aus, die wir mitführen. Eure Kehlen werden trocken sein." Diese Anordnung des Abtes wird begeistert aufgenommen und gewissenhaft befolgt. Bald ist eine vergnügte Schmauserei im Gange. Die Krüge mit Dünnbier und Wein machen die Runde. Ohne Ziererei trinkt der Abt einen kräftigen Schluck aus dem Weinkrug und reicht ihn an seinen Nachbarn weiter. Ein Stück Fladenbrot und etwas Käse ergänzen den Trunk. Die Männer waschen ihre Hände im Wildbach. „Wir wollen hier eine halbe Stunde verweilen. Übernimmt jemand freiwillig die Wache? Günter und Malchus? Danke! Das ist nett von euch. Wir wollen den Wegelagerern keine Gelegenheit geben, sich durch das dichte Unterholz heranzuschleichen und uns zu bestehlen." In der halben Stunde schlafen alle, bis auf die Wächter, die den Waldrand aufmerksam beobachten. Endlich mahnen die Wächter zum Aufbruch. „Uah!" gähnt Georg. „Ich hätte viel länger schlafen können!" „Das wollen wir uns aufsparen, bis wir hinter den sicheren Mauern der Vogtei Felsingen sind", meint Abt Friedrich und streift Gras und Tannennadeln von seinem Gewand. Wolfram fragt neugierig: „Ist die Vogtei Felsingen denn so groß, dass sie uns alle aufnehmen kann, Vater Abt?" „Das ist sie, Herr Vogt in spe! Sie ist beinahe so groß wie unsere Vogtei in Öhningen. Demnächst könnt Ihr Euch getrost etliche Gäste einladen. Ich werde Euch auf alle Fälle heimsuchen." Wolfram errötet und zieht sich etwas zurück. War er zu dreist?

„Ein prachtvoller Mann, Euer Freund Wolfram von Tannen! Ich habe meine helle Freude an ihm. Es ist mir unbegreiflich, dass sein eigener Vater seinen Wert nicht erkannt hat." Unmutig presst Georg seine Lippen zusammen. Der Abt hat mit seinen Worten einen wunden Punkt berührt, der auch in seinem Herzen schmerzt. „Über den Wert oder Unwert eines nachgeborenen Sohnes haben Herr von Tannen und mein Vater niemals nachgedacht. Sie sehen im zweiten Sohn nur ein lästiges Wesen, das irgendwie versorgt werden muss. Wie Euch sattsam bekannt ist, sollte die Lösung für uns beide das Studium in Heidelberg sein." „Dem seid Ihr ja durch Gottes gütige Fügung glücklich entgangen. Ich kann mir nicht vorstellen, dass Ihr nach all dem, was Ihr auf den Spuren des Hermannus Contractus erleben durftet, als gehorsamer Studiosus an den Neckar ziehen werdet." „Nein, das werde ich auf keinen Fall tun!" versichert Georg nachdrücklich. „Wenngleich ich im übrigen nicht weiß, wohin mich mein Weg führen wird."

Sie reiten durch ein kleines Gehölz. An seinem Rande zügelt der Abt sein Pferd. „Nun habt ihr unsere Vogtei vor euch, liebe Freunde", verkündet Abt Friedrich mit einigem Stolz und weist auf ein großes, burgähnliches Gebäude aus braunroten Ziegeln, das hinter einer hohen, efeubewachsenen Mauer in einem kleinen Talkessel liegt. Das trutzige Gebäude steht auf steinernem Fundament. „Unsere Vogtei Felsingen wurde tatsächlich auf felsigem Untergrund errichtet, daher kommt der Name Felsingen. Die verschiedenen Wirtschaftsgebäude, die Stallungen und Scheunen liegen nördlich vom Wohnhaus, aber sie befinden sich auch innerhalb der schützenden Mauer. Wie ich höre, werden wir bereits erwartet." Zwei-, dreimal erzittert ein Trompetenton durch die Waldluft, die sich hier mit dem herben Geruch aufgebrochener Ackererde mischt. „Unser Vogt Bernhard ruft seine Mannen zusammen." Das starke Portal in der hohen Mauer wird weit geöffnet. Ein Reiter auf einem kräftigen Braunen sprengt ihnen entgegen. Abt Friedrich bewegt sein Tier nicht weiter. Offensichtlich wartet er auf den Reiter. Seine Begleiter folgen seinem Beispiel. Dicht vor dem Abt bringt der Vogt mit großem Geschick sein Pferd zum Stehen. Er zieht seinen breitkrempigen Hut vom graubraunen Gelock, verneigt sich tief und küsst ehrfürchtig den Ring an der dargebotenen Rechten des Abtes. Dann drückt er den Hut an seine Brust im erdfarbenen Wams und sagt mit einer tiefen, etwas rauhen Stimme: „Gott zum Gruße, Hochwürdigster Herr und Vater Abt! Seid herzlich willkommen, Ihr und die Herren Eurer Begleitung! Es ist für uns eine Freude und eine Ehre, dass Ihr zu uns nach Felsingen kommt!" Die Worte des stattlichen Vierzigers klingen aufrichtig. Seine klaren blauen Augen unter den dichten Brauen blicken den Abt voller Achtung und Zuneigung an. Abt Friedrich antwortet ihm mit warmen und freundlichen Worten und stellt ihm die Herren seiner Begleitung, den Tross und die Wagenlenker vor. „Hoffentlich kommt unsere große Schar Euch nicht zu ungelegen, aber es ist nicht ratsam, sich ohne Schutz in die Wälder zu wagen. Ich werde Euch später von einem kleinen Erlebnis berichten, das wir auf dem Wege hierher hatten." Er ergreift Wolframs Hand. „Hier seht Ihr einen künftigen Kollegen, den neuen Vogt von Öhningen." Als sie in den Vogthof einreiten, fragt Vogt Bernhard ein wenig besorgt: „Hattet Ihr unterwegs ernste Unannehmlichkeiten, Vater Abt?" Der Gedanke scheint ihn sehr zu bedrücken. Rasch erzählt der Abt von dem Zusammentreffen mit den Wegelagerern. „Vielleicht können Eure Leute in den nächsten Tagen einmal den Wald durchkämmen und das Gesindel dingfest machen." Seine liebenswürdige Anordnung lautet mehr wie eine Bitte.

Das große Haus zu Felsingen erweist sich als ein weniger schönes, geräumiges und zweckmäßiges Gebäude, das aber dennoch durchaus wohnlich und gut ausgestattet ist. „So groß habe ich mir das Haus von weitem nicht vorgestellt!" staunt Johannes. „Die Anzahl der Räume könnte durchaus mit Waldstetten verglichen werden. Hier haben bestimmt alle Platz." Der Hausherr hat die Worte gehört. „Macht euch keine Sorgen, ihr Herren, für jeden von euch steht ein eigener Schlafraum zur Verfügung. Für die Männer eurer Begleitung habe ich das Gesindehaus räumen lassen. So haben sie es während eures Hierseins auch bequem und gemütlich. Ja, ihr werdet einige Tage hier verweilen müssen." „Warum sagt Ihr das, Herr Vogt", erkundigt sich Kilian neugierig. Der Vogt weist nach Westen. „Seht nach dort. Das ist Antwort genug. Die Sonne geht zwischen dunklen Wolkenfetzen – wie man hier sagt – schmutzig unter. Der heutige Föhntag mit seiner überklaren Sicht und ein solcher Sonnenuntergang sind für uns Wäldler die sicheren Vorboten für sehr schlechtes Wetter. Bitte, lasst es euch dennoch nicht verdrießen, ihr Herren! Die Gastfreundschaft von Haus Felsingen erwartet euch. Natürlich kann sie sich nicht mit der Reichenau messen, aber wir werden unser Bestes tun, damit Ihr, Herr Vater Abt, und ihr, ihr Herren, euch bei uns zuhause fühlen könnt." Im Haus werden sie von der Ehefrau des Herrn Bernhard, Frau Jutta, und den drei Töchtern willkommen geheißen und in die Wohnhalle geleitet. Dort ist eine lange Tafel festlich mit weißem Linnen gedeckt. Kerzen stehen in Zinnleuchtern und bunte Blumen erinnern an den goldenen Spätsommertag, der draußen vor den Fenstern zu Ende geht. „Würdet Ihr hier bitte Platz nehmen, Herr Vater Abt“, sagt die Vögtin und geleitet den hohen Gast zum Ehrenplatz am Kopfende. Dann weist sie mit feinem Gespür den anderen Gästen ihre Plätze an. Georg sitzt zur Rechten und Vogt Bernhard zur Linken des Abtes. Die Mägde tragen dampfende Schüsseln und Platten auf. „Würdet Ihr bitte die Speisen segnen, Vater Abt?“ Graue, blonde und braune Häupter senken sich. Man wartet mit gefalteten Händen, bis der Abt das lateinische Tischgebet beendet hat. Die Mahlzeit währt lange, denn die Gäste greifen tüchtig zu. Ein vortrefflicher Wein würzt das Essen. „Reichenauer“, betont der Hausherr. „Euer Geschenk vom letzten Christfest. Wir haben es sorgsam aufbewahrt für eine ganz besondere Gelegenheit.“ Vom Hof her tönen fröhliche Männerstimmen durch das offene Fenster. „Die Waldstetter, die Reichenauer und die beiden Allensbacher speisen heute abend noch mit unseren Knechten im Freien. Wir haben draußen ein großes Feuer angezündet und einen Ochsen am Spieß gebraten. Bei frischem Brot und Bier haben eure Männer mit den meinen so auch eine Feier.“ Dankbar wirft Georg ein: „Die Treue meiner Männer hat es redlich verdient. Unser Tross hat uns in langen Ritten von Heidelberg bis hierher begleitet. Wir hatten dabei nicht immer solch großzügige Gastgeber.“

Nach einer geruhsamen Nacht müssen die Reisenden mit Bedauern feststellen, dass sich die Welt rings um den Vogthof seit gestern gänzlich verändert hat. Tiefe dunkelgraue und beinahe schwarze Wolkenmassen lasten über dem Land. Es regnet wahre Bindfäden. Die Wege und der weite Hofplatz haben sich in morastigen Schlamm verwandelt. Ein kalter Wind heult um das Haus. Es ist empfindlich kühl geworden.

Frau Jutta lässt in beiden offenen Kaminen der Wohnhalle mit mächtigen Holzscheiten Feuer machen. Ihre sonnenverwöhnten Gäste begannen bereits zu frösteln. „So vergeht die Herrlichkeit der Welt“, meint der Abt und weist in das trostlose Regengrau jenseits der Butzenscheiben. „Ergeben wir uns darein, ohne zu klagen, meine lieben Freunde, und bewahren wir die Gelassenheit! Wir wollen gute Gespräche miteinander führen. Ich werde mich mit Herrn Bernhard über den Zustand unserer Besitzung unterhalten. Herr Wolfram kann gerne an unserer Besprechung teilnehmen, was für ihn nur lehrreich sein kann. Gegen Mittag wollen wir uns in der kleinen Kapelle zum Gebet einfinden, und morgen früh möchte ich dort das heilige Opfer feiern. Heute morgen habe ich mich, was mir in all meinen Klosterjahren nicht widerfahren ist, gründlich verschlafen.“ Bruder Reginbert will seinen Abt vor den andern entschuldigen. „Kein Wunder nach der gestrigen Anstrengung unseres Rittes…“, meint er eifrig. Der Abt zwinkert ihm zu. „Oder nach dem guten Reichenauer!“ Auch der Bruder Bibliothekar, der auf der Klosterinsel morgens immer der Frühaufsteher und der zuverlässige Wecker seiner Brüder ist, hat sich verschlafen.

An den ersten unfreiwilligen Ruhetag müssen die Reisenden einen zweiten und dritten anhängen. Dann erst sind die Wege und Pfade wieder einigermaßen trocken. Abt Friedrich feiert in der kleinen Kapelle der Vogtei das heilige Opfer mit der gleichen Feierlichkeit wie im Münster zu Mittelzell auf der Insel Reichenau. Bruder Reginbert und Georg ministrieren. Dabei fühlt Georg eine innere Freude bei der feierlichen Handlung, wie sonst nie bei einem Gottesdienst. Er ist gleichsam in die heilige Handlung einbezogen. Ob Gott einen solchen Dienst, den Dienst des

Priesters, von ihm will? Oder ist es etwa nur das beglückende Gefühl von etwas Außergewöhnlichem, das ihn innerlich erfüllt? Soll er mit Abt Friedrich sprechen? Gewiss, er hat großes Vertrauen zu ihm, aber zugleich ist da eine Scheu, die ihm den Mund versiegelt. Er ist in seiner Unsicherheit wie erlöst, als der Abt am Abend des dritten Tages meint: „Morgen können wir unseren Weg fortsetzen."

Nach herzlichem Abschied von ihren großzügigen Gastgebern setzen sie ihre Reise in Richtung Altshausen fort. Die Wiesen und die Wälder glänzen in frischem Grün. Alles scheint neu belebt. Leichte Nebelschleier steigen aus den feuchten Wiesen und Wäldern auf. „Die Welt ist wie zu neuem Leben erwacht", sagt Georg, der wieder neben dem Abt reitet. Herr Friedrich stimmt ihm zu. „Sie braucht wie wir manchmal einen kräftigen Guss von oben, der nicht immer angenehm, aber herrlich erfrischend und reinigend ist. Das habe ich in den Tagen der Ruhe auch verspürt. Ich konnte in Muße und Stille über vieles nachdenken und dabei manches Unwichtige beiseite schieben." Der Abt wirkt so erholt, als habe er eine längere Ruhezeit verbracht. Einen Atemzug lang zögert Georg. Dann fragt er mutig: „Vater Abt, was haltet Ihr von erhabenen Stimmungen, von religiösen Gefühlen?" Die hohe Stirn des Abtes umwölkt sich. Er hebt warnend die Rechte. „Mit religiösen Gefühlen muss man sehr behutsam umgehen, mein Freund. Man darf nicht allzu sehr auf sie bauen. Oft verfliegen sie ebenso rasch, wie sie gekommen sind. Sie sind nur echt, wenn sie Bestand haben und sich auch in der Prüfung, im Schmerz bewähren."

9
Altshausen

Sie haben bereits eine gute Strecke ihres Weges zurückgelegt, da vernehmen sie hinter sich aufgeregtes und eindringliches Rufen. Abt Friedrich von Wartenberg lässt den Reiterzug anhalten, denn er hat die Stimme des herbeieilenden Reiters erkannt. Mit milder Neugier wartet er darauf, was Vogt Bernhard ihm melden wird. „Wir haben sie! Wir haben sie!“ ruft Herr Bernhard atemlos, während er Wagen und Reiter passiert, um zu Abt Friedrich zu gelangen. Sein Pferd ist schweißnass. Schaumflocken rinnen ihm aus dem Maul, und seine Flanken zittern. „Langsamer, mein Lieber!“ mahnt der Abt. „Euch trifft sonst noch der Schlag, und Euer Pferd bricht unter Euch zusammen. Was ist denn geschehen?“ Er reicht dem Vogt seine Wasserflasche. „Nein, nicht sofort trinken! Reibt zuerst Eure Schläfen mit Wasser ein und kühlt Eure Handgelenke. Dann trinkt Ihr vorsichtig und mit kleinen Schlucken. Das sollte ein so erfahrener Mann wie Ihr wissen…“ Gehorsam, wenn auch mit sichtlicher Ungeduld befolgt der Vogt die Weisung seines Abtes. Aber dann muss er rasch berichten. Die Reiter stehen inzwischen in einem Kreis um die beiden Männer. „Vater Abt, wir haben die Wegelagerer erwischt. Sie hatten sich in einer Felsenhöhle ein bequemes Lager eingerichtet. Es gab ein kurzes Scharmützel, bei dem einige meiner Leute ein paar Hiebe abbekamen, aber dann hatten wir die Kerle überwältigt. In ihrem Versteck fanden wir manches wieder, was unseren guten Bauern kürzlich gestohlen worden ist. Ferner konnten wir einen Mann befreien, den die Räuber gefangen hielten. Es war ein reicher Kaufmann aus Sigmaringen, für dessen Freilassung sie von den Angehörigen ein Lösegeld einforderten. Ihr Bote wird damit unterwegs sein. Es ist der Anführer der Bande und... und..." Herr Bernhard hält verlegen inne. „Lasst es mich erraten, Herr Bernhard", meint der Abt nicht ohne schmerzliches Bedauern. „Der Anführer ist ein entlaufener Mönch, nicht wahr?" Der gute Vogt nickt. Es ist erleichtert darüber, dass der Abt selbst diese schmähliche Tatsache geoffenbart hat. „Leider, Vater Abt, leider. Nach Aussage der Banditen soll es ein gebildeter, gut aussehender und ordentlich gekleideter Mann sein. Wenn die Räuberbande etwas auskundschaften will, so begibt er sich als Spion in einen Hof oder in ein Dorf und gibt sich dort als reisender Priester aus. Natürlich wird er daraufhin in allen Ehren empfangen und reichlich bewirtet. Nach ein paar frommen und erbaulichen Worten und einem Segen für seine Gastgeber reist er ab. Er befindet sich angeblich auf einer Pilgerreise nach Rom oder Jerusalem. Einige Tage später überfallen dann seine Leute den Hof oder das Dorf und machen reiche Beute." Abt Friedrich und seine Begleiter haben dem Bericht mit großer Spannung gelauscht. Aber nun sagt der Abt etwas völlig anderes, als alle von ihm erwarten. „Wenn ihr dies alles, was wir eben hörten, aus den Burschen herausgeholt habt, waren eure Verhörmethoden nicht gerade zimperlich." Nun wird der Vogt rot bis hinter seine großen Ohren. „Bei solch einem Gesindel haben wir keine Rücksicht genommen", gibt er zu. „Dennoch – auch diese Räuber sind Menschen, das dürfen wir nie vergessen. Lasst sie unter strenger Bewachung nach Allensbach bringen und dort einsperren. Nach meiner Rückkehr von

Altshausen werde ich sie selbst verhören und dann mein Urteil sprechen. Ich wünsche, sie in guter Verfassung vorzufinden. Habt Ihr mich verstanden?" Der letzte Satz wurde mit jener kalten Strenge gesprochen, die einem Herrn und Herrscher geziemt und die bei Abt Friedrich nur selten zu Tage tritt. Ziemlich kleinlaut reitet der Vogt heimwärts. „Wir wollen unseren Ritt fortsetzen. Ich möchte bald in Altshausen ankommen. Wahrscheinlich habt ihr euch über meine Strenge gegenüber dem eifrigen Vogt gewundert. Der Mann hat doch nur Gutes getan, nicht wahr? Zudem hat er mit dem Aufstöbern der Bande meinen Befehl befolgt. So denkt ihr doch. Gebt es nur zu! Ich konnte es ohnehin in euren Gesichtern lesen. Auch bei Verbrechern müssen wir, ehe wir urteilen, ihrem Werdegang nachgehen. Wer weiß von uns, wie diese Leute dazu gekommen sind. Diese Verbrecher sind durchaus nicht immer arbeitsscheues Gesindel. Vielleicht hat ein ungerechter Verwalter sie um Haus und Hof gebracht, sind sie an erbhungrigen Verwandten gescheitert oder an einer schlechten Frauenperson..." Mit gespannter Aufmerksamkeit hat Georg die Worte des Abtes aufgenommen. Nun beugt er sich zu ihm hinüber. „Und was ist mit ihrem Anführer, dem Vaganten und entlaufenen Mönch? Habt Ihr auch da noch Skrupel, ihn einfach zu verurteilen, Vater Abt?" Der Abt sieht ihn traurig an. „Ja, auch in seinem Falle spreche ich nicht einfach ein Urteil. Ich bin nicht Gott, dem nichts verborgen bleibt. Es kann sein, dass dieser Mann das Opfer eines hartherzigen und ungerechten Vorgesetzten wurde – oder einer gezielten Verleumdungskampagne im Konvent. Das muss ich wissen und vor dem Herrn sorgsam prüfen und abwägen, ehe ich ein Urteil fälle. Die meisten Grundherrn sind allzu rasch bereit, einen Räuber aufhängen zu lassen. Ich versuche wenigstens herauszufinden, ob der Betreffende sich nicht bessern könnte und zu nützlicher Arbeit fähig sein würde, wenn man ihm noch einmal die Möglichkeit dazu schenkt. Ich weiß, dass es ein großes Wagnis ist, aber nimmt Gott nicht jedesmal ein solches auf sich, wenn er uns, die wir alle Sünder sind, einen neuen Anfang schenkt? Sollten wir diesen entlaufenen Mönch erwischen, so werde ich mich persönlich seiner annehmen." Er wendet sich im Sattel um und winkt seine Leute heran. „Wenn uns ein einzelner, vornehm gekleideter Reiter irgendwo begegnet, so lasst euch auf keinen Fall anmerken, dass ich ihn im Verdacht habe, der Anführer der Räuberbande zu sein, der mit dem Lösegeld für den Kaufmann aus Sigmaringen zu seinen Kumpanen unterwegs ist! Gebt euch natürlich und freundlich, wenn es in diesem Falle auch keine leichte Aufgabe ist!"

Nach dieser Unterbrechung wird der Weg zügig fortgesetzt. „Sind wir hier noch auf Reichenauer Gebiet, Vater Abt?" fragt Wolfram, der zu den beiden Reitern an der Spitze des Zuges gestoßen ist. „Diese Frage ist kaum zu beantworten, Herr Wolfram. Hier gibt es nämlich Reichenauer Enklaven im Bezirk der Deutschherrn und umgekehrt. Die Besitzverhältnisse rund um den Bodensee sind in den letzten Jahrhunderten immer komplizierter geworden. Zuerst gab es Grenzstreitigkeiten zwischen adeligen Grundherrn, aber auch solche zwischen diesen und dem Kloster. Später setzten die Deutschherrn dieselben fort. Der deutsche Ritterorden musste sich ein eigenes Territorium am Bodensee schaffen. Das war nicht immer eine friedliche Inbesitznahme. Das neu erwachte Selbstbewusstsein der Vögte und Meier ließ diese Partei ergreifen und sich auf die Seite der Deutschherrn schlagen, sei es zu Recht oder zu Unrecht. Der Bischof von Konstanz griff zudem als eine Art Schiedsrichter in manchem Falle ein – und das selten zugunsten der Reichenau. Manchmal wandte man sich sogar an den Kaiser." „Unter diesen Umständen dürfte das Verhältnis zwischen dem Abt der Klosterinsel Reichenau und dem Herrn Landkomtur der Deutschherrn zu Altshausen nicht besonders herzlich sein", mutmaßt Georg reichlich kühn. Wolfram schüttelt vorwurfsvoll den Kopf. Nimmt sich der Freund nicht reichlich viel heraus? Flüchtig runzelt auch Abt Friedrich seine Brauen und wirft dem Sprecher einen missbilligenden Blick zu. Er besinnt sich, ehe er langsam antwortet: „Es ist mein ehrlicher Wunsch, Vorurteile, die zwischen uns und den Deutschherren bestanden oder noch zu bestehen scheinen, gänzlich abzubauen. Wir müssen und sollen uns zusammenschließen und der einen Sache Christi dienen." Seine Worte klingen trotz seines Mühens, sich beherrscht zu geben, kühler und knapper als sonst. Sie gehen im Grunde genommen nicht recht auf das angeschnittene Problem ein. Sie sind weniger Antwort auf die Frage – als eine deutliche Zurückweisung derselben. Nun hat Georg wohl verstanden, dass seine Mutmaßung zu kühn war. „Bitte, verzeiht mir, Vater Abt, wenn meine Worte vorhin anmaßend waren! Natürlich steht es mir in keiner Weise zu, mir ein Urteil zu erlauben." Mit einer raschen Handbewegung wischt der Abt die Entschuldigung fort. Er geht sogleich auf ein anderes Thema über. „Die Deutschherren in Altshausen besitzen mit dem Grab des Hermannus Contractus einen Schatz, der an innerem Wert den Inhalt unserer Schatzkammer auf der Reichenau aufwiegt. Ach, ich würde zu gerne mit ihnen tauschen, aber dazu werden sie sicher nicht bereit sein."

„Wir haben das Gebiet, das der Insel Reichenau zu Eigen ist, ja schon lange verlassen und brauchen auch noch einige Zeit, bis wir Altshausen erreicht haben. Das Flüsschen hier könnte ungefähr in der Mitte zwischen Altshausen und der Reichenau liegen." Mit einem Male verstummt der Abt und umfasst sein Brustkreuz, wie er es stets in wichtigen Augenblicken tut. Hastig schiebt er es in die Falte seines Habits. Dann streift er den Abtsring von seiner Rechten. Zuerst beobachten die Gefährten verwirrt sein seltsames Gebaren. Dann sehen auch sie den einzelnen Reiter, der ihnen entgegenkommt. Könnte das der Vagant mit dem Lösegeld aus Sigmaringen sein? Der Fremde, ein sorgfältig gekleideter Mann in mittleren Jahren, will mit einem höflichen Gruß an ihnen vorbei reiten. Abt Friedrich lenkt rasch sein Pferd vor ihn hin und grüßt höflich. „Verzeiht mir, mein Herr, könntet Ihr uns vielleicht Auskunft darüber geben, ob wir uns hier bereits auf Altshauser Gebiet befinden?" Der Mann betrachtet ihn mit einem unsicheren und gehetzten Ausdruck im schmalen bärtigen Gesicht. „Altshauser Gebiet? Dort seid Ihr, wenn Ihr das Flüsschen Enke überquert habt", antwortet er atemlos dem vermeintlichen Bruder. Die Linke des Mannes umklammert unter einem weiten Mantel einen wohlgefüllten Leinensack, aus dem ein verdachtiges helles Klirren ertönt, als sein Pferd sich schnaubend schüttelt, weil eine Bremse es gestochen hat. Der „Bruder" atmet auf. „Oh, ist das gut, dass wir schon so weit sind! Meine Freunde, ich meine, wir dürften uns daraufhin noch eine Rast gönnen, ehe wir Altshausen erreichen. Seid ihr einverstanden? Schön! Hier haben wir Schatten und Wasser. Rasten wir gleich an Ort und Stelle. Darf ich Euch, mein Herr, einladen, an unserer kleinen Mahlzeit teilzunehmen? Wir haben ganz vortrefflichen Reiseproviant bei uns." Der Fremde verneigt sich artig. „Ich danke Euch für eure freundliche Einladung, aber ich kann ihr leider nicht Folge leisten. Meine Geschäfte drängen sehr." Er will weiterreiten. Da fasst der Abt ihm in die Zügel. „So, Eure Geschäfte dulden keinen Aufschub. Das war einmal, mein Guter. Euer Gefangener ist ohne Lösegeld befreit worden." Mit einem erstickten Laut des Schreckens reißt der Mann dem Abt die Zügel aus der Hand und will davon preschen. Die Männer von Waldstetten und von der Reichenau sind schneller. Sie fallen dem sich aufbäumenden Pferd in die Zügel und zerren den wild widerstrebenden Mann aus dem Sattel. „Was soll den das? Ein Überfall! Zur Hilfe! Ich werde mich bei dem Abt der Reichenau über euch beschweren!" kreischt er in den höchsten Tönen und versucht immer wieder vergeblich, sich aus den starken Fäusten der Männer loszureißen. Sie zerren ihn vor den Abt. „Ach, mein bester Herr, so, so, ihr wollt Euch beschweren, und das bei dem Vater Abt von der Abtei Maria von der Au auf der Klosterinsel Reichenau? Ja, dem Abt untersteht auch das Gebiet, in dem sich das treffliche Quartier eurer Bande befindet oder besser befand. Eure Beschwerde könnt ihr sofort anbringen." Mit ruhiger Hand zieht Abt Friedrich langsam das Brustkreuz aus seinem Habit hervor und steckt seinen Ring an den Finger. „Wie? Ihr... Ihr seid Abt Friedrich von Wartenberg?" stammelt der Ertappte in ungläubigem Entsetzen. „Bedarf es etwa noch weiterer Beweise? Wer du bist, will ich jetzt noch gar nicht wissen. Nehmt ihm den Mantel ab und gebt Herrn Wolfram den Beutel mit dem Lösegeld." Der Vagant hat den Kopf gesenkt und leistet keinen Widerstand mehr. Die Ereignisse haben ihn völlig überrumpelt. Dann hebt er den Kopf und starrt den

Abt an. „Ah… was… macht Ihr nun mit mir?“ stottert er zitternd und starrt entsetzt zu dem niedrigen kahlen Ast einer Eiche empor. „Das wäre das richtige Plätzchen für dich, Halunke!“ brummt der Trossmeister von Waldstetten grimmig. Normalerweise macht man mit solch üblen Burschen kurzen Prozess und hängt sie ohne langes Federlesen gleich an Ort und Stelle auf. „Du hättest es zweifellos verdient“, murmelt der Abt, der seinem Blick gefolgt ist. „Aber so leicht kommst du uns nicht davon. Durchsucht ihn nach Waffen und zieht ihm seine Stiefel aus. Bindet ihm Hände und Füße und legt ihn auf den Wagen. Robert, du reitest neben ihm und lässt ihn nicht aus den Augen, verstanden?“ Plötzlich stimmt der Mann ein gellendes Geschrei an und will sich aus den Händen der Männer winden. Wenn du nicht sofort dein dummes Maul hältst, bekommst du obendrein einen Knebel“, warnt Robert ihn beinahe gemütlich, und er betrachtet dabei den Dolch mit dem fein ziselierten Griff, den er dem Räuber aus dem Stiefel gezogen hat. „Den müsst Ihr sehen, Vater Abt“, ruft er und hält die Beute hoch. „Dieb!“ knirscht der Gefangene. „Das musst du mir gerade vorwerfen!“ lacht der Kriegsknecht. Nicht allzu sanft binden sie dem Widerspenstigen Hände und Füße zusammen und umschlingen ihn auch sorgfältig rundum mit einem Strick. „Wie ein Säugling in der Wiege“, grinst Robert. „Jetzt kommst du bestimmt nicht mehr auf dumme Gedanken.“ „Wollt Ihr Euch nicht ein Weilchen zu ihm setzen, Bruder Reginbert? Ihr seht ziemlich müde aus. Ohne große Begeisterung leistet der Bibliothekar der Weisung des Abtes Folge und setzt sich neben den Verbrecher in den Wagen. Der gute Alte hat trotz allem Mitleid mit dem Gefangenen und will ihm einige erbauliche und freundliche Worte sagen. Zum Dank dafür wird er angespuckt. Nun ist Roberts Geduld erschöpft. Er verabreicht dem üblen Kerl eine deftige Ohrfeige und steckt ihm einen nicht eben sauberen Lappen als Knebel in den Mund. Mit einigen Grasbüscheln, die ihm Johannes bringt, reinigt der Bruder seine Kutte von dem ekligen Auswurf. „Herr, mein Gott, was wird nun aus einem solchen Menschen?" seufzt er und greift nach seinem Brevier. „Aus der Tiefe rufe ich, Herr zu dir: Herr, höre meine Stimme! Wende dein Ohr mir zu und achte auf mein lautes Flehen! Würdest du, Herr, unsere Sünden beachten, Herr, wer könnte bestehen?..." Mit ohnmächtigem Grimm muss der Gefesselte und Geknebelte die frommen Verse des Bußpsalmes über sich ergehen lassen. Der Bruder betet ohne Zwischenpause und voller Eifer einen Psalm nach dem anderen, so als wolle er den Sünder zu seinen Füßen sofort bekehren. Der Zwischenfall hat die Reisegesellschaft ziemlich lange aufgehalten. Nun drängt der Abt darauf, dass sie die Reise fortsetzen. „Ich möchte vor Abend gerne in Altshausen ankommen. Das schlechte Wetter der letzten Tage hat uns ohnehin lange genug aufgehalten. Man wird in der Ordensniederlassung der Deutschherren bereits nach uns Ausschau halten und sich fragen, wo wir denn bleiben, nachdem wir bereits vor Tagen angekündigt worden sind."

Beim Weiterreiten blicken sich die Reichenauer und die Waldstetter mit einiger Neugier um. Wälder und Felder, Äcker und Ödflächen, Häuser, Dörfer, Menschen und Vieh unterscheiden sich in keiner Weise von all dem im heimatlichen Gebiet. Die Arbeiter auf den Feldern grüßen mit der gleichen Mischung aus Ehrerbietung und Staunen, wenn der Reiterzug an ihnen vorbeikommt, und die Frauen halten beim Pflücken der Äpfel und Birnen und beim Ausschlagen der Wäsche am Bach nur kurz inne, um die Reiter zu betrachten und ihnen einen Gruß zuzurufen. Kinder und Hunde begleiten sie meist ein Stück, und das Federvieh stiebt mit lautem Gackern und Schnattern vor den Hufen der Pferde davon. Es ist alles so wie daheim. Lerchen schrauben sich singend in die blaue Luft. Eidechsen sonnen sich auf den Steinen am Wegrand. Bunte Schmetterlinge taumeln durch die Blumen am Rain, und Bienen und Hummeln summen. Von einer der alten Ödflächen starrt ihnen ein magerer, struppiger Esel nach und schreit dann unmelodisch heiser und tief: „I…aaa!“ Er wiederholt den Ruf mit vorgestrecktem Hals noch gedehnter und beinahe feierlich. „Nun hat ein Altshauser Untertan zu unserem Kommen ein ausdrückliches Ja gesagt“, schmunzelt Kilian, der wohlgelaunt ist. Bei dem durch den Regen erzwungenen Aufenthalt in Felsingen hat er heimlich ein kleines Figürchen geschnitzt, einen Benediktiner, der sich auf eine Krücke stützt. Nun begibt er sich zum Abt. Er drückt ihm das kleine Kunstwerk in die Hand. „Darf ich dir das schenken, Bruder?“ fragt er beinahe bittend und schüchtern. Dann wendet er sofort sein Pferd und reitet zum Wagen, in dem Johannes von Waldstetten sich ausruht und Bruder Reginbert sein Brevier betet. Der Vagant hat sich herumgerollt, so dass er sein Gesicht an die Wagenwand presst. Kilian sieht ihn traurig an. Trotz allem fühlt er, wie eine heiße Woge des Mitleids mit diesem schuldigen und furchtbar armen Menschen ihn überfluten will. „Vorsicht, Kilian, nimm dein weiches Herz in acht. Der Mann ist ein Schurke, und mein Bruder ist gerecht und barmherzig. Bete und schweige!“ sagt er sich.

Währenddessen hält Abt Friedrich stumm vor Rührung Kilians Geschenk auf der Innenfläche seiner großen, schlanken Hand und betrachtet es. Die kleinsten Einzelheiten sind auch bei dieser kleinen Figur mit meisterhaftem Können und mit Liebe ausgeführt, auch das kluge Antlitz. „Hermannus Contractus", murmelt der Abt beglückt. Dann zeigt er das Kunstwerk auf seiner offenen Handfläche seinem Nachbarn Georg von Waldstetten. „Wie wunderbar!" ruft dieser aus. „Eure Abtei darf sich glücklich schätzen, in Kilian einen wunderbaren Künstler bekommen zu haben. Und ich freue mich besonders über die innige Freundschaft, die ihn mit meinem ebenso sensiblen Bruder Johannes verbindet. So können zwei Menschen, die von den Fesseln ihrer irdischen Not innerlich befreit sind, miteinander zur größeren Ehre Gottes und zur Freude der Mitmenschen wirken. Ich hoffe nur, dass man diese Freundschaft im Herrn auch im Kloster tolerieren wird." Wieder einmal hat der Abt Ursache bei Georgs Worten seine hohe Stirn zu runzeln. „Das hört sich gerade so an, als ob Ihr an meiner Toleranz zweifeln würdet, mein Freund. Seid Ihr in Eurer Beurteilung der Dinge nicht manchmal etwas vorschnell und zu kritisch? Ihr neigt dazu, und Ihr müsst diesen Zug Eures Wesens auf die Dauer abschwächen, mein Freund, wohin Euch auch immer das Leben führen wird. Gebt diesem Zug Eures Charakters nicht viel Raum, sonst könnte er Euch zu einer intoleranten Haltung voller Vorurteile führen, die mit der Zeit zur Starrheit wird. Nehmt mir diese Ermahnung nicht übel. Ich spreche mit Euch so offen, weil ich Euch als Freund betrachte. Anderenfalls würde ich es nicht wagen." Georg hat sein Haupt tiefer auf den Pferdehals gesenkt. Er kann nicht sofort antworten. Sein Herz pocht rasch, und sein verwundeter Stolz möchte sich gegen die Worte des Abtes auflehnen. Er atmet einige Male tief durch. Dann hebt er seinen Kopf wieder und blickt den Abt freimütig an.

„Wie gut Ihr mich kennt, Vater Abt. Eure Worte waren für mich wie eine Medizin – bitter und heilsam. Ich danke Euch für Eure Offenheit und sehe darin einen Beweis Eures Vertrauens." Herr Friedrich nickt ihm freundlich zu, fährt mit dem Daumen liebevoll über das kleine Schnitzwerk in seiner Rechten und steckt es dann vorsichtig in die Tasche seiner Kutte.

Seine scharfen Augen haben die Reiter erspäht, die ihnen aus einem nahegelegenen Wäldchen entgegensprengen. „Seht nur – wie schön, dass wir abgeholt werden! Dem Herrn sei Dank! Nun sind wir bald in Altshausen!" Die weißen Mäntel mit dem schwarzen Kreuz flattern und wehen bei dem schnellen Ritt der Deutschherren im Wind. Gespannt sehen die Pilger von der Reichenau der Kavalkade entgegen. Sie haben Pferde und Wagen angehalten. Die Deutschherren nahen rasch. Sie parieren ihre prachtvollen Rappen in wunderbarer Disziplin erst kurz vor dem Abt der Reichenau. Ihr Anführer, ein hochgewachsener Mann in Helm und Harnisch, hebt nach Ritterart grüßend und huldigend sein blankes Schwert hoch in die Luft. Dann steckt er es rasch in die Scheide und verneigt sich im Sattel tief und ehrerbietig vor Abt Friedrich von Wartenberg. Er küsst den Abtring an der dargebotenen Hand. Mit lauter und wohlklingender Stimme sagt er: „Hochwürdigster Herr und Vater Abt der Abtei Maria von der Au, ich habe die hohe Ehre, Euch und Euer Gefolge im Namen des Landkomturs der Ballei von Elsaß-Burgund in der Kommende Altshausen willkommen zu heißen! Wir freuen uns aufrichtig, dass Ihr den Weg zu uns gefunden habt, ein Ereignis, das gewiss seinen Raum in den Annalen beider Ordenshäuser finden wird. Mein Name ist Walter von Toggenburg. Ich bin weiland der Hauskomtur der

Ordensburg Altshausen." Georg hat staunend zugehört. Vor lauter fremden Begriffen schwirrt ihm der Kopf. Ballei, Landkomtur, Hauskomtur... Ob ihm wohl in Altshausen diese Bezeichnungen erläutert werden? Noch kann er nichts damit anfangen. Abt Friedrich von Wartenberg erwidert den Willkommensgruß des Hauskomturs mit vollendeter Höflichkeit und aufrichtiger Herzlichkeit. Er stellt dem Hauskomtur die Herren seiner Begleitung vor. Ein befremdeter Blick streift den gefesselten Mann, der neben Herrn Johannes und Bruder Reginbert im Wagen liegt, noch immer das Gesicht gegen die Wagenwand gepresst. „Dies ist der Anführer einer Bande. Wir haben ihn auf Reichenauer Gebiet gefangen genommen", erklärt der Abt kurz. „Und da schleppt Ihr ihn mit Euch, statt ihn gleich an Ort und Stelle an den nächsten Ast zu hängen!" wundert sich der Hauskomtur. „Ich bin nicht für diese Form der Justiz", gibt der Abt schroff zurück. „Ich habe mit diesem Mann noch vieles zu besprechen." „Ah, er soll sicher auf der Folter weitere Verbrechen zugeben. Verlasst Euch auf uns. Wir werden ihn in Altshausen in gutem Gewahrsam halten. Die Burg hat ausgezeichnete Verliese. Ihre feuchten Wände und die zahlreichen Ratten haben bisher auch die verstocktesten Burschen kleingekriegt." Das siegessichere Lachen des Toggenburgers findet bei Abt Friedrich kein Echo. „Ich wünsche nicht, dass der Mann unnötig gequält wird. Schließt ihn in einen sicheren Raum ein, der trocken ist. Um mit ihm zu sprechen und das Notwendige zu erfahren, brauche ich keine Ratten als Gehilfen." Schweigend, aber sichtlich erstaunt steckt der Hauskomtur den Verweis ein. Er verneigt sich kurz und meint nur: „Ich werde Euren Wünschen gemäß handeln." Ob der Herr Landkomtur sich in diesem Abt nicht geirrt hat? Das ist keineswegs ein frömmelndes und fügsames Mönchlein, das man einfach um den Finger wickeln kann, wie man sich dies in Altshausen nach dem überaus höflichen Brief von der Reichenau vorgestellt hat. „Können wir unseren Weg fortsetzen?“ fragt er bescheiden. Im Weiterreiten erkundigt sich Abt Friedrich angelegentlich: „Unser Hauptanliegen ist Euch sicher bekannt, Herr Hauskomtur. Unsere Freunde, die Herren von Waldstetten und Herr von Tannen und auch mein Bruder Kilian, sind weite Wege gepilgert, um zu diesem Ziel zu gelangen. Ist es für uns ohne weiteres möglich, dass wir in der Ulrichskapelle Eurer Burgkirche, also in der Krypta, am Grabe des seligen Hermannus Contractus beten?“ Voller Eifer versichert ihm der Hauskomtur: „Aber sicherlich, Herr Abt! In der Krypta wurde alles bereits so gerichtet, dass Ihr unmittelbar Zugang zu den Sarkophagen der edlen Gräfin Hiltrud von Altshausen und des neben ihr bestatteten seligen Hermannus Contractus habt. Seit Euer Eilbote, übrigens ein vortrefflicher Reiter, den Ihr uns gerne überlassen könnt, uns Euer diesbezügliches Schreiben überbracht hat, ist die leider etwas vergessene Verehrung des Hermannus bei uns regelrecht wieder aufgeblüht. Unser Bruder Sakristan und unser Bruder Gärtner haben darin gewetteifert, die Gruft würdig zu schmücken. Unser stiller Gelehrter und Archivar Konrad hat das Epitaph am Sarkophag der Frau Hiltrud gesäubert, die Buchstaben einzeln geputzt und wieder lesbar gemacht. Euer Mitbruder Hermann soll die Verse zu Ehren seiner Mutter Hiltrud verfasst haben. Sie muss einige Jahre vor ihm gestorben sein.“ Mit sichtlicher Erregung drängt der sonst so bescheidene Bruder Reginbert, der wieder zu Pferde sitzt, sein Tier nach vorne. Dann zitiert er mit begeisterter Stimme: „Hiltrud, der Dürftigen Mutter, der Ihren Hoffnung und Hilfe, gibt der Erde, was ihr gebühret hier in diesem Grab zurück. Hiltrud adelte ihre hochgebietenden Eltern aus edlem Stamme durch den leuchtenden Glanz ihres Sterbens. In Keuschheit schloß sie nur einmal das heilige Bündnis der Ehe. Sinn und Herz widmete sie dem göttlichen Dienste. Der bescheidene Anteil der Martha schien ihr erstrebenswert. Was sie andere lehrte, lebte sie treulich vor. Die Armen erfreute sie reich und fromm mit Kleidung, mit Speise und Zuspruch. Sie ging hin, wohin die Not sie immer fordernd gerufen. Vor allem gab sie Anteil an ihres Glaubens herrlichem Reichtum. Dabei zeigte sie sich willfährig und mild. Sanftmütig und duldsam mied sie den Streit. Sie wurde von allen geliebt... Frage die Stimme des Volkes ringsum in den Augen der Heimat..." Nach Luft schöpfend hält der Bruder inne und meint bescheiden: „Das ist aber leider nur ein Auszug!" Der Hauskomtur hat dem eifrigen Bruder staunend zugehört. Nun meint er vergnügt: „Bruder Konrad wird sich glücklich schätzen, wenn er mit Euch das ganze Loblied des Hermann auf Frau Hiltrud durcharbeiten kann! Ihr werdet wahrscheinlich Eure Tage in Altshausen in seiner Gelehrtenklause verbringen müssen." Trotzdem zeigt der Ordensritter mehr Interesse an den hochwüchsigen Gestalten der Herren Georg von Waldstetten und Wolfram von Tannen als an dem kleinen Gelehrten. Die beiden Herrn könnten gute Ordensritter abgeben. Eigentlich ist es schade, dass Herr Friedrich bereits Benediktinerabt ist. Von ihm geht eine so starke und doch liebenswerte Autorität aus, die eines Komturs würdig wäre.

Sie reiten in raschem Trab durch das weite, fruchtbare Hügelland mit seinen Laubwäldern, Feldern und zahlreichen kleinen Seen, in deren Schilf die Wasservögel nisten. Während sie dahinreiten, wendet sich Abt Friedrich höflich an den Hauskomtur. „Euren Worten bei der Begrüßung konnte ich entnehmen, dass der hochedle Herr Landkomtur von Küngsegg sich zur Zeit in Altshausen aufhält. Oder irre ich mich da?“ Voller Eifer bestätigt der Hauskomtur: „Ja, es ist so, Herr und Vater Abt. Unser Herr Landkomtur hat eine seit längerer Zeit geplante Reise nach Beuggen verschoben, als er Euren Brief erhalten hat. Ihr hättet miterleben müssen, wie er sich über die Nachricht von Eurem Kommen gefreut hat!“ Ohne eine Antwort zu geben, verneigt sich Abt Friedrich leicht. Er empfindet die Worte des Hauskomturs als Schmeichelei, aber er merkt auch daran, dass man in Altshausen wieder mit der bereits abgeschriebenen Abtei Reichenau rechnet und ihr einen hohen Stellenwert beimisst. Darüber freut er sich von Herzen. Er liebte das Inselkloster bereits in den Zeiten des Niederganges, in Elend und Verlassenheit. Er hat seinen Kreuzweg schmerzlich mitgelitten. Nun ist er mit der Abtei, für die er sich mit ganzer Kraft eingesetzt hat, innig verbunden. Er würde sie nicht gegen die herrlichste Pfründe und den größten Bischofssitz eintauschen. Bereits beim Konzil von Konstanz hat er dies dem neuen Papst versichert, als der ihn mit dem Bischofssitz zu Verona belehnen wollte.

Georg von Waldstetten hat seinen Platz neben dem Abt sofort dem Hauskomtur eingeräumt. Er möchte die Gespräche der beiden hochrangigen Ordensleute nicht behindern. Die Reiter müssen durch einen schmalen Hohlweg. Die beiden Wagen zwängen sich durch die enge Wand aus Gestrüpp. Der Gefangene wird heftig gerüttelt und geschüttelt. Mitleidig verlässt Georg sein Pferd und steigt in den Wagen. Er nimmt dem Mann den Knebel aus dem Mund und gibt ihm zu trinken. Einer der Knechte will ihn danach erneut knebeln. „Lass das! Wir wollen ihn nicht unnötig quälen. Wenn er sich still verhält, braucht er keinen Knebel“, ordnet Georg an. Er weiß nicht, was er von dem Blick halten soll, den ihm der Vagant zuwirft. Sprachen daraus Dankbarkeit oder Spott wegen seiner Weichherzigkeit? Er kann es nicht enträtseln, denn der Mann schlägt sofort seine Augen nieder und wendet den Kopf wieder zur Wagenwand.

Johannes möchte den Hügel, der zur Burg Altshausen führt, auf dem Pferderücken ersteigen. Sein Bruder hilft ihm aus dem Wagen und in den Sattel seines Pferdes. Das Antlitz des Behinderten ist blass, angespannt und müde mit dunklen Rändern unter den Augen, aber dennoch brennt wie eine innere Flamme ein Leuchten in den Zügen des Johannes. „Kommt es dir nicht beinahe wie ein Märchen vor, dass wir heute endlich am Ziel unserer weiten Wege sein werden, lieber Bruder?“ „Ja, das kann man wohl sagen. Und wenn ich daran denke, was ihr beiden, Wolfram und du, mit Kilian alles meinetwegen auf euch genommen habt, weiß ich gar nicht, wie ich das euch jemals wieder gutmachen soll“, meint Johannes und hebt seine leeren Hände. Er schaut sie an, als müsse er dort eine Antwort finden. „Werde ein guter Mönch und bete täglich für die drei Weltkinder“, trägt ihm Wolfram auf. „Außerdem haben wir noch nicht jenen Sturm überstanden, der von Waldstetten heranbraust. Manchmal vergesse ich es, dass uns die Unterredung mit Graf Heinrich noch bevorsteht!“ Georg merkt, wie bedrückt der Freund bei dem Gedanken an die unberechenbaren Reaktionen des Grafen ist. Dabei kreisen seine Gedanken gewiss nicht nur um die Vogtei zu Öhningen, sondern vor allem um seine mögliche Heirat mit Luitgard. In Bezug auf die Vogtei wird Graf

Heinrich gerne seine Zustimmung geben, wenn der Abt der Reichenau sie einfordert. Das ist weiter kein Problem. Ob er aber seine einzige Tochter, mit der er ehrgeizige Pläne hatte, die ihm durch eine reiche Heirat Macht, Geld und Ansehen einbringen würde, einem einfachen Vogt zur Frau gibt – das ist die Frage, die ihm nachts den Schlaf raubt. „Wir wollen dein und unser aller Anliegen erneut der lieben Gottesmutter, Frau Hiltrud und unserem seligen Hermann anvertrauen!“ sagt Johannes mit Zuversicht und einem gewissen Trotz in seiner Stimme. „Wolfram, schließlich war Frau Hiltrud den Ihren Schutz und Hilfe, sollte sie uns dann nicht beistehen, die wir treu und ausdauernd den Spuren ihres Sohnes gefolgt sind?“ „Und wir dürfen noch heute Abend in die Krypta gehen“, verkündet Bruder Reginbert triumphierend. Er sitzt auch wieder auf seinem Pferd. „Ich habe es eben von einem der Deutschherrn erfahren. Ist das nicht eine besondere Freude… heute noch.“ Johannes faltet seine Hände wie ein Betender. Er murmelt ein über das andere Mal vor sich hin: „Heute noch? Heute noch?“, so als ob er es gar nicht fassen könne.

Der Hauskomtur hebt seine Rechte zum Zeichen, dass die Reiter anhalten sollen. Mit einer weiten, umfassenden Geste, die seinen Stolz und seine Zuneigung verrät, weist er auf die mächtigen grauen Gebäude, die wehrhaft auf einer Erhöhung thronen und weit über das schwäbische Land schauen. „Zinnenbewehrte Mauern und ein breiter Wassergraben schützen unsere Ordensburg“, erklärt er. Nur wenige Hütten und einzelne Häuser befinden sich außerhalb des beeindruckenden Befestigungsringes. Eine breite Straße unter alten Eichen führt hügelaufwärts zur Burg der Deutschherren. „Hier war ehedem die weitaus bescheidenere Burg der Grafen von Altshausen.

Deren Fundamente könnt ihr noch hie und da in unseren Bauten ausmachen.“ Staunend und mit der Ehrfurcht, die dem Geburtsort des Hermann gilt, betrachten die Reichenauer und die Waldstetter die Festung. Langsam folgen sie der Straße. Neben einem mit Eisen beschlagenen Tor aus dicken Bohlen wachen bewaffnete Kriegsknechte. Ihre Helme und Waffen leuchten im Schein der Abendsonne, die ihren letzten Glanz über das friedliche Land und die wehrhafte Feste legt. Die Reiter spüren, dass diese Burg zwar eine Gottesburg, ein Ordenshaus ist, dass sie aber mit ihren Mauern, Wällen und Schießscharten auch durchaus eine irdische Macht verkörpert. Auf einen Wink des Hauskomturs öffnen die beiden Wächter mit einiger Mühe und Kraftanstrengung die schweren Tore. Mit einer höflichen Geste lässt der Hauskomtur dem Abt von der Reichenau den Vortritt. So reitet Herr Friedrich als erster durch das Tor, über eine hallende Bohlenbrücke, die einen breiten Wassergraben überspannt, in den Hof der Ordensburg ein. Offensichtlich hat man die Ankömmlinge schon längere Zeit kommen sehen, denn im Burghof erwartet der Landkomtur Marquard von Küngsegg mit einer großen Schar seiner Ordensritter den Abt. Noch ehe ihm jemand zur Hilfe kommen kann, ist der Abt gewandt wie ein junger Mann aus dem Sattel seines Pferdes geglitten. Mit Würde und geziemender Ehrfurcht tritt er dem weißbärtigen Landkomtur entgegen. Dieser macht einige Schritte auf Herrn Friedrich zu. Wer ist der Ranghöhere der beiden Herren, der Abt im Bischofsrang oder der Landkomtur, der über eine ausgedehnte Ballei gebietet? Es könnte sein, dass man sich auf beiden Seiten darüber den Kopf zerbrochen hat. Die beiden hochgewachsenen, fast gleich großen Herren machen durch ihr Verhalten allen derartigen Spekulationen ein Ende. „Willkommen in der Ordensburg Altshausen, mein lieber Herr und Bruder in Christo!“ sagt der Landkomtur, schließt den Abt in seine Arme und begrüßt ihn mit dem brüderlichen Wangenkuss, den Abt Friedrich herzlich erwidert. Dann folgt die Begrüßung der Begleiter des Abtes. Der Abt stellt sie Herrn Marquardt einzeln vor. Dann ziehen Deutschherrn, Benediktiner und Waldstetter mit ihrem Gesinde in die romanische Burgkirche ein. Dort stimmt ein Priester der Deutschherrn das Te Deum an zum Dank für den guten Verlauf der Reise. Die Blicke der Neuankömmlinge wandern verstohlen durch den Kirchraum. Sie suchen den Zugang zur Ulrichskapelle. An den Besuch in der Kirche schließt sich ein ausgedehntes Gastmahl im Remter an. Die Geschenke werden herbeigebracht. Bruder Reginbert muss sich schweren Herzens von seinem geliebten Evangeliar trennen. Es ist ihm ein Trost, als er die aufrichtige und ehrfürchtige Freude bemerkt, mit welcher der Landkomtur das wertvolle Geschenk betrachtet. Seine Finger fahren liebkosend über den kunstvollen Einband hin. „Etwas Schöneres konnte die Reichenau uns nicht schenken, Herr Abt, wie dieses Evangeliar, das auf der Insel entstanden ist, die Lebensarbeit eines Eurer Mönche.“ Der Abt, der auf dem Ehrenplatz rechts vom Landkomtur sitzt, wirft seinem Bruder Reginbert einen vielsagenden Blick zu. Ja, es war die richtige Gabe für Herrn Marquardt. Kurzen Ansprachen folgt eine überreiches Angebot an warmen und kalten Speisen und Getränken. Wahrscheinlich brauchen sich die Deutschherrn heute keine besonderen asketischen Opfer aufzuerlegen, wie sie bei den Benediktinern fast immer üblich waren, ausgenommen an einzelnen hohen Festtagen oder beim Besuch von Kaiser oder Papst. Da gibt es Platten mit gesottenen und Platten mit geräucherten Forellen. „Aus eigener Zucht im Fischteich, der außerhalb des Burggeländes von Mitbrüdern angelegt worden ist“, verrät der Hauskomtur Herrn Johannes. Auf anderen Platten werden Fasane, Rebhühner, Wachteln und Tauben angeboten. Das überreiche Angebot an Gemüse, Salaten und verschiedenen Brotsorten macht den Gästen die Wahl schwer. Georg bemerkt, dass Abt Friedrich sich in kleinen Mengen von beinahe allen Speisen bedient. Beim weißen und roten Wein hält er sich besonders zurück. Er meidet die Obstweine und den schweren, süßen Rotwein aus Italien. Der junge Waldstetter folgt seinem Beispiel, und er kann auch Wolfram und Johannes vor jedem Übermaß an Speise und Trank warnen. Bruder Reginbert gestattet sich ohnehin nur etwas Fisch, ein Stück Käse und einen halben Brotfladen und trinkt dazu mit Wohlbehagen ein Glas Obstsaft. Das üppige Festmahl wird mit knusperigem Gebäck und frischen und kandierten Früchten beschlossen. Es hat sich längere Zeit hingezogen. Auf der langen Tafel brennen zahlreiche Kerzen in hohen Haltern, und an den unverputzten Wänden aus dicken Steinquadern leuchten brennende Pechfackeln in eisernen Ringen. Draußen ist es inzwischen Nacht geworden. Die Augen des Gastgebers, des Landkomturs Marquard, ruhen wiederholt und mit ungeheucheltem Wohlwollen auf der hohen und ritterlichen Gestalt des Georg von Waldstetten. Abt Friedrich hat ihm die Geschichte der beiden Brüder erzählt und dabei nicht unerwähnt gelassen, dass Johannes Benediktiner werden möchte. „Und sein Bruder hat sich noch nicht festgelegt?“ erkundigt sich Herr Marquard beiläufig. „Das ist gut so! Herr Georg, habt Ihr noch einen besonderen Wunsch?“ fragt er mit einem Male laut. Erstaunt wenden alle Anwesenden ihre

Köpfe dem Angesprochenen zu. Er muss einen Anflug von Schüchternheit niederkämpfen, ehe er artig und bescheiden antworten kann: „Wäre es möglich, dass wir heute abend noch das Grab des seligen Hermannus Contractus besuchen, Herr Landkomtur? Wir sind seit Heidelberg getreulich seinen Spuren bis nach Altshausen gefolgt und wären glücklich, an seinem Grabe beten zu dürfen!" Herr Marquard von Küngsegg nickt ihm zu. „Wahrhaftig – ihr habt euch diese Pilgerfahrt so viel kosten lassen an Zeit und Mühen und Gefahren, dass ihr euch den Besuch in der Krypta redlich verdient habt. Ja, ich bewundere eure Ausdauer. Gleichzeitig möchte ich euch dafür danken, dass ihr einen von uns lange ersehnten Gast nach Altshausen gelockt habt – den Herrn Abt Friedrich von der Reichenau. Ob er ohne Hermannus Contractus so bald zu uns gekommen wäre? Wollen wir heute abend den jungen Leuten den Vorrang lassen, Vater Abt? Sie sollen zuerst in die Ulrichskapelle hinabsteigen dürfen. Wir beiden Älteren ziehen uns, wenn euch dies recht ist, noch für ein Weilchen zu einem Gespräch unter vier Augen in meine Räume zurück. Herr Hauskomtur, geleitet Ihr bitte unsere jungen Gäste und ehrenwerten Pilger in die Krypta der Burgkirche!"

Ehe sie die Kirche betreten, wendet sich Johannes noch einmal mit einer Frage an den Hauskomtur. „Verzeiht mir meine Neugier, Herr Hauskomtur, aber dürfte ich wissen, wo unser Gefangener untergebracht ist?" Der Deutschherr lacht ein wenig. Es ist ihm unverständlich, dass die Gäste um den jungen Burschen besorgt sind und sogar milde Haftbedingungen für ihn fordern. „Weil Euer Vater Abt darauf bestanden hat, habe ich ihm das feuchte Rattenloch von Verlies erspart. Er ist sicher verwahrt in einem der Türme und hat reichlich zu essen und zu trinken bekommen."

Eine gewisse Verachtung für die Weichherzigkeit seiner Gäste schwingt in den Worten des Deutschherrn mit. In Altshausen hätte man mit einem solchen Burschen kurzen Prozess gemacht. Aber das ist schließlich nicht seine Sache. Mit ihm betreten die Waldstetter und Kilian und natürlich auch der kleine Bibliothekar von der Reichenau die Kirche der Deutschherrn. „Scheinbar rechnet ihr euch noch zu den jungen Leuten", raunt Kilian dem Bruder leise zu. „In meinem Herzen bin ich jung geblieben", gibt der Bruder ebenso leise zurück. Im Luftzug flackern die Fackeln. Ihr Licht huscht über graue Wände, bunte Fresken, ein großes Kreuz und eine reich geschmückte Marienstatue. Die Pilger sind zu aufgeregt, um sich in der Kirche umzuschauen. Ihr Herz drängt sie vorwärts. Der Hauskomtur führt sie zu einer Wendeltreppe. Johannes zögert. Wird er die hohen, in der Mitte ausgetretenen Stufen ohne einen Unfall bewältigen können? Sein Bruder bemerkt seine Not. „Halte dich an meiner Schulter fest, Johannes. Ich gehe ganz langsam. Stelle jeweils nur das gesunde Bein auf die nächste Stufe!" Johannes hält sich krampfhaft an ihm fest. Es geht wirklich nur Schritt für Schritt voran. Der hilfsbereite Georg ist schweißgebadet, als sie die glatten Steinblöcke der Krypta unter ihren Füßen spüren. Der Hauskomtur lässt in den zahlreichen Halterungen der Krypta Pechfackeln anbringen. Mächtige Sarkophage füllen einen großen Teil der Ulrichskapelle aus. Aber zwei der Steinsarkophage hat man, wahrscheinlich mit größter Mühe und Kraftanstrengung, von ihnen abgesondert und in die Nähe der Wendeltreppe geschafft. Die beiden Steinsärge sind mit Rosen geschmückt. Der Deutschherr entzündet je eine Kerze im hohen Bronzeleuchter zu Füßen der Särge. Er weist auf den ersten Sarkophag. „Hier ruht in seinem mit weißen

Rosen geschmückten Sarkophag der Mönch Hermannus Contractus, und neben ihm ruht unter roten Rosen die von ihm und seinen Zeitgenossen innig geliebte Mutter, Gräfin Hiltrud."

Johannes geht ganz nahe an den ersten Sarkophag heran. Er ist müde und hinkt darum viel stärker als sonst, aber sein mageres Antlitz spiegelt im Kerzenschein sein reines inneres Glück wider. In seinen großen Augen stehen Freudentränen. Seine zitternde Rechte berührt mit einer unsagbar behutsamen Geste den Sarkophag und den Strauß weißer Rosen. Einige Blütenblätter lösen sich und bleiben in seiner Hand. Er steht da, hält sie wie eine Weihegabe und betet ohne Worte. Sein Bruder Georg hat ihn beobachtet. Etwas von dem großen Glück des Johannes teilt sich auch ihm mit. Er betet für den Bruder: „Seliger Hermannus Contractus, sei du ihm auch weiterhin Wegbegleiter! Ich danke dir, dass ich ihn zu dir führen durfte! Hilf uns, damit wir alle zu unserem Ziel finden." Dann stimmt Bruder Reginbert das allen inzwischen wohlvertraute Lied des Seligen an: „Salve Regina..." Es hallt im Gewölbe der Krypta wider, als ob ein großer Chor es mit ihnen singen würde. Ob es diesen Chor nicht wirklich dort gibt, wo der selige Hermannus Contractus und seine Frau Mutter nun weilen? Im flackernden Licht der Pechfackeln will es den Singenden jedenfalls so scheinen, als ob viele, viele mit ihnen singen würden.

10
Deutschherren

Nach der feierlichen Laudes und der heiligen Messe mit einer anspruchsvollen und langen Predigt, während der sich das Haupt manches Frommen tief auf die Brust senkt, begeben sich die Deutschritter und ihre Gäste wieder in den Remter. Das Frühmahl ist einfach. Es besteht aus Dünnbier, Haferbrotfladen und Käsestücken. Ein Lektor liest mit eintöniger Stimme Abschnitte aus dem Johannesevangelium vor. Dann folgt ein Abschnitt aus der Ordensregel der Deutschherren. Nach der Mahlzeit reinigt jeder der Männer seinen irdenen Teller und seinen Holzlöffel in einem Bottich mit warmen Wasser und trocknet die Teile dann mit einem groben Linnentuch. Diesem Brauch unterziehen sich alle Anwesenden ohne Rücksicht auf ihren Rang. Nach einem kurzen Gebet sind sie entlassen.

„Ihr habt ähnliche Bräuche wie wir", meint Abt Friedrich zum Landkomtur Marquard von Küngsegg. „Auf unserer Insel gibt es allerdings statt des verdünnten Bieres verdünnten Wein. Er wächst ja auf unserem Grund und Boden und ist für uns billiger als Bier, das wir nicht selbst brauen. Im Winter erhalten unsere Mönche eine warme Milchsuppe mit Haferflocken zum Frühstück." „Zweifellos haben die Orden manche Bräuche gemeinsam. Zudem haben wir bewusst zahlreiche Sitten der alten Orden übernommen. Nach der Beendigung unseres Einsatzes im Heiligen Land haben wir uns als Gemeinschaft neu formieren müssen. Einen wesentlichen Teil zu unserem

Brauchtum haben Eure Ordensverwandten, die Cisterzienser, beigetragen. Mancher Brauch stammt aus den Regeln der Dominikaner. Ihr fragtet mich vorhin, wer eigentlich als Deutschherr, als Deutschordensritter, bezeichnet werden könne. Wir haben Ordenspriester, die für die geistliche Betreuung unserer Mitglieder zuständig sind. Wir haben ferner sogenannte Familiaren, das sind uns beigeordnete Männer, die in der Verwaltung und in äußeren Diensten tätig sind. Deutschherrn im Vollsinn des Wortes sind die zölibatär lebenden Ordensritter. Nach wie vor ist es deren heilige Aufgabe, für Christus zu kämpfen und den Glauben zu verteidigen. Ein oder zwei Jahre Kriegsdienst im Osten sind für jeden von uns verpflichtend. Dort leben auch in unserer Zeit noch heidnische oder halbheidnische Völkerschaften. Jeder Ordensritter muss bereit sein, ohne Zögern dahin zu eilen, wohin ihn der Hochmeister des Deutschen Ordens ruft. Unsere Gemeinschaft hat eine streng geordnete hierarchische Struktur." „Eine Kriegsfront am Bodensee, auf dem Bodanrück und auf der Insel Mainau wird es für die Deutschherrn sicher nicht geben. Hierzulande brauchen Eure Ritter den Glauben nicht zu verbreiten oder ihn gegen heidnische Völkerschaften zu verteidigen", meint Abt Friedrich. Seine Worte sind nicht frei von bitterer Ironie. Wie lange und mühsam hat sich Abt Dietrich von Krenkingen im 13. Jahrhundert gegen die Gebietsansprüche der stürmisch vordringenden Deutschherren zur Wehr setzen müssen und durchaus nicht immer mit Erfolg! Nein, es waren keinerlei kriegerische Auseinandersetzungen, aber die Klosterinsel wurde nicht selten hart bedrängt durch die Vorstöße des deutschen Ordens in ihr Gebiet und durch die dabei angewandten, nicht immer allerchristlichsten Methoden. Untreue und unzufriedene Ministerialen nutzten die unsichere Lage der Abtei, und der Bischof von Konstanz hatte mit Genugtuung das Seine dazu beigetragen, um die Position der damals sehr unbeliebten Inselabtei weiter zu schwächen. Auf dem bärtigen Antlitz des Landkomturs Marquard macht sich Unbehagen breit. Ein gewisses Schuldbewusstsein lässt ihn sagen: „Ich würde die Tatsachen verdrehen, wenn ich Euch widersprechen würde, Herr Abt. Allerdings ließe sich auch manches über die damaligen Methoden der Reichenau zu deren Ungunsten anführen. Wollen wir die Schuld nicht gegeneinander abwägen, sondern einen ganz dicken Strich unter das Unschöne der Vergangenheit auf beiden Seiten ziehen? Gott sei Dank, dass Ihr dem niederen Adel und wertvollen Kräften aus dem Patrizierstand wieder die Klausur geöffnet habt! Lange Zeit war das anders. Kann es Euch da verwundern, wenn wertvolle, gläubige Männer, denen man auf der Insel den Eintritt verwehrte, bei uns Zuflucht gesucht haben? Ritter Christi zu werden, war eine ehrenvolle Aufgabe für jene prachtvollen Männer, die gesund an Leib und Seele waren und bereit, sich in einem strengen, religiösen und zölibatären Leben Christus zu weihen!“ Ist es ein Zufall, dass der Blick des Landkomturs bei seinen Ausführungen besonders lange und mit sichtlichem Wohlgefallen auf der hohen, kraftvollen und schlanken Gestalt des Georg von Waldstetten ruht? Es ist ein offener und zugleich werbender Blick, den Abt Friedrich mit Unwillen registriert. Er hat auch das freudige Aufleuchten in den Augen des jungen Grafen bemerkt. Nach dem Willen des starrsinnigen Vaters soll dieser Jungmann in Heidelberg studieren. Nein, auch er, Abt Friedrich, kann ihn sich nicht mit Akten und Bücherbergen vorstellen. Und welche Möglichkeiten bieten sich ihm sonst?

Fremder Kriegsdienst in einem Söldnerheer oder die Einheirat in einen Besitz. Er bedauert aufrichtig, dass Georg offenbar keinerlei Neigung zum benediktinischen Leben verspürt. Am liebsten würde er Herrn Marquard offen erklären: „Ihr wählt und werbt mir jetzt den Herrn Georg mit ähnlichen Methoden ab – wie es seinerzeit Eure Vorgänger mit den Ministerialen der Reichenau gemacht haben." Aber er schweigt, denn er ist ja gekommen, um bestehende Gegensätze und Missverständnisse endgültig beizulegen. Daneben hat er ein großes Anliegen, das er nun zur Rede bringen will.

Das Schweigen dauert so lange, dass es beinahe peinlich wirkt. Endlich sagt der Abt leichthin: „Weil Ihr so sehr auf die körperliche Gewandtheit, auf das Ritterliche und Kämpferische bei Euren Ordensleuten seht, wie es Eurem Ideal entspricht, dürfte es Euch eigentlich nicht schwer werden, meiner Bitte zu entsprechen und die Gebeine des seligen Hermannus Contractus der Reichenau zurückzugeben. Dieser schwerstbehinderte Mönch war wirklich ein Krüppel und ständig auf fremde Hilfe angewiesen. Sein armer Leib war schwach. Seine Glieder waren verkrümmt. Er besaß nichts von dem, was das ritterliche Ideal Eurer Ordensgemeinschaft ausmacht. Zudem war er ein Benediktinermönch. Unser Orden verehrt ihn als Seligen." Das bisher so verbindliche Antlitz des Landkomturs bewölkt sich bei diesen Worten mehr und mehr. Es wirkt finster und verstimmt. Fragend und wie ungläubig meint er: „Ist es Eure Absicht, mit Euren Darlegungen auszudrücken, dass wir Altshauser uns von den Gebeinen des Hermannus Contractus trennen sollen? Ich hoffe, dass Ihr dies nicht so ernst meint, wie Ihr es anzudeuten schienet. Wollt Ihr die Mutter, die edle Gräfin Hiltrud, noch nach ihrem Tode von ihrem Sohne trennen, dessen Heimkehr sie immer sehnlichst gewünscht hat? Das kann nicht wirklich Euer Begehren sein. Ihr werdet besser aus Euren Schriften wissen, welch inniges Verhältnis zwischen ihr, der Mutter von 15 Kindern, und ihrem Sohn Hermann bestanden hat. Sie, die große Gönnerin Eurer Abtei, hat ausdrücklich gewünscht, dass Hermann, ihr toter Sohn, nach Altshausen überführt werden solle. Meine Altshauser Bürger und Bauern würden es mir sehr verübeln, wenn wir Hermann oder ihn und seine Mutter zur Reichenau ziehen lassen würden. Die einfachen Leute hier und in der Umgebung haben das Andenken an die barmherzige und mildtätige Gräfin Hiltrud von Generation zu Generation weitergegeben. Ihr großer Mönch genießt nicht nur die Verehrung der Deutschherren. Das Volk sieht in ihm, dem kindlichen Marienverehrer, einen besonderen Nothelfer bei Gebrechen des Leibes und Nöten der Seele. Oh, ich könnte noch viele Gründe anführen, aber ich hoffe sehr, Vater Abt, dass Ihr bereits einseht, warum ich Eurer Bitte nicht willfahren kann. Hermannus Contractus muss in der Ulrichskapelle der Burg Altshausen bleiben.“ Abt Friedrich zeigt ein ruhiges und gelassenes Antlitz. Nur seine um das Brustkreuz verkrampften Hände verraten seine Enttäuschung und Betroffenheit. Die Umstehenden haben in atemloser Spannung das Gespräch verfolgt. Bruder Reginbert, der meist schüchterne Mönch, erkühnt sich, ein gewichtiges Wort in die Waagschale zu werfen. „Sogar ein Abt Udualrich, der Hermann nicht so wohlgesonnen war wie Abt Berno, nannte ihn das Herz der Abtei Maria von der Au.“ Freundlich blickt Landkomtur Marquard den kleinen Bibliothekar von der Reichenau an. „Mein lieber Bruder Reginbert, sollte es nicht für beide Ordensgemeinschaften gut sein und somit für uns alle, wenn uns ein Seliger miteinander verbindet? Nehmt Ihr wirklich an, dass seine Liebe vor Gottes Thron nicht für die Reichenau und für Altshausen ausreichen sollte? Ein so weiser und gelehrter Mönch wie Ihr, Herr Reginbert, wird sicherlich nicht auf der Meinung beharren, dass die Gebeine und sterblichen Überreste eines Menschen das Wertvollste an ihm sind. Zerfallen sie nicht ohnehin im Laufe der Zeit? In einem Maße, dessen sich kein anderes Ordenshaus rühmen kann, habt Ihr auf der Reichenau Anteil an Hermanns Geist, der in den Zeugnissen seines Schaffens auf Euch gekommen ist. Zudem habt Ihr teil an seinem Ruhm, der durch die Jahrhunderte fortbesteht. In Eurer Gemeinschaft wurde Hermann zuerst als Seliger verehrt. Gönnt uns Altshausern und Deutschherren darum seine Gebeine!" Nach dieser ausführlichen, aber freundlichen und klaren Absage gilt das Thema als abgeschlossen. Die Stirn des Abtes Friedrich glättet sich nicht. Die steile Falte zwischen seinen Brauen bleibt bestehen. Er hatte sich der Hoffnung hingegeben, er könne für seine neu geordnete und zusammengewachsene klösterliche Gemeinschaft auf der Reichenau die Grabstätte des Seligen zu einer Art Mittelpunkt im Münster zu Mittelzell machen, und zwar im Westwerk in der Nähe des Berno-Grabes. Außer der viel verehrten Heilig-Blut-Reliquie wäre das Grab des Hermannus Contractus Anreiz und Anlass für Pilgerfahrten zur Insel geworden. Nun muss er diesen Wunschtraum begraben.

Ein Deutschherr überbringt dem Landkomtur eine Nachricht. „Ein Bote der Mainau wartet auf Euch, Herr Landkomtur. Er bittet Euch, ihn bald zu empfangen. Es gehe wieder um die leidige Sache in Dettingen." Herr Marquard besinnt sich kurz. „Ja, dann muss ich wohl zu ihm gehen… Wenn die lieben Gäste mich entschuldigen würden. Die Sache lässt sich nicht aufschieben. Ich hätte euch gerne durch unsere Ordensburg geführt und euch alles gezeigt. Ich werde euch den Hauskomtur schicken. Er weiß ohnehin besser Bescheid als ich. Bis zur Mittagshore habt ihr reichlich Zeit. Dann sehen wir uns wieder. Am Nachmittag können die Herren je nach Belieben einen Ausritt durch unsere Besitzungen machen." Mit einem freundlichen Gruß entfernt sich Herr Marquard. Unwillkürlich murmelt Abt Friedrich: „Schade!" Bedauert er so sehr, dass der Hauskomtur nun an die Stelle des Landkomturs tritt oder hat er an Hermannus Contractus gedacht? Mit freundlichem Eifer und sorgfältiger Genauigkeit führt der Hauskomtur seine Gäste durch die weiten Gänge der Ordensburg und erläutert ihnen gleichzeitig die Baumaßnahmen, die bei der Übernahme der alten Burg der Grafen von Altshausen-Veringen erforderlich waren. „Im Grunde genommen ist es ein völlig neues Haus, aber erbaut auf den Fundamenten der alten Burg, was das Haupthaus anbetrifft. An manchen Stellen werdet ihr auch noch das alte Wappen der Altshauser Grafen entdecken, die drei Hirschstangen." In den weiten Gängen ist es schattig und kühl. Die Wände sind auch hier unverputzt und ebenso die Kammern der Deutschherrn, der Ordenspriester und der Familiaren. Die Räume sind nur mit dem Nötigsten ausgestattet. Als sie die Waffenkammer betreten, löst sich ein bewunderndes „Ah!" von der Lippen der staunenden Besucher. Die Waffenkammer ist das Prunkgemach mit ihrer überreichen Sammlung an Schildern, Schwertern, Harpunen, Harnischen und Helmen, die sich wie die glänzenden Dolche alle als sorgfältig gepflegt erweisen. Sie sind in tadelloser Ordnung nebeneinan-

der aufgereiht. Georg von Waldstetten kann sich kaum von diesem Anblick lösen. Er bleibt besonders lange bei einem Schwert stehen. Außer einer scharfen Schneide hat es einen wunderbar verzierten Knauf und eine mit Juwelen geschmückte Scheide. „Das ist ein Beutestück aus dem Heiligen Land. Wahrscheinlich hat dieses Schwert einem der mohammedanischen Anführer gehört. Es hat eine echte Damaszener Klinge. Herr von Waldstetten, Ihr habt ein wirkliches Gespür für wertvolle Waffen", lobt der Hauskomtur. Dagegen ist der Abt nicht erfreut über Georgs auffallendes Interesse an der Waffenkammer der Ordensniederlassung. Darum meint er im Weitergehen: „Es würde mich interessieren, ob Ihr wirklich damit rechnet, dass sich das christliche Abendland noch einmal auf das Abenteuer eines Kreuzzuges einlässt, Herr Hauskomtur!"
„Aber nein, Vater Abt. Die Befreiung der Heiligen Stätten ist und bleibt die heimliche Sehnsucht eines Deutschherrn und wohl auch manches anderen Christen. Wir haben neben dem Dienst mit der Waffe dort auch die Hospitalpflege ausgeübt. Wir haben diese Tradition in einigen unserer Kommenden fortgesetzt und werden dies in vermehrtem Ausmaß tun. Leider wurden nämlich gerade aus dem Heiligen Land Krankheiten in unseren Breiten eingeschleppt, die hier bisher unbekannt waren. Auch der kleine Ort Altshausen besitzt bereits ein Lerprosenhaus, das unsere Brüder betreuen. Ich werde es euch bei einem Ausritt zeigen. Es liegt außerhalb unserer Mauern."
Offensichtlich ist der Hauskomtur bemüht, den starken Eindruck der von Waffen starrenden Kammer zu verwischen. Daher redet er besonders eifrig und führt sie sogar durch die mächtige Gewölbeküche, in der ein Bruder mit seinen Gehilfen bei offenen Feuern mit umfangreichen Kesseln, Töpfen und Spießen tätig

ist. In den Ställen der Burg stehen neben kräftigen Pferden, meist Rappen, für die bewaffneten Ritter, auch kleinere, schmalere Tiere mit edlen, fein geformten Köpfen, wie sie für Abkömmlinge aus arabischem Vollblut typisch sind. Ihre verzierten Sättel und ihr Zaumzeug sind besonders gut gearbeitet und sorgsam gepflegt. „Wenn mein Herr Vater diese Tiere sehen würde, so wäre er hellauf begeistert! Ihn haben Pferde immer mehr interessiert als Menschen!“ ruft Georg in seiner spontanen Art aus. Johannes wirft ihm einen betroffenen Seitenblick zu und möchte ihm etwas sagen, aber er schweigt. Schließlich hat Georg nur die Wahrheit gesagt, aber er hätte besser geschwiegen... Wie es in der Waffenkammer geschehen ist, so kann sich Georg auch hier nur schwer von den schönen Tieren trennen. Wieder registriert der Hauskomtur dies mit sichtlicher Zufriedenheit. Er erläutert allen Gästen – aber er spricht eigentlich nur zu einem: „Diese Tiere hier, also die leichten Pferde, sind natürlich nicht für den Ausritt mit Helm und Harnisch bestimmt. Sie sind Eigentum des Herrn Landkomturs. Er stellt sie aber gerne seinen Gästen zur Verfügung, Ihnen, Herr Vater Abt, Euch, Herr Georg, Herr Johannes, Herr Wolfram, Herr Kilian... Wie wäre es mit einem Ausritt? Würde es euch Freude machen, unser Land kennenzulernen? Soll ich den Herrn Landkomtur in diesem Sinne befragen?“ Abt Friedrich und Herr Kilian lehnen das Anerbieten höflich ab. Die Waldstetter Grafen und Wolfram stimmen zu. „Die Zusage ist euch sicher. Ich werde euch einen der Deutschherrn als kundigen Führer mitgeben, wenn es so weit ist“, verspricht der Hauskomtur.

Sie besichtigen die Speicher und Lagerhäuser und die Werkstätten. Dabei beschäftigt sich Georg immer noch mit den Pferden und der Aussicht auf einen Ausritt. Wolfram kann seine Begeisterung nicht ganz teilen. Er findet den Freund dieses Mal zu überschwenglich. Er warnt: „Steigere dich nicht in eine solche Begeisterung hinein, mein Lieber! Jede Medaille hat auch ihre Kehrseite." „Ach was, du bist ein Schwarzseher! Es muss einfach herrlich sein, ein solch edles Pferd zu reiten! Mir gefällt das, was wir bisher vom Deutschen Orden sahen und hörten, ungemein. Es ist eine Verbindung von ritterlichen Idealen mit religiösen Werten und asketischer Disziplin. Eigentlich entspricht das meinem heimlichen Wunschtraum, den ich mir als nachgeborener Sohn des Heinrich von Waldstetten nie zu erfüllen hoffte..." Wolfram, Johannes und Kilian wechseln einen verstohlenen Blick. Offensichtlich hat da jemand sein Herz bereits an die Sache der Deutschherrn verloren. Sie äußern sich nicht. Nur Kilian flüstert verstohlen: „Wie mir scheinen will, hat er nun auch sein Ziel gefunden..."

Kurz vor Beginn der Mittagshore, die Glocke hat bereits geläutet, aber Georg hat nicht darauf geachtet, steigt er allein die hohen Stufen zur Krypta hinab. Vor dem Sarkophag des Hermannus Contractus kniet er nieder und faltet seine Hände. Dann betet er leise: „Lieber seliger Hermann, könnte es sein, dass der weite Weg, den wir auf der Suche nach deinen Spuren zurückgelegt haben, nun auch mich an mein Lebensziel geführt hat? Alles, was ich hier in der Burg deiner Väter sehen und erleben durfte, spricht mich an: soldatische Zucht, zölibatäres Leben, Marienliebe und ritterlicher Dienst für Christus. Mein Bruder Johannes wird in deinem Orden auf der Insel Reichenau als Mönch dem Herrn dienen. Er wird zweifellos dort sein Glück finden. Mit ihm wird Herr Kilian als frommer und begnadeter Schnitzermeister dort leben, und Wolfram als Vogt im nahen Öhningen. Mir hat das

Leben in der Abtei durchaus gefallen, aber dennoch fühlte ich, dass mir dort etwas fehlte, wenn ich die betende Schar in dunklen Kapuzen und Kutten feierlich daherschreiten sah. Nimm es mir nicht übel, aber ich vermisste bei den guten Mönchen einfach das kämpferische Element, den Schwung soldatischer Begeisterung, das Ritterliche, dem ich hier begegnen durfte. Der weiße Mantel mit dem schwarzen Kreuz ist dafür ein äußeres Zeichen. Das alles sage ich ausgerechnet zu dir, seliger Hermannus, der du lebenslang in stetem Kampf mit deinem siechen Leib, mit deiner Gebrechlichkeit und deinen Schmerzen gelegen hast... Ich weiß aber, dass du mir dieses Gebet dennoch nicht verübelst, denn du bliebst ja Sieger in einem Kampfe, der härter war als alle Schlachten, weil du ihn bis zu deinem Lebensende unablässig ausfechten musstest. Dein Geist triumphierte über deine Gebrechen. Lass es mit Gottes Hilfe und Mariens Fürbitte so meinem lieben Zwillingsbruder Johannes ergehen. Wenn dies möglich ist, so hilf ihm, dass ihm auch die Gnade des Priestertums zuteil wird. Du als Schwerstbehinderter wurdest ja auch zum Priester geweiht... Mir aber, guter Hermannus, hilf, dass ich hier in Altshausen bei den Deutschherrn meine geistliche Heimat finden darf! Was mich im einzelnen hier anzieht, kann ich nicht einmal genau beschreiben. Ich habe, als wir auf die Burg Altshausen zuritten, das Nämliche erlebt, was Johannes beim Anblick der Reichenau erfahren durfte. Es war mir, als käme ich nach Hause. Ja, hierher gehöre ich. Hilf mir, dass ich bleiben darf!"

Die Mittagshore in der Kirche ist beinahe beendet, als ein Man mit erstauntem Gesicht aus der Krypta emporsteigt. Die Beter wenden sich ihm mit neugierigen und missbilligenden Blicken zu. Unwillkürlich errötet Georg von Waldstetten und sieht verlegen vor sich nieder. Landkomtur von Küngsegg hat zuerst angenommen, es wäre einer seiner Deutschherrn, der zu spät gekommen sei. Er will ihm gerade einen strafenden Blick zuwerfen, da erkennt er, wer der Übeltäter ist. Aus seinem Zürnen, mit dem er den Übeltäter strafen wollte, weil Verspätung sich nicht mit der strengen Disziplin des Ordens verträgt, wird sofort, beinahe schlagartig ein verständnisvolles Lächeln und ein freundliches Nicken. Eben noch hat sich der Hauskomtur bei ihm zufrieden geäußert über die Wissbegier und die Begeisterung des Waldstetters in der Rüstkammer und im Pferdestall. „Diesem Grafen Georg schien hier alles nur gut und willkommen zu sein, auch die Kargheit unserer Schlafräume und die klösterliche Askese. Er dürfte meiner Meinung nach nicht dazu neigen, Ordenspriester zu werden, aber ich könnte ihn mir als Deutschherrn im Ritterstand vorstellen." Mit einem Mal hat der Hauskomtur innegehalten. Ein wesentliches Hindernis stellt sich ja noch einer solchen Entwicklung entgegen. „Aber was tun wir, wenn der starrsinnige Graf von Waldstetten – ich meine den Vater, der ein grimmiger Tyrann zu sein scheint – einfach seine Zustimmung verweigert? Wie groß wird das Donnerwetter sein, wenn dieser edle Herr erfahren muss, dass Johannes und Wolfram ihm den Gehorsam aufgekündigt haben, indem sie den Spuren des Hermannus Contractus gefolgt sind... Wenn nun auch noch sein Sohn Georg abtrünnig wird, so wird das dem Fass, wie man im Volksmund sagt, wohl den Boden ausschlagen." Mit einer Handbewegung hat der Landkomtur diesen Einwand als unwesentlich abgetan. „Gott sei gedankt, dass die jungen Leute die Initiative ergriffen haben! Allein aus diesem Grunde müssen wir den Mönch Hermann verehren. Übrigens habe ich den ehrenwerten Grafen

Heinrich und seine Familie durch ein besonderes Eil- und Ehrengeleite unmittelbar nach Altshausen eingeladen. Der Graf kann meine Einladung nicht einfach ausschlagen, eine Einladung, die in einer solchen Dringlichkeit an ihn ergangen ist. Ich versichere Euch, mein Lieber: er wird in den vier Fällen nachgeben." Überrascht hat der Hauskomtur in das triumphierende Antlitz seines Vorgesetzten geblickt. „Vier Fällen? Ich sehe da nur drei." Nun hat der Herr Marquard an seinen vier Fingern aufgezählt:

„1. Georg wird Deutschherr, 2. Johannes wird Benediktiner, 3. Wolfram wird Vogt von Öhningen und 4. Luitgard, seine Tochter, wird Gattin des Herren Wolfram. Verlasst euch auf mich, so wird es geschehen. Natürlich wird es dabei nicht nur Wetterleuchten geben, sondern ein echtes Unwetter mit Blitz und Donner. Haben wir Altshauser nicht manche Unwetter überstanden? Bis zum Losbrechen dieses Gewitters, das aus Waldstetten heranzieht, sollen unsere Gäste frohe Tage bei uns verleben. Auch für den Abt der Reichenau suche ich nach einem Weg, um sein Herzensanliegen teilweise zu erfüllen."

Bei dem gemeinsamen Rundgang hat Herr Kilian auch eine Stätte gefunden, wohin ihn sein Herz zieht. Es ist die Werkstatt eines Schreinermeisters, der als Familiar der Deutschherrn auch beachtliche Schnitzereien anfertigt. Nun verbringt Kilian Stunde um Stunde in seiner Werkstatt, dem Raum mit dem vertrauten Geruch von Holz und Leim. Der Meister freut sich über sein lebhaftes Interesse und ist schnell damit einverstanden, dass Kilian mit kleinen Schnitzereien beginnt. Nun ist er glücklich und vergisst seine Umwelt. Eine Teilnahme an den Ausritten auf den Araberhengsten lehnt er ohnehin ab. „Reiten, das ist für mich zwar eine Notwendigkeit, aber ich kann meinen armen Leib nie ohne Beschwerden und nachfolgende Schmerzen dazu bringen." „Dann habt Ihr auf unseren weiten Ritten sicherlich gelitten, Herr Kilian!" meint Wolfram betroffen. Er hat ihm die Einladung zum Ausritt überbracht. „Das war die Sache wert", lächelt Kilian. „Für das Glück, das mir auf den Spuren des Hermannus Contractus zuteil geworden ist, habe ich gerne die Schmerzen auf mich genommen." So unternehmen Georg, Johannes und Wolfram mit dem jungen Deutschherrn Bruno die ersten Ausritte in die Umgebung der Ordensburg, um sich mit den Araberhengsten vertraut zu machen. Johannes hält sich gut im Sattel, bittet sie aber am dritten Tag: „Verzichtet auf meine Begleitung. Dann könnt ihr weitere Ritte unternehmen. Wie ihr wisst, hat sich unser Freund Kilian in der Burg mit dem Schreinermeister angefreundet und bereits mit allerlei Schnitzereien begonnen. Die Deutschherren staunen über seine Kunstfertigkeit. Ich möchte ihm bei seiner Arbeit gerne Gesellschaft leisten. Er ist nicht nur ein wahrer Künstler, sondern er ist auch ein lustiger und schlagfertiger Gesprächspartner. Ich freue mich jetzt schon auf die Zeit, in der er auf der Reichenau als freier Künstler tätig sein wird."

Nun können die drei Ritter lange Ausritte unternehmen, ohne dass sie auf Johannes Rücksicht nehmen müssen. Sie entfernen sich immer weiter von der Ordensburg, und sie sind tagelang mit den prachtvollen Pferden, den Nachkommen des berühmten Araberhengstes Abdal, unterwegs. Für die beiden Gäste aus Waldstetten ist es ein herrliches und völlig neuartiges Gefühl, auf den Rücken dieser edlen Tiere dahinzufliegen. Manchmal müssen sie ihre Freude darüber durch lauten Jubel kundtun. Wie schwerfällig sind die besten Pferde aus heimischer Zucht! „Als biederer Vogt von Öhningen werde ich bestimmt nur einen biederen Gaul reiten dürfen", seufzt Wolfram mit nicht geringem Selbstmitleid. „Aber dass wir diese einmaligen Tiere überhaupt reiten dürfen – und das schon seit einigen Tagen – ist eine sehr großzügige Geste der Gastfreundschaft, die uns die Deutschherren gewähren. Ich bedauere aufrichtig, dass Abt Friedrich nicht mit uns kommen wollte. Er ist ein ausgezeichneter Reiter." Der Deutschordensritter Bruno stimmt ihm zu. „Vielleicht wusste der Vater Abt diese hohe Ehre nicht richtig zu schätzen. Sie wird dabei nur wenigen Gästen zuteil. Nicht einmal der Herr Bischof von Konstanz durfte eines der Pferde reiten, obwohl er den Wunsch mehrfach äußerte. Allerdings war oder ist dieser Herr von stattlichem Umfang. Offensichtlich steht ihr beim Herrn Landkomtur in besonderer Gunst!"

An einem niedrigen Hügel halten die drei Reiter Rast. Ein mächtiger Eichbaum spendet ihnen Schatten. In der Nähe sprudelt ein munteres Bächlein vorbei. Die Männer nehmen ihre Lederbecher aus den Satteltaschen, füllen sie mit dem klaren Wasser und stellen sie zur Sicherheit zwischen die breiten Baumwurzeln. Dann satteln sie die Pferde ab, reiben sie mit Grasbüscheln trocken und lassen sie saufen und grasen. Erst danach leeren sie ihre Becher. „So war es richtig", lobt Herr Bruno. „Der brave Reiter denkt zuerst an sein Pferd." Müde und zufrieden ruhen sie eine Weile im Schatten der Eiche aus. An einem Brombeerstrauch in ihrer Nähe hängen pralle dunkle Früchte. Lässig greifen sie ins Brombeergerank und ernten, auch wenn sie dafür einige Kratzer abbekommen. Bedächtig genießen sie das süße und zugleich herbe Aroma der reifen Waldfrüchte, die ihnen beinahe in den Mund wachsen. Wolfram lehnt sich bequem zurück und blickt in die dichte Laubkrone der Eiche. „Haben wir es gut!“ seufzt er zufrieden und rundum glücklich. „Manche Augenblicke müssten ewig dauern. Wie schön ist heute die weite Gotteswelt! Meist achtet man viel zu wenig darauf und vergisst das Danken.“ Er gähnt verstohlen. Die Augen möchten ihm zufallen. Aber er rafft sich auf. „Hat uns dieser Hermannus nicht wunderbare Wege geführt, Georg? Hätten wir uns das in Heidelberg träumen lassen, als wir erstmals seinen Namen lasen?“ „Wir lasen? Das ist wohl ein Irrtum mein Lieber! Ich habe gelesen – und du hast geschlafen!“ Wieder gähnt Wolfram. „Den Seinen gibt es der Herr im Schlaf“, murmelt er, schließt die Augen und hört nur noch mit halbem Ohr, was der Freund nun sagt. „Nein, wir konnten nichts von dem voraussehen, was uns in der Folgezeit zuteil geworden ist. Aber wie froh bin ich, dass wir damals, wenn auch mit Zittern und Zagen, den Spuren des Hermanns gefolgt sind! Wie viele Menschen haben wir unterwegs kennengelernt! Wie oft haben wir Hilfe und Förderung erfahren! Du und Johannes und auch unser Kilian, ihr habt euer Lebensziel, eure Lebensaufgabe gefunden. Ist das nicht wunderbar?“ Mit geschlossenen Augen murmelt Wolfram: „Und wie ist es mit dir, mein lieber Freund! Hat dir Hermann auch etwas zugeteilt?“ Georg errötet leicht und streift den nunmehr blinzelnden Freund mit einem eigenartigen Blick. „Wäre es nicht unrecht von ihm, wenn er mich vergessen hätte? Schließlich habe ich euch auf den Weg gebracht.“ Er geht zum Bach, der längst wieder klares Wasser führt. Er beugt sich nieder und füllt seinen Lederbecher ein zweites Mal. Langsam trinkt er einige Schlucke. Dann wendet er sich an den Deutschherrn. „Darf ich Euch eine persönliche Frage stellen, Herr Bruno?“ bittet er bescheiden. Der junge Ritter lächelt und streicht sich eine Haarsträhne aus der Stirn. „Bitte, fragt nur immerzu. Ich habe nichts zu verbergen und will Euch gerne antworten." Er lehnt sich an den Stamm der Eiche, schlägt seine Beine in den hohen Reitstiefeln übereinander und sieht den Waldstetter mit einer Art neugieriger Erwartung an. „Meine Frage ist ziemlich dreist, aber ich stelle sie Euch trotzdem... Herr Bruno, seid Ihr glücklich in der Ordensgemeinschaft der Deutschherren zu Altshausen? Bitte, sagt es mir ganz ehrlich. Eure Antwort ist für mich von großer Bedeutung." Wolfram fährt auf. Er hebt wie abwehrend seine Hand. Was fällt Georg ein, dem Deutschherrn eine solche Gewissensfrage zu stellen und ihn damit unter Umständen in die größte Verlegenheit zu bringen! Herr Bruno betrachtet nachdenklich seine Stiefelspitzen. Er lässt sich Zeit mit der Antwort. Ist er gekränkt? Mit einem Male wird Georg sehr verlegen. „Wenn meine Frage zu persönlich und aufdringlich war, so entschuldigt dies bitte und vergesst sie, Herr Bruno!" Jetzt schüttelt der Deutschherr sein Haupt. „Aber nein, Herr Georg, habt keine Bedenken. Ich antworte Euch gerne und dachte nur über eine klare Formulierung meiner Antwort nach. Ja, ich bin glücklich, weil ich der Gemeinschaft des Deutschen Ordens angehören darf! Ich bin noch nicht sehr lange in Altshausen, und ich weiß, dass ich vieles lernen und an ritterlichen Tugenden einüben muss, bis ich dem Ideal des Ordens auch nur nahekomme." Bruno hat sein freimütiges Bekenntnis so schlicht ausgesprochen, dass es durchaus glaubhaft für seine beiden Zuhörer klingt. Georg von Waldstetten atmet tief auf. Er wendet sich dem Ritter ganz zu und fragt mit leichtem Zaudern: „Seid Ihr denn auch bereit, wenn der Landkomtur, der Hochmeister oder der Deutschmeister, ich habe ehrlich gesagt die Rangordnungen in Eurem Orden noch nicht verstanden, also wenn einer dieser maßgebenden Herrn, von Euch verlangt, Altshausen zu verlassen und irgendwo in fremden Landen, etwa im Nordosten, zu kämpfen, würdet Ihr dahin gehen?“ Wieder einmal schnappt Wolfram nach Luft. Er sieht verlegen zur Seite bis hin zu den Feldern. Er scheint sich nur für den Raubvogel zu interessieren, der über aufgebrochenem Ackerland kreist. Ruhig antwortet Herr Bruno: „Ja, ich habe mich bereit erklärt, überall dahin zu gehen, wo mein Herr und Gebieter Jesus Christus meinen Arm und mein Schwert braucht. Ihm ist mein Leben zu eigen.“ Seine wenigen Worte sind klar und fest und ohne falsches Pathos. Eine Weile bleibt es so still, dass nur das Murmeln des Bächleins zu hören ist. Wie sie es oft tun, wenn er in Gedanken ist, zerrupfen Georgs schmale, gewandte und kräftigen Hände einen Grashalm. Dann beginnt er zu sprechen, verhalten, beiläufig, fast in erzählendem Ton. „Es ist Euch sattsam bekannt, dass wir von Heidelberg auf den Spuren des seligen Hermannus Contractus nach Altshausen gereist sind. Es war eine mühselige und langwierige Pilgerfahrt. Wir mussten weite Wege gehen. Wolfram, Johannes und Kilian erreichten ihr Ziel, erhielten einen neuen Lebensinhalt. Lange Zeit habe ich nicht gewusst, wohin ich eigentlich gehören sollte. Nun bin ich zu der Überzeugung gelangt, dass auch ich mein Ziel gefunden habe. Ich … Ich war in der Krypta und habe es dem seligen Hermannus bereits anvertraut – ich möchte dem Orden der Deutschherrn beitreten. Meint Ihr, Herr Bruno, dass ich, der ich nur ein nachgeborener Sohn ohne besondere Mitgift bin, in Altshausen willkommen sein könnte?“ Nun hat er endlich das ausgesprochen, was ihn seit Tagen bewegt. Wolfram lässt vor Erstaunen seinen Lederbecher ins Gras fallen. Soll er sich über den Entschluss des Freundes freuen? Er weiß es nicht recht. Immerhin ist Altshausen einige Tagesritte von seinem eigenen neuen Wirkungskreis entfernt. Anders handelt Herr Bruno. Er fasst stürmisch nach Georgs Hand. „Oh, wie habe ich das gehofft und zugleich insgeheim gefürchtet, Ihr würdet Euch für die Benediktiner entscheiden. Ihr Herr Abt Friedrich von Wartenberg ist eine so beeindruckende Persönlichkeit, und er ist Euch so wohlgesonnen, dass ich annahm, Ihr würdet ihm zur Klosterinsel folgen. Ich habe nämlich vom ersten Tage an bemerkt, wie gerne er Euch für seine klösterliche Gemeinschaft gewinnen möchte... Und nun bin ich überglücklich, dass Ihr Euch für den Deutschen Orden entschieden habt. Ihr fragt, ob Ihr bei uns willkommen seid? Unser Herr Landkomtur hat mit keinem Wort bei Euch für unseren Orden geworben, aber er hat ganz besondere Boten damit beauftragt." Er weist auf die drei Pferde, die just in diesem Augenblick die schmalen Köpfe nach ihnen umwenden.

Es geht bereits auf den Abend zu. Die dunklen Schatten werden länger, als die drei Reiter endlich müde und hungrig zur Ordensburg zurückkehren. Die Stunden sind ihnen wie im Fluge vergangen. Manches Mal haben sie den Tieren die Zügel freigegeben zu einem schnellen Galopp. Dann wieder sind sie bewusst langsam geritten. Sie haben miteinander gesprochen, gesungen und gebetet. „Es war wie eine Wallfahrt." Im Schritt reiten sie durch das Tor und wollen die Bohlenbrücke überqueren. Da ruft ihnen einer der Torwächter zu: „Halt, ihr Herren! Wartet bitte! Ich habe eine wichtige Nachricht für euch. Ihr werdet mit Sehnsucht erwartet. Wir haben am Nachmittag besonderen Besuch bekommen, den unser gnädiger Herr Landkomtur nach Altshausen eingeladen hat: Graf Heinrich von Waldstetten mit seiner Frau Gemahlin und seinem Fräulein Tochter." Unwillkürlich stößt Georg einen Laut des Erschreckens aus. Wolfram ist nicht weniger betroffen. Dann straffen sich ihre Gestalten. Jetzt gilt es! Georgs Antlitz wird entschlossen. Ein Ritter Christi muss sich auch einem solchen Kampfe stellen. „Komm, Wolfram, bringen wir es hinter uns!" Wolframs Antlitz ist mit dunkler Röte überzogen. Bestenfalls wird ihm Herr Heinrich scharfe Vorwürfe machen, weil er schon in Heidelberg den Weg des Gehorsams verlassen hat. Ist es nicht aussichtslos, dass er ihn für die Vogtei Öhningen freigibt – und ihm außerdem seine Tochter Luitgard anvertraut? Er möchte mutlos werden, aber ein anderer Gedanke durchzuckt ihn. „Der arme Johannes! Nun hat er allein den Sturm über sich ergehen lassen müssen!" ruft er bestürzt aus. „Allein? Aber nein, Herr Wolfram!" tröstet Herr Bruno ihn. „Habt Ihr den Vater Abt der Reichenau und den Landkomtur von Elsaß-Burgund zu Altshausen vergessen?"

11
Entscheidungen

Obwohl die Nachricht sie sehr betroffen gemacht hat, widmen sich Georg und Wolfram zuerst ihren Pferden, die sie nun schon an manchen Tagen durch Altshauser Land getragen haben. Natürlich kreisen ihre Gedanken dabei ohne Unterlass nur um ein Thema: Graf Heinrich ist eingetroffen. Was wird nun werden? Bei allem Vertrauen zu den Trägern der klösterlichen Autorität erwarten sie doch einen ziemlichen Sturm vonseiten des Grafen. Sie haben bisher noch nie erlebt, dass Heinrich von Waldstetten in einem einzigen Fall nachgegeben hat... Sie reiben ihre Tiere mit fast übertriebener Sorge trocken. Sie tränken und füttern die Tiere. Beide versuchen tapfer, ihre Unruhe zu verbergen, aber sie lassen sich außergewöhnlich viel Zeit bei ihrer Stallarbeit. Zuvor haben sie die Pferdeknechte, die ihnen die Arbeit abnehmen wollten, freundlich, aber bestimmt zurückgewiesen. Mit einiger Mühe verbirgt Herr Bruno angesichts der adeligen „Stallknechte" sein Schmunzeln. Er versteht sehr gut, warum die beiden Herren mit einer solchen Hingabe die Arbeit von Knechten übernommen haben und sie so bedachtsam ausführen. Einmal ist auch diese Arbeit beendet. Sie bringen die Sättel und das Zaumzeug unter. Der Deutschherr sagt zu ihnen: „Aber nun müsst ihr an euch denken, meine Herrn, und euch ein wenig herrichten. Wie ihr jetzt ausseht, so könnt ihr euren Besuchern unmöglich vor die Augen treten." Er hilft ihnen dabei, mit einer harten Bürste Strohhalme und

Heu von Wämsern und Hosen zu entfernen. Er gibt ihnen auch einen Lappen, mit dem sie den Staub von den hohen Reitstiefeln entfernen können. Am Ziehbrunnen im Burghof verschafft er ihnen einen Eimer Wasser. Sie waschen darin Gesicht und Hände. Wolfram trocknet gerade sein von Wind und Wetter gegerbtes Gesicht mit dem grobkörnigen Linnentuch ab, als er aus einem Augenwinkel eine rasche Bewegung vor dem Gästehaus wahrnimmt. Hoffentlich kommt nicht ausgerechnet jetzt Graf Heinrich in den Hof! Halb verborgen unter dem Linnentuch, schaut er genauer hin. Aber das ist doch ... das ist doch... Er lässt das Linnentuch jäh fallen, denn aus dem Gästehaus ist eine schmale, dunkelhaarige Frauengestalt getreten. „Luitgard! Luitgard!" ruft er und eilt auf sie zu. In seinem Eifer übersieht er einen hochstehenden Stein, stolpert darüber und fällt genau vor dem Fräulein auf beide Knie. Seine verblüfften Zuschauer Georg und Bruno und auch die junge Gräfin lachen herzlich über den allzu stürmischen Freier, der vor Luitgard auf den Knien liegt. „Gar so stürmisch braucht Ihr Euch mir nicht zu nähern, Herr Wolfram", spöttelt sie und hat dabei ein schelmisches Blinzeln in ihren großen Augen. „So etwas habe ich daheim nie bei Euch erlebt." Mit einem etwas dümmlichen Ausdruck im Gesicht krabbelt Wolfram mühsam hoch. Beide Knie brennen schmerzhaft. Unwillkürlich reibt er sie und verzieht sein Gesicht. „Ich bin nur gestolpert", murmelt er verlegen. „Welche Enttäuschung! Ich hatte gehofft, Ihr hättet mir heute auf Euren Knien gehuldigt, Herr Wolfram!" Erneut lacht sie laut und herzlich und legt dabei ihren Kopf in den Nacken und sieht ihn herausfordernd an. Er weiß nicht, was er tun soll. Nach wie vor steht er da wie ein beschämter Bub und reibt sich verstohlen die Knie. „Luitgard! Luitgard, manches Mal benimmst du dich wie ein mutwilliges Kind", tadelt eine weiche Frauenstimme, es ist die Stimme ihrer Mutter Frau Agnes. „Wie kannst du deinen getreuen Wolfram nur so bloßstellen und ärgern!" Diese Worte brechen mit einem Mal den Bann, der Wolfram gefangen hält. Mit einem Schritt ist er bei Luitgard und fasst nach ihren beiden Händen, die sie ihm willig überlässt. Die beiden jungen Menschen sehen einander tief in die Augen. Sie haben die übrige Welt vergessen. Georg eilt zu seiner Mutter, die in der Türe des Gästehauses steht. „Frau Mutter, wie schön, dass Ihr gekommen seid!" Er verbeugt sich tief vor ihr und küsst ihr nach höfischer Sitte die Hand. Sie zieht ihn an sich und küsst ihn auf beide Wangen. Dann schaut sie lange und prüfend in sein Antlitz. Es ist magerer, männlicher und gereifter geworden. Die gesunde Bräune spricht von den langen Ritten. „Wie es mir scheinen will, hat der Aufenthalt auf der Reichenau und in Altshausen dir gut getan, mein Sohn!" stellt sie zufrieden fest. „Es war eine wunderbare Reise, Frau Mutter!" erwidert er und seine Augen leuchten. „Aber... wo ist denn Johannes?" Eigentlich hätte er fragen müssen: „Wo ist denn mein Herr Vater? Sie hat es bestimmt erraten. Ihr frauliches Antlitz bleibt unverändert freundlich. „Johannes ist im Gästehaus mit Herrn Kilian und mit dem braven Bruder Reginbert von der Reichenau. Ich bin erfreut darüber, wie gut diese drei Männer zusammenpassen – ein gelehrter Bibliothekar, sein wissensdurstiger demnächstiger Scholar und der gottbegnadete Schnitzer, ein wirklicher Künstler, dessen beseelte Hände seinen Schnitzereien einen wunderbaren Ausdruck zu verleihen vermögen. Er zeigte uns eben einen neuen Hermannus Contractus, den er für den Landkomtur geschnitzt hat. Wahrlich ein Meisterwerk! Johannes sprudelt vor

Freude förmlich über. Ich hätte es nie für möglich gehalten, meinen meist niedergedrückten Sohn jemals so fröhlich und gelöst zu sehen! Herr Heinrich befindet sich übrigens mit dem Vater Abt beim Herrn Landkomtur Marquard. Es wurde uns mitgeteilt, dass er heute bei den Deutschherrn im Remter bleiben und auch dort speisen wird. Ihr möchtet derweil mit uns im Gästehaus speisen." „Der Herr Vater weilt also beim Abt und beim Landkomtur? Das wird sicherlich eine langwierige und nicht eben einfache Besprechung", bestätigt der Sohn. Frau Agnes äußert sich dazu nicht weiter. Sie blickt lächelnd zu dem jungen Paar hin, das sich immer noch selbstvergessen anschaut und bei den Händen hält.

Sie räuspert sich. „Hm, lieber Wolfram, obwohl es bereits ziemlich dämmerig ist, könnt Ihr bis zum Abendessen meiner Tochter Luitgard den Kräutergarten zeigen. Für eine zukünftige Hausfrau ist es wirklich sehr wichtig, alle Heil- und Würzkräuter zu kennen, die im Süden wachsen, obwohl das Klima in Bodenseenähe milder sein wird als hier." Er verneigt sich vor der Gräfin. „Das will ich mit Freuden tun, Frau Gräfin! Aber seit wann gebt Ihr mir die ehrenvolle Anrede ‚Ihr'?" Sie tut, als ob sie sich über seine Worte wundern würde. „Geziemt sich diese Anrede denn etwa nicht für den Herrn Vogt von Ohningen? Später, wenn Ihr erst einmal mein Eidam seid, kann ich Euch ja wieder vertraulicher anreden. Ich habe von Johannes und Herrn Kilian erfahren, dass die Vogtei von Öhningen eine der fruchtbarsten und gewinnträchtigsten Besitzungen der Reichenau ist. Wie mich das für Euch freut! Doch nun rasch in den Kräutergarten, ehe es ganz dunkel ist!" Die jungen Leute lassen sich das nicht noch einmal sagen. Sie eilen davon. Sie schaut ihnen lächelnd nach und meint dann zu ihrem Sohn: „Ich bin überaus gut informiert. In Burg Waldstetten trafen in nur kurzem Abstand voneinander zwei Boten mit bewaffneten Begleitern ein. Es waren zuerst die Boten von Abt Friedrich, und dann kamen die Boten des Herrn Landkomturs Marquard von Küngsegg aus der Ordensburg Altshausen. Mit diesen beiden Briefen und ihren wichtigen Botschaften mussten sich mein Gemahl und Karl auseinandersetzen. Beide waren zuvor bereits in Heidelberg von Herrn von Heimanns über eure Abreise und eure, wie mir Herr Heinrich allerdings mit einem gewissen Groll verkündete, durchaus törichte Reise auf den Spuren des Hermannus Contractus unterrichtet worden. Die Freude über Hemmas Mitteilung, dass sie ein Kind erwartet – Herr Heinrich erhofft sich natürlich einen männlichen Erben –, trug wesentlich dazu bei, meinen Gemahl zu beschwichtigen. Unser frommer Burgkaplan, der meist allzu sanftmütige Pater Fidelis, bewies auch dieses Mal kämpferischen Mut. Streng verwies er Herrn Heinrich sein mörderisches Fluchen. Er verfluchte nämlich…“ „Uns drei Ausreißer und in erster Linie wohl mich, den Anführer“, meint Georg ergeben. Frau Agnes lacht. „Aber nein. Er hat in seinem jähen Zorn etwas ganz Törichtes getan: er verfluchte den seligen Hermannus Contractus, wie der euch zu all dem Unsinn verführt und gleichsam entführt habe.“ „Wie“, fragt Georg staunend, „er verfluchte einen Seligen, der längst bei Gott weilt?“ „Pater Fidelis verwies ihm nachdrücklich einen solchen Frevel. Er beschuldigte ihn geradezu der Gotteslästerung und der Beleidigung der Gottesmutter, deren besonderer Schützling Hermann gewesen ist. Mein starrsinniger Gatte wollte wenigstens einen seiner Pläne durchsetzen. Er wollte Luitgard sogleich mit dem alten Eisinger vermählen, und das umgehend und ohne jede Feierlichkeit. Luitgard begehrte heftig auf. Sie versicherte, dass sie in diesem Fall lieber den Schleier nehmen wolle bei den frommen Nonnen am Federsee im Kloster zu Buchau. Sie liebe einzig und allein Wolfram von Tannen. Das hatte natürlich einen erneuten Zornesausbruch bei Herrn Heinrich zur Folge. Er beschuldigte Wolframs Vater sogar der Komplizenschaft, was ja völlig aus der Luft gegriffen war. Da habe ich mir endlich ein Herz gefasst und bin ihm zu seinem Erstaunen entgegen getreten: ‚Wenn Euch schon nichts am Glück eures Kindes liegt, dann lest wenigstens den Brief des Abtes Friedrich richtig durch!' Als er darin las – er hatte es zuvor einfach übersehen –, dass Wolfram die reiche Vogtei und Pfründe Öhningen zugedacht sei und dass Herr Friedrich für das stattliche Herrenhaus einen verheirateten Vogt wünsche, schlug die Stimmung meines Herrn Gemahl mit einem Male um… Ah, da kommen die beiden aus dem Kräutergarten. Es muss dort wirklich interessant gewesen sein… Gehen wir ins Haus. Johannes, Kilian und Bruder Reginbert werden bereits auf uns warten."

Als sie das große Zimmer betreten, lächeln ihnen die anderen entgegen. „Durch das offene Fenster haben wir jedes Wort eures Gespräches verfolgen können. Nun wird sich alles zum Guten wenden für Luitgard, für Wolfram und für mich", sagt Johannes vergnügt, aber dann stutzt er. „Was wird wohl aus dir, Georg?" Der Gefragte blickt verlegen vor sich nieder. Sein Freund Wolfram lächelt wissend. Endlich murmelt Georg, und er ist bemüht, es gleichgültig klingen zu lassen: „Für mich wird sich auch etwas finden, Johannes. Auf keinen Fall werde ich studieren." Seine Worte wirken vage und nichtssagend, aber er lächelt dabei. „Nun wollen wir miteinander fröhlich Mahl halten", fordert Frau Agnes und betet ein kurzes

Tischgebet vor. „Übrigens hätte ich beinahe vergessen, euch liebe Grüße von Hemma und Karl auszurichten. Sie denken treu an euch und bitten ihrerseits um ein Gebet am Grabe des Hermannus Contractus und am Grabe der Frau Hiltrud. Letzteres war besonders Hemmas Wunsch. Ich freue mich von Herzen auf mein erstes Enkelkind!“ „So wollen wir nun auf Euch trinken, Frau Mutter, und auf den künftigen Erdenbürger.“

Im Wohngemach des Landkomturs von Küngsegg brennt eine hohe Kerze vor der Statue der Gottesmutter. Ein beinahe lautlos umherhuschender Bruder kredenzt den drei Herren einen trefflichen Wein zu weißem Brot, frischer Butter, geräucherten Forellen und würzigem Käse. Mit freundlicher Gelassenheit beobachtet Herr Marquard, wie sich der etwas füllige und mürrische Graf mit dem langen grauen Bart reichlich bedient. Trotz seiner schlechten Laune kann Graf Heinrich seinen guten Appetit nicht verleugnen… „Ich möchte Euch dafür danken, Herr Graf, dass Ihr meiner Einladung so kurzfristig gefolgt seid. Eigentlich habe ich Euch, Herr Vater Abt, dabei vorgegriffen, weil es meine Meinung war, dass es besser wäre, alles gleich hier zusammen zu regeln. Außerdem ergibt sich daraus, wenn Ihr es auch so seht, geradezu ein historisches Bündnis zwischen Eurer gesegneten Insel und Altshausen unter dem Patronat des seligen Hermannus Contractus, nicht wahr?“ Graf Heinrich runzelt die Brauen und trinkt dann erneut einen Schluck Wein, ohne sich zu äußern. Abt Friedrichs Gesicht spiegelt deutlich wider, dass er bei dieser Eröffnung durchaus gemischte Gefühle hat. „Wenn das, was Ihr sagt, auch durchaus seine Berechtigung hat, wäre es mir dennoch lieber gewesen, wenn ich Einzelheiten dieses… Bündnisses früher gewusst hätte!“ Er seufzt. „Wahrscheinlich werden wir den 24. September nun in Altshausen feiern müssen.“ Am liebsten hätte Graf Heinrich laut gefragt: ‚Was soll denn am 24. September los sein? Die Herren reden wohl absichtlich in Rätseln, damit ich nichts verstehe!‘ Mühsam beherrscht er sich und sagt statt dessen: „Was hätte es mir schließlich eingebracht, wenn ich zuerst zur Reichenau gezogen wäre? Die Vögel waren ja bereits ausgeflogen.“ Ein schräger Blick seiner hellen scharfen Augen unter den buschigen Brauen trifft den Abt. Liebenswürdig meint Herr Friedrich: „Ihr könnt den Besuch unserer Klosterinsel jederzeit nachholen, Herr Graf, und natürlich seid auch Ihr dort herzlich willkommen, Herr Landkomtur. Es wäre für uns eine große Ehre, wenn Ihr uns einen Gegenbesuch abstatten würdet!“ Der alte Graf nimmt erneut einen herzhaften Schluck aus seinem hohen, feinziselierten Zinnbecher. Langsam streicht er über seinen grauen Bart, eine Geste der Verlegenheit. Womit soll er beginnen? Die Persönlichkeit der beiden anderen Männer beeindruckt ihn wider Willen. Er hat bereits jetzt viel von seiner sonstigen Selbstsicherheit eingebüßt. In der letzten Zeit ist zu viel auf ihn eingestürmt. Nun hat er zum ersten Mal in seinem Leben ernste Zweifel daran, dass sich alles nach seinem Willen ordnen wird. Außerdem fühlt er sich sehr müde. Ob wohl dieser so leicht trinkbare Wein dazu beiträgt, dass er kaum noch seine Augen offenhalten kann? Er überrascht seine beiden Gesprächspartner, die von ihm etwas anderes erwartet hätten, mit der kleinlauten Bitte: „Wäre es für euch eine große Zumutung, meine Herrn, wenn ich euch bitte, unsere Unterredung auf den nächsten Tag zu verschieben? Ich weiß, dass dies nicht üblich ist, wenn ein geladener Gast um so etwas bittet, aber ich bin einfach zu müde, um einen klaren Gedanken fassen zu können." Mit einer liebevollen Geste streicht Herr Marquard über den Zinnkrug mit dem starken, süffigen Rotwein. „Das ist ein ausgezeichneter Vorschlag, Graf Heinrich. Wir wollen morgen nach einem herzhaften Frühstück unsere Besprechung beginnen und damit später eine Führung durch unsere Burg verbinden. Ruhet euch gut aus, meine Herren! Ihr schlaft ja hier in meinem Gästezimmer, Herr Heinrich. Ich habe alle Eure Sachen dahin bringen lassen..." Graf Heinrich wundert sich nicht einmal mehr darüber, dass er nicht wie die anderen im allgemeinen Gästehaus der Ordensburg schläft. Er betrachtet sein besonderes Quartier in der Abtswohnung als eine zusätzliche Ehrung seiner Person und begibt sich zufrieden zur Ruhe. Ein dienender Bruder begleitet ihn mit einer Kerze und wünscht ihm seinerseits eine geruhsame Nacht. „Um sieben Uhr in der Frühe feiert Abt Friedrich in der Burgkirche die heilige Messe", fügt er hinzu, ehe er sich behutsam zurückzieht. Mit beinahe ungläubigem Kopfschütteln betrachtet Graf Heinrich das Zimmer. Wie kommt er nur hierher, und was wollen sie alle von ihm. Wenn er nur klar denken könnte...

Am nächsten Morgen erhebt sich der Landkomtur nach dem Frühstück, das den drei Männern wieder in seiner Wohnung von einem Bruder bereitet worden ist und das sich deutlich von dem kargen Mahl im Remter unterscheidet. Er bietet dem Abt und dem Grafen an, ihnen persönlich die Ordensburg und das Umland zu zeigen. „Vielleicht lässt sich dabei in lockerer Form manches von dem besprechen, was uns auf dem Herzen liegt. Warum sollen wir dabei an einem solch herrlichen Sommertag nur in meiner Stube hocken?" Graf Heinrich muss sich fügen, auch wenn es ihm lieber gewesen wäre, wenn man sich nur auf das Gespräch konzentriert hätte. Mit feiner Diplomatie ehrt der Landkomtur den Gast aus der Ortenau und führt ihn so geschickt durch die ausgedehnten Räume der Burg, dass er der Familie des Grafen gar nicht begegnet. Er spart das Gästehaus einfach von der Besichtigung aus. Das anfangs mürrische Antlitz des Waldstetters hellt sich mehr und mehr auf. Wie vor wenigen Tagen sein Sohn Georg bestaunt er die reichen Schätze in der Waffenkammer und die edlen Pferde in den Stallungen. „Eine eigentliche Schatzkammer besitzen wir nicht, Herr Abt, Herr Graf. Unsere Schätze sind nämlich unsere fleißigen Bauern, Pächter und Handwerker mit ihren Frauen und Kindern außer unseren Äckern und Wäldern. In unserer Kirche begegnen wir beim heiligen Messopfer Tag für Tag unserem Herrn Jesus Christus, in dessen Dienst alle stehen, die der Gemeinschaft von Altshausen angehören, ganz gleich welchen Dienst sie dort versehen." In Herrn Heinrich möchte sich neben dem Gefühl der Bewunderung für alles, was er sieht, wieder ein anderes Gefühl regen. Er ist unzufrieden, weil kein Gespräch zustande gekommen ist. Hat Herr Marquard dies bemerkt? Er führt seine Begleiter aus dem Burgtor unter alten Bäumen und an niedrigen Hütten mit Strohdächern vorbei ein ganzes Stück hinaus in das fruchtbare, hügelige Land westlich der mächtigen grauen Burgmauern. „Von hier aus bietet sich unsere Ordensburg besonders eindrucksvoll euren Blicken dar. Sie ist keineswegs so schön und vornehm wie der Sitz manches Adeligen in unserer Region. Sie ist vielmehr stark und wehrhaft, und sie birgt in ihren Fundamenten noch Gemäuer von der alten Burg der Grafen von Altshausen-Veringen." Sichtlich verwundert wirft Graf Heinrich ein: „Warum bautet Ihr sie denn so wehrhaft aus, Herr Landkomtur? Das verstehe ich nicht, denn die Deutschherren haben doch sicher keine Feinde hierzulande." Über das geistvolle Antlitz des Herrn Marquard huscht ein feines Lächeln. „Wir haben uns manches Mal hier am Bodensee und in seiner Nähe nicht gerade beliebt gemacht, Graf Heinrich. Nicht alle Deutschherren haben sanfte und gerechte Methoden angewandt, um ihren Landbesitz zu vergrößern. Das soll ja auch bei anderen Gebietsherren vorkommen, nicht wahr?" Herr Heinrich hat den Anstand zu erröten. St. Trudpert könnte ein Lied davon singen... „Man hätte uns zeitweise liebend gerne nach Akko zurück gewünscht oder sonst irgendwohin ins leider verlorene Heilige Land. Da gaben hohe Mauern den damaligen Deutschherrn ein Gefühl der Sicherheit. Aber ich nehme an, dass wir uns inzwischen einiges Heimatrecht in dieser Gegend erworben haben." Sein verstohlener Seitenblick streift dabei das unbewegte Antlitz des Abtes Friedrich.

Eine weite, schilfumsäumte Wasserfläche glänzt in der Sonne. „Welch schöner See!" ruft Graf Heinrich aus. „Der See wurde bereits vor längerer Zeit von unseren Brüdern angelegt zur Aufzucht von Forellen und anderen Fischen für unsere Tafel. Ihr habt es auf der Reichenau beneidenswert einfach, Vater Abt. Euch wachsen in den Gewässern rings um Eure Insel die Fische in den Mund. Habt Ihr nicht zudem von alters her die alleinigen Fischrechte im Untersee und im Gnadensee?" „Ja, das ist eines der wenigen Privilegien, das auch in den Zeiten des Niederganges nicht preisgegeben worden ist. Dafür haben wir auf der Insel nur wenig Raum für den Anbau von Reben, Getreide und Gemüse. Wir möchten aber nicht alle alten Bäume roden. Sie bilden einen vortrefflichen Schutz gegen die Fallwinde aus dem Thurgau. Unser ältester Baum, eine Linde auf der Ergat, mächtig wie eine Eiche, soll einige hundert Jahre alt sein. Sie befindet sich auf einem weiten Platz nahe beim Kirchlein St. Adalbert. Unter dieser alten Linde wird traditionsgemäß Gericht gehalten. Dort ist auch die öffentliche Anhörung in Streitfällen. Wenn dieser alte Baum erzählen könnte! Manche Mönche nehmen an, dass er bereits zur Zeit des Abtes Berno und des Hermannus Contractus dort gestanden hat.“ Gedankenvoll betrachtet der Landkomtur seinen Gast. „Ihr seid ganz beredt geworden, als es um die Reichenau ging, Herr Friedrich. Habt Ihr etwas Heimweh nach dort?“ „Könnte es mir anders ergehen wie dem Abt Walahfrid Strabo, der am Kaiserhof zu Aachen immerfort an seine Insel denken musste?“

Als der Abt den Namen des Hermann erwähnt hat, war ein Zug der Ablehnung über das Antlitz des Grafen Heinrich gezogen. Nun mischt er sich in das Gespräch, ohne an die letzten Worte des Abtes anzuknüpfen. „Was ist denn eigentlich so Besonderes an diesem lahmen Mönch?“ fragt er mit unüberhörbarer Ablehnung. „Ich verstehe nicht, wie man so viel Wesens um einen Krüppel machen kann, der vor Jahrhunderten gelebt hat! Ist das kein übertriebener Kult?“ Ohne ihm sofort zu antworten, weist der Landkomtur auf eine Steinbank am Ufer des Sees. „Wollen wir uns hier niederlassen und unserem Fischer zusehen? Er macht einen – hoffentlich – reichen Fang für die nächste Mahlzeit in unserer Burg.“ Der See wird von einem leichten Wind kaum gestreift. Der Fischer lässt, ohne sich durch die Beobachter stören zu lassen, seinen Kahn treiben. Ab und zu tut er einen Ruderschlag. Er wirft seine Netze aus. Bald zieht er eines der Netze mit silbernen, zappelnden Fischen hoch. Die kleinen Fische wirft er in den See zurück, die Großen tötet er mit einem Griff in die Kiemen und legt sie in einen Weidenkorb. Die drei Männer am Ufer schauen ihm eine Weile zu, ohne sich zu unterhalten. Schließlich rückt der Waldstetter ungeduldig hin und her. Nun geht der Landkomtur endlich auf seine geringschätzigen Worte über Hermannus Contractus ein. „Vorhin fragtet Ihr, was es denn Besonderes um diesen lahmen Krüppel Hermann wäre. Nun – einmal ist er der unbedingte Ehrengast in der Ordensburg Altshausen. Wir lassen ihn nicht von dannen ziehen, obwohl er von der Reichenau zu uns gekommen ist.“ „Ehrengast?“ Völlig verwirrt runzelt Graf Heinrich seine Stirn und strählt seinen langen Bart. „Ehrengast? Ja, hat er denn nicht vor Jahrhunderten gelebt?“ Da erbarmt sich Abt Friedrich des Verwirrten. Die Worte des Landkomturs haben ihn ohnehin verärgert. Mit ruhiger Umsicht und in aller Ausführlichkeit erzählt er dem Grafen das Leben des Hermann von Altshausen, des Hermanns von der Reichenau. „Sein Vater, Graf Wolfrad II., schämte sich seines gelähmten Sohnes und brachte ihn gegen den erklärten Willen seiner Gattin Hiltrud auf die Reichenau. Dort wurde Hermann durch die liebevolle Fürsorge und die väterliche Güte des Abtes Berno zu einem frohen und innerlich freien Menschen. Er wurde nie gesund, aber er wurde als Gelähmter der größte Wissenschaftler seiner Zeit. Man nannte ihn das Wunder seines Jahrhunderts.“ Weitere Ausführungen kann Abt Friedrich nicht machen, denn Herr Marquard ergreift rasch das Wort, als er eine kleine Pause einlegt. „Nach seinem frühen Tode, er starb mit 41 Jahren, wurde sein Leib auf Wunsch seiner Frau Mutter nach Altshausen überführt. Hier ruht er seitdem in der Ulrichskapelle, unserer Krypta. Dort könnt Ihr zu dem Seligen beten, Graf Waldstetten.“

Graf Heinrich starrt immer noch auf den See. Der Fischer rudert gerade ans Ufer. Sein Fang reicht für zwei Tage aus. „Warum…?“ murmelt der Waldstetter langsam, „warum hat mein Sohn Georg meine Anordnung, in Heidelberg zu studieren, einfach ignoriert, als ihm eine Schrift dieses Hermann in die Hände gefallen ist? Ich kann das nicht verstehen!“ „Ja, habt Ihr das trotz allem noch immer nicht verstanden, Herr Graf?“ fragt der Abt und vertreibt eine lästige Mücke. „Georg wollte seinen geliebten Zwillingsbruder Johannes aus der engen Haft seiner Turmstube befreien. Er wollte Euch, Herr Graf, durch diesen Hermann beweisen, was ein behinderter Mensch leisten kann, wenn man ihn, ungeachtet seiner Behinderung, fördert und ihn in Freiheit das tun lässt, was seiner Neigung und seinem Können entspricht. Seid stolz auf Euren Sohn Georg! Er hat Klugheit, Mut und Tapferkeit bewiesen und selbstlose Liebe zu seinem behinderten Zwillingsbruder. Gebt ihn bitte frei, Herr Heinrich, ihn, Euren Sohn Johannes! Er hat in der Reichenau seine geistliche und geistige Heimat gefunden. Unser gelehrter Bibliothekar, Bruder Reginbert, wird sein erster Lehrmeister sein. Ist dessen Weisheit erschöpft, kann die Reichenau ihn auch zu einem Studium schicken, so zum Beispiel nach Heidelberg.“ In dem harten Gesicht des Grafen arbeitet es. Einesteils möchte er, wie es seiner Art entspricht, trotzig aufbegehren und das Anliegen des Abtes barsch zurückweisen. Wie gerne würde er den Ungehorsam seiner beiden Söhne heftig rügen, aber andererseits möchte er sich nicht dem Vorwurf aussetzen, er habe seinem Sohn Johannes die wunderbare Möglichkeit, sein Leben zu gestalten, verwehrt und zerstört. Irgendwie muss er seinen Unmut kundtun. „Und den Sohn meines Vogtes von Tannen, meines Ministerialen, habt Ihr mit all Euren Fischrechten am Bodensee Euch gleich mitgeangelt“, brummt er, um von Johannes und seiner eigenen Schuld abzulenken.

„Geangelt? Ein zutreffendes Bild hier am See in Altshausen und bei uns am Gnadensee“, sagt Herr Friedrich humorvoll und herzlich. „Ich habe dem jungen Mann, der als nachgeborener Sohn aus niederem Adel bei Euch keine Aufstiegsmöglichkeit haben würde, nur eine wohlbestallte Vogtei angeboten, die gerade frei geworden ist. Mit der Vogtei Öhningen ist der Besitz eines großen Herrenhauses verbunden und außerdem die Aussicht, bei erfolgreicher Tätigkeit mit einer weiteren Vogtei belehnt zu werden. In dem geräumigen Herrenhaus kann Wolfram eine Familie gründen. Dort können Kinder unbeschwert und gesund aufwachsen. Gewiss werdet Ihr nicht so unedel handeln und dem jungen Mann dieses einmalige Angebot nicht gönnen. Gebt ihn frei für Öhningen!“ Wieder wallt ein Rest des alten Jähzorns in Graf Heinrich auf. Wütend starrt er in das gelassene Antlitz des Abtes. „Und dazu auch noch die Hand meiner Tochter Luitgard? Das Mädchen hat es wirklich gewagt, sich meinem Willen zu widersetzen. Sie will lieber in Buchau den Schleier nehmen als den Ehemann, den ich ihr ausgesucht habe, den Herrn von Eisingen, zu heiraten!“ Der Landkomtur legt ihm beruhigend die Hand auf den Arm. „Wie ich hörte, ist der Herr von Eisingen doppelt so alt wie Eure Tochter. Hat er nicht bereits erwachsene Kinder aus seiner ersten Ehe? Eure Tochter Luitgard ist ein prachtvolles Mädchen, weil sie zu einer solchen Ehe ein klares Nein gesagt hat.“ Offensichtlich ist der Graf über diese Aussage so schockiert, dass er nichts zu sagen weiß.

Die Natur kommt ihm zu Hilfe. Ein leichter Nieselregen setzt ein. Wie auf ein Kommando erheben sich die drei Herren und streben mit großen Schritten der Ordensburg zu. Als sie die Schmiede erreichen, hört der Regen so plötzlich auf, wie er begonnen hat. In der offenen Schmiede wird gerade eines der prachtvollen Pferde beschlagen, die aus arabischem Vollblut stammen. Mit Interesse verfolgt Graf Heinrich jede Handbewegung des Schmieds und bewundert das herrliche Tier, ohne sich zu äußern. Der Landkomtur rühmt die Vorzüge dieser edlen Tiere mit arabischem Stammbaum. Er merkt wohl, dass der Graf ihm nur scheinbar gelangweilt zuhört. Dabei bewundert er den schmalen edlen Kopf des Hengstes und seine feurigen dunklen Augen. „Wie mir unser Deutschordensritter Bruno berichtet hat, ist Euer Sohn Georg ein vorzüglicher Reiter. Mit Herrn Bruno haben Georg und Wolfram weite Tagesritte unternommen. Unter anderem habe ich den jungen Leuten auch dieses Pferd geliehen. Georg hat es geritten!" „So? Gut! Dann wird es wenigstens kein Benediktiner!" knurrt der Waldstetter mit einem bösen Seitenblick auf Abt Friedrich. Der Abt lächelt still vor sich hin. Graf Heinrich kann seinen Stolz auf seinen Sohn nämlich trotz allem nicht verbergen. Als das edle Tier an ihm vorbeigeführt wird, tätschelt er es beinahe zärtlich. „Nach der Mittagshore erwarte ich die Herrn zum Mittagsmahl im Remter", lädt der Landkomtur ein. Er möchte die Söhne des Grafen und Wolfram vor einer plötzlichen Begegnung mit dem Grafen bewahren und unter anderem auch mit seiner unbotmäßigen Tochter Luitgard.

Die jungen Leute speisen mit Bruder Reginbert und Kilian bei Frau Agnes und deren Tochter im Gästehaus. Auch hier gibt es fangfrische Forellen mit feinen Kräutern, weißes Brot, Butter und zartes Gemüse zu reinem vortrefflichen Weißwein. Sie speisen vergnügt und lassen es sich bei munterer Unterhaltung gut schmecken. Ihre Angelegenheiten ruhen in den Händen ihrer himmlischen Fürsprecher, aber auch in den tatkräftigen und geschickten Händen ihrer irdischen Anwälte – Abt Friedrich und Landkomtur Marquard von Küngsegg.

Der rote und weiße Meersburger, den der Herr Landkomtur im Remter allen kredenzen lässt zur Feier des Tages und zu Ehren der Gäste, verfehlt wiederum nicht seine auflockernde und beruhigende Wirkung auf Graf Heinrich von Waldstetten. Seine verkrampfte Miene entspannt sich mehr und mehr. Langsam begreift er, dass der Eintritt in die Abtei auf der Reichenau für seinen Sohn Johannes eine durchaus ehrenvolle Lösung ist. Er kann seinen wissenschaftlichen Neigungen leben, genießt als Mönch und gewiss auch einmal später als Magister in der Klosterschule Achtung und Ansehen. Er braucht nicht in einer Studierstube einsam dahinzuleben, weil er unter jagdfreudigen Rittern keine gute Figur abgibt. Und im Fall des Wolfram von Tannen? Für den Zweitgeborenen seines Vogtes stellt die Belehnung mit einer reichen Vogtei, die Besitzungen der Reichenau diesseits und jenseits des Untersees, am Rhein und im Gebiet des Zeller Sees verwaltet, einen gewaltigen Aufstieg dar. Durch eine Heirat mit ihm würde die widerspenstige Tochter Luitgard immerhin in ein stattliches Herrenhaus einziehen. Den Eisinger, darüber macht der Graf sich keine Illusion, hätte sie auf keinen Fall genommen. Sie würde bei seinem endgültigen Nein zu einer Ehe mit Wolfram mit Sicherheit davonlaufen und in dem Stift Buchau Nonne werden. Wie soll er alledem zustimmen, ohne sein Gesicht zu verlieren? Er genießt es nun einmal, dass er als unerbittlich und starr von den Menschen gefürchtet wird. Das gibt ihm ein Gefühl der Überlegenheit und der Sicherheit. Nun soll er mit einem Mal nachgeben, und das gleich in drei Fällen. Drei? Und was wird aus Georg? Er kann ihn, wenn er die Pläne der andern gutheißt, unmöglich wieder zum

Studium zwingen, das so gar nicht seinen Neigungen entspricht. Soll er Verwalter bei seinem Bruder Karl werden? Dann müsste er seinen Vogt von Tannen vorzeitig auf sein kleines Gut verbannen. Das hat der brave Mann nicht verdient. Ja, was soll aus Georg werden? Er überwindet seinen Stolz und fragt den Abt der Reichenau. Herr Friedrich antwortet ihm: „Ich bedauere sehr, dass er nicht zu uns kommen will. Er hat so selbstlos an seinem Bruder Johannes gehandelt, dass er gewiss auch in anderer Hinsicht zu einer großen Opferfähigkeit bereit sein würde, wenn sie ein Orden von ihm verlangt. Nun, ich habe seine klare Absage respektiert, wenn auch nicht mit innerer Freude. Georg besitzt einen klugen und gesunden Verstand, aber er hat meiner Meinung nach nicht das Zeug zum Wissenschaftler. Ich werde mit Euch um eine gute Lösung für ihn beten."

Nach der ausgedehnten Mahlzeit rät Herr Marquard beiden hohen Gästen, sich ein wenig Ruhe zu gönnen. Abt Friedrich begleitet den Grafen auf den Burghof. „Von meiner Familie und Wolfram habe ich außer im Gottesdienst nichts zu sehen bekommen. Mich deucht, dass dieser Landkomtur ein listiger Mann ist. Er hat mich nämlich so ausgiebig betreut, dass ich gar nicht dazu gekommen bin. Ich gebe zu, dass es ohne Euer und sein Eingreifen wahrscheinlich eine allzu stürmische Begegnung geworden wäre. Meine Antwort auf alle anstehenden Fragen wäre wahrscheinlich – auch das gestehe ich ein – aller Voraussicht nach ein schroffes Nein gewesen, weil ich eine derartige Härte einfach als angemessene Antwort angesehen hätte. Herr Abt, würde es Euch etwas ausmachen, mir den Weg zum Grab des seligen Hermannus Contractus zu zeigen? Das haben wir bei unserer Besichtigung heute morgen nämlich vergessen." „Ihr hättet es wohl auch nicht zu schätzen gewusst, Herr Heinrich. Heute morgen wart Ihr dem lieben Seligen noch reichlich gram vor unserer Unterredung am See, nicht wahr? Wenn sich das inzwischen geändert hat, ist es besser, dass Ihr ihm erst jetzt begegnet!“ Sie haben bereits damit begonnen, die hohen, ausgetretenen Stufen treppab zu steigen, als ihn Abt Friedrich bittet, noch einen Augenblick zu verharren. „Neben dem Sarkophag des Hermann steht ein anderer, der mit roten Rosen geschmückt ist. Darin ruht die hierzulande von den Leuten innig verehrte und geliebte Frau Hiltrud. Sie war zeitlebens mit ihrem Sohn eng verbunden. Oft besänftigte sie den allzu rauhen Sinn ihres Gatten, und sie war eine barmherzige Mutter der Armen.“ Graf Heinrich lächelt ihn an und flüstert: „Ob man das später nicht auch am Grabe meiner Gattin Agnes sagen wird?“

Dann steigt er die letzten Stufen der Wendeltreppe hinab. Auf dem Sarkophag des Hermann liegen wieder frische weiße Rosen. Eine hohe Kerze brennt und spendet ihren milden Schein. Auf dem Sarkophag der Gräfin Hiltrud liegt ein Strauß roter Rosen. Auf dem Betschemel im Glanz der hohen Kerze kniet innig betend die Gräfin Agnes von Waldstetten.

12
Te deum laudamus

Frau Agnes schaut nicht auf, als Herr Heinrich etwas mühsam und schwerfällig auf der Betbank vor dem Sarkophag des Hermannus Contractus niederkniet. Sie weiß wahrscheinlich gar nicht, wer da gekommen ist. Abt Friedrich von Wartenberg entfernt sich leise. Langsam steigt er zur Burgkirche empor und betet dort vor dem Marienbild für die beiden Gatten. Ist es nicht auch wie eine Fügung, dass sich beide dort begegnen, wohin ihre Söhne gepilgert sind? Möge Gott die Wandlung vollenden, die sich in Herrn Heinrichs Gemüt bereits seit seinem Gespräch mit Bürgermeister von Heimanns in Heidelberg und seinem Besuch in Marienpfort immer mehr vollzogen hat, so sehr sich sein stolzer und starrer Sinn auch dagegen gewehrt hat. Gott hat seine Methoden…

Unten in der Krypta ist es still. Auf den beiden Sarkophagen liegen wieder frische Rosen, weiße auf dem des Hermann, und brennen Kerzen. „Ob meine Gemahlin die Blumen hingelegt und die Kerzen angezündet hat? Das würde zu ihrer Art passen", denkt Graf Heinrich. Er wirft ihr einen verstohlenen Seitenblick zu. Sie kniet da wie zuvor, das Gesicht in den Händen verborgen. Im Geiste geht der Graf noch einmal das Gespräch am See mit Herrn Marquard und Abt Friedrich durch. Die Worte der beiden lassen ihn innerlich nicht zur Ruhe kommen. Seiner stolzen Art widerstrebt es zutiefst, sein Unrecht einzugestehen, obwohl er es nunmehr auch als solches empfindet. Es war falscher Stolz, dass er jahrelang seinen Sohn Johannes vor den Augen der Welt verborgen hat. Nun kniet er hier vor den sterblichen Überresten eines Schwerstbehinderten, dessen Ruhm durch die Jahrhunderte fortdauert. Auch an ihm hat der leibliche Vater lieblos gehandelt, als er ihn auf der Reichenau ablieferte, das hilflose, heimwehkranke Kind von der Mutter trennte. Graf Wolfrad konnte nicht ahnen, dass aus seiner Lieblosigkeit Segen für Hermann erwachsen würde. Nur durch die väterliche Fürsorge des Abtes Berno konnte Hermann trotz seiner schweren Behinderung zu einem vollwertigen Menschen werden und ein erfülltes Leben führen. Nun hat scheinbar dieser selige Hermannus Contractus von der Ewigkeit aus durch den selbstlosen und mutigen Einsatz seines Sohnes Georg seinem Zwillingsbruder Johannes geholfen, und er hat auch ihm, dem Vater, die Augen geöffnet. Nach einigem Zögern betet Graf Heinrich – und dieses Gebet ist bereits ein Eingeständnis seines Unrechts –: „Heute möchte ich mich für deine Hilfe bedanken, seliger Hermannus! Welches armselige Leben hatte ich meinem armen Johannes zugedacht... Er hätte Jahr um Jahr in seiner Turmstube verbracht, einsam und abgeschlossen von der Welt. Ich habe selbstsüchtig gehandelt und großes Unrecht getan. Welch ein Glück, dass meine Söhne mir ungehorsam waren und deinen Spuren gefolgt sind! Ich war nie besonders fromm. Vom Nötigsten abgesehen, überließ ich Beten und Kirchgang meinen Frauensleuten. Es schien mir ausschließlich für sie gemacht und auf sie zugeschnitten. Was ich nun, seit ich in Heidelberg war, erfahren habe und erleben durfte, scheint mir eine einzige wunderbare Fügung zu sein. Alles folgt so aufeinander oder reiht sich nahtlos aneinander, als ob es von vorne herein so geplant wäre. Gewiss hast du dabei mitgewirkt. Dank dir, lieber Seliger im Himmel, dass du dich für die Meinen fürbittend an Maria, Unsere Liebe Frau, gewandt hast. Du musstest lebenslang Geduld üben, weil dein großer und feuriger Geist in einem siechen Körper wohnte. Stehe mir bei, dass ich meine ungestüme und heftige Wesensart mäßigen lerne! Gib mir, dass ich gütiger und verständnisvoller, geduldiger und behutsamer mit den Menschen umgehen lerne!“

Wieder schaut der adelige Beter verstohlen zu seiner Frau hinüber. Sie hat die Hände vom Gesicht genommen und gefaltet. Über ihre Wangen, auf die der milde Kerzenschimmer fällt, rinnen lautlos Tränen. Ihre Lippen bewegen sich in stummem und flehentlichem Gebet. „Warum weint Frau Agnes? Fürchtet sie sich vor mir? Quält sie sich aus lauter Sorge um das Wohl unserer Kinder? Bin ich denn wirklich ein solcher Tyrann gewesen?“ Ganz leise erhebt er sich und nähert sich ihr behutsam. Sie zuckt zusammen, als er ihr die Hand auf die Schulter legt. Mit einem furchtsamen Gesichtsausdruck sieht sie zu ihm auf. „Frau Agnes,“ flüstert er ihr zu. „Wäret Ihr bitte so gut und kämet mit mir nach draußen?“ Sie erhebt sich sofort, wirft aber noch einen flehentlichen Blick auf den Sarkophag der Frau Hiltrud. Der Blick ist ihm nicht entgangen. Er reicht ihr fürsorglich seine Rechte, als sie auf einer der hohen, ausgetretenen Stufen zu stolpern droht. Draußen auf dem Burghof streicht er ihr unbeholfen die Tränen von den Wangen. Sie sieht überrascht zu ihm auf. „Bitte, weint nicht mehr, meine liebe Frau Agnes!“ sagt er. „Alles wird gut werden.“ Da bekennt sie mit zitternden Lippen, aber auch zugleich mit tapferer Entschlossenheit: „Herr Heinrich, ich befürchte, dass unsere beiden Söhne und Wolfram sich Euren Zorn zugezogen haben. Gewiss, ihr Handeln war eigenmächtig, aber es geschah aus reiner und selbstloser Liebe. Bestraft sie nicht, weil Ihr erzürnt und verletzt seid! Bitte, hört auf die Stimme Gottes, die aus all den wunderbaren Fügungen zu Euch und zu uns allen spricht. Lasst wirklich alles gut werden!" Zunächst gibt er ihr keine Antwort. Er nimmt ihren Arm und führt sie an den Torwachen vorbei hinaus ins Freie. Seine Linke weist über das weite, fruchtbare Hügelland mit seinen Dörfern, Äckern, Wäldern und kleinen Seen. „Bietet dieses Land unter dem Banner der Deutschherrn nicht ein Bild des Friedens, Frau Agnes? Ich bewundere diese wohlgeschulten und disziplinierten Ritter Christi. Vor vielen Jahren haben sie im Heiligen Land gestritten, um die Gedenkstätten an das Leben und Leiden unseres Herrn und Heilandes aus den Händen der Mohammedaner zu befreien. Landkomtur Marquard sagte gestern: ‚Heiliges Land ist überall da, wo ein Mensch Christus wahrhaft dient, dem Herrn und seiner heiligen Mutter Maria. Dann ist er auch in der rechten Weise um das Wohl seiner Mitmenschen besorgt!' Wisst Ihr, Frau Agnes..." Er hält inne und geleitet sie auf einem schmalen Pfad zu einem kleinen Tor, das in die spätsommerliche Pracht eines Blumengartens führt. Frau Agnes schweigt. Insgeheim wundert sie sich aber über die verhaltene Art ihres sonst so raschen, lauten und zornmütigen Gatten. Sollte Hermannus Contractus tatsächlich auch bei ihm einen Sinneswandel bewirkt haben? Hoffnung keimt in ihr auf. Herr Heinrich zieht sie auf eine graue Steinbank nieder. „Wollen wir uns in dieser Blumenpracht etwas ausruhen und sie bewundern? Allzu bald muss sie ja den Nebeln, Stürmen und Regengüssen des Herbstes weichen." Sie lässt sich gehorsam nieder und ordnet sorgsam ihre weiten Röcke. So besinnlich hat sie ihn nie erlebt. Er nimmt ihre Hand und betrachtet den breiten Goldreif am Ringfinger, das Zeichen ehelicher Verbundenheit und Treue. Einen anderen Schmuck trägt Frau Agnes nur, wenn ein festlicher Anlass dies erfordert. „Meine Liebe, ich habe Euch eben am Grabe der edlen Frau Hiltrud gefunden. Sicherlich wisst Ihr von dem Reichenauer Bibliothekar inzwischen alles, was über sie überliefert worden ist, nicht wahr? Ihr Gemahl, Graf Wolfrad II., war einer der mächtigsten Männer in den Landen oberhalb des Bodensees. Seine Untertanen fürchteten seine anmaßende Härte und seine grausamen Urteile. Er war allzu rasch im Strafen und unbarmherzig gegenüber unverschuldet Armen. Frau Hiltrud verstand es, seinen rauhen Sinn zu besänftigen. Sie lenkte ihn zu Christus hin. Die innigste Bindung zwischen ihr, der Mutter von fünfzehn Kindern, bestand lebenslang zwischen ihr und ihrem behinderten Sohn Hermann. Ich weiß dies alles auch von Bruder Reginbert. Er ist am gestrigen Abend noch spät zu mir gekommen und hat mir alles erzählt. Nun sind Mutter und Sohn wenigstens im Tode hier in Altshausen wieder vereint. Ihr wundert Euch, dass ich dies alles zu Euch sage, und fragt Euch, warum ich mit Euch darüber spreche, nicht wahr?" Sie wendet ihm ihr immer noch schönes, mütterliches Antlitz zu. Die Eheleute sehen sich lange an. Sie schweigen, aber ihre Blicke sprechen von Liebe und Verständnis füreinander.

Endlich erhebt sich Herr Heinrich. Er pflückt eine der letzten, beinahe voll erblühten tiefroten Rosen und überreicht sie ihr mit einer leichten Verneigung. Als sie die Blume aus seiner Hand nimmt, leuchtet ihr Antlitz auf. Er setzt sich wieder neben sie auf die Bank. „Frau Agnes, zum einen Mal möchte ich Euch dafür danken, dass Ihr für mich eine Hiltrud gewesen seid! Manches habt Ihr von mir ertragen, und Ihr habt mich trotzdem nicht aus eurer großherzigen Liebe entlassen. Durch Eure Güte habt Ihr viele meiner Härten gegen andere ausgeglichen, deren ich mich schuldig gemacht habe. In unserer Grafschaft lieben Euch die Menschen. Außerdem möchte ich Euch dafür danken, dass Ihr auf unserer Reise nach Altshausen bestanden habt, als ich sie vorschnell und zornig ablehnen wollte. Die Zusage ist mir nicht leicht geworden, und ich habe Euch dies überdeutlich zu verstehen gegeben. Und wie gut und richtig war es von Euch, dass Ihr zuvor unseren Söhnen nichts in den Weg gelegt habt, als sie von Heidelberg bei Euch eintrafen und zur Reichenau pilgern wollten. Ich gestehe Euch heute ein, dass unserem Johannes ohne Georgs mutiges Tun wirklich ein erbärmliches Leben beschieden gewesen wäre. Weil sein stolzer und törichter Vater sich seiner schämte, hätte er, vor den Menschen versteckt, in der Turmstube dahindämmern müssen." Sie möchte seine schonungslose Selbstbezichtigung gütig beenden. Sie sagt rasch: „Herr Heinrich, Ihr habt es nicht besser gewusst." „Ich wusste es, Frau Agnes. Ich spürte, dass ich Johannes Unrecht tat, aber ich habe es nicht anders gewollt. Vor meinen ritterlichen Standesgenossen wollte ich einfach keinen schwachen Sohn haben. Ja, ich schämte mich seiner. Was meint Ihr, wie empört ich zuerst bei Bürgermeister von Heimanns aufgetreten bin, als er und sein Sohn Benno mir die Gründe für Georgs und Wolframs offenen Ungehorsam erklären wollten! Als ich von den Heidelbergern hörte, dass sie Herrn Kilian mitgenommen hatten, den ich für einen raffinierten Bettler und Gauner hielt, war ich völlig außer mir. Hätte ich damals geahnt, dass Kilian ein Wartenberger ist! Ich habe mich sogar mit dem Prior und dem Archivar in Marienpfort angelegt und ihnen herbe Vorwürfe gemacht.

Der Bürgermeister, sein Sohn Benno und mein Sohn Karl hatten die größte Mühe, mich einigermaßen zu beruhigen. Ihr habt es daheim selbst erfahren müssen, wie ungestüm ich noch darauf bestanden habe, die beiden Abtrünnigen wieder dem Studium zuzuführen. Hätten nicht alle mir gut zugeredet – vor allem Ihr, meine liebe Frau, wäre ich der Einladung nach Altshausen nicht gefolgt. Ich wusste, dass ich nicht mehr im Recht war, aber ich wollte mein Unrecht nicht zugeben. Hemma und Karl sind überglücklich, weil sie ein Kind erwarten. Haben unsere anderen Kinder und auch der treue Freund Wolfram denn keinen Anspruch auf Glück? Habt Ihr, Frau Agnes, nicht den allerersten Anspruch darauf?"

Da legt sie ihre schmale Hand auf die breite, kräftige ihres Mannes. „Nun macht endlich Schluss mit Euren Selbstvorwürfen! Ich habe Euch verstanden und betend und bittend eure Wege begleitet. Innerlich wusste ich schon längst, dass Ihr trotz alles äußeren Grollens die kühne Reise unserer Söhne und ihres Freundes verziehen habt. Ihr waret insgeheim sogar froh darüber, dass sie ein solches Wagnis auf sich genommen haben. Ich bin zudem davon überzeugt, dass Ihr unseren Sohn Johannes mit Freude und Bereitschaft dem großartigen Abt Friedrich von der Reichenau, seinem gelehrten Bibliothekar Reginbert und seinem kunstfertigen Freund Kilian anvertraut. Ich weiß auch, dass Ihr, weil ihr im Grunde Eures Herzens großmütig seid, wenn nicht ein falscher Stolz Euch den Weg verstellt, Wolfram von Tannen das Amt des Vogtes zu Öhningen gönnt… und…" Sie atmet einmal tief durch. Ihre Hand greift fester zu, als müsse sie die seine niederhalten. „Und unserer Tochter Luitgard das eheliche Glück, das sie nur bei Wolfram finden wird." Seine Hand hat unter der ihren kurz gezuckt, so als wolle er sich wehren, aber dann ergibt er sich dem sanften Druck ihrer Hand. Dennoch brummt er scheinbar missmutig: „Der alte Eisinger findet wohl eine andere Frau, die sich seines großen Reichtums und seiner Kinderschar annimmt.“ Sie lächelt kaum merklich. Es fällt dem stolzen Grafen schwer, vor ihr und vor sich selbst einzugestehen, dass er sich in allem geirrt hat, was seine Kinder Georg, Johannes und Luitgard anbetrifft. „Und was wird aus Georg?“ meint er schließlich und sieht sie fragend an. Ratlos hebt sie die Schultern. „Da bin ich wirklich überfragt, Herr Heinrich. Er hat bislang nur für die anderen gelebt. Seine Zukunftspläne scheinen noch völlig im Dunklen zu liegen. Er hat gar nicht von sich selbst gesprochen.“ „Das ist eigentlich eine wunderbare Haltung – so ganz von sich abzusehen. Aber nun wollen wir ins Haus gehen, meine liebe Frau. Es herbstelt bereits und der Wind wird kühl.“

Höflich bietet er ihr den Arm. Sie trägt in der Rechten seine rote Rose. Die Gesichter beider Menschen sind so hell und glücklich wie die eines jungen Paares. Sie kommen an zwei jungen Leuten vorbei, die auf einer Holzbank unter einer Trauerweide sitzen, ohne sie zu bemerken. Luitgard und Wolfram sehen dem älteren Paar verwundert nach. „War das wirklich mein ansonsten so grimmiger Herr Vater mit meiner im allgemeinen ängstlichen Frau Mutter?“ meint Luitgard. „Beide scheinen wie verwandelt.“ Wolfram zieht sie hoch. „Komm, Luitgard! Nehmen wir die günstige Gelegenheit beim Schopf. Gehen wir ihnen nach und sprechen wir mit ihnen. Vogt Wolfram von Öhningen bittet den Herrn Grafen Heinrich von Waldstetten um die Hand seiner Tochter Luitgard!“ Ihre Hände verkrampfen sich. Dann stimmt sie entschlossen zu. „Bringen wir es hinter uns, Wolfram.

Meine Drohung, in Buchau den Schleier zu nehmen, wenn er mich zur Heirat mit dem alten Eisinger zwingen wollte, hat ihn bereits ordentlich erschreckt.“ Er umfasst ihre Schultern. „Hättest du das wirklich getan, Liebste?“ Da schüttelt sie so ungestüm ihren Kopf, das ihre Flechten sich zu lösen beginnen. „Nein, nein und nochmals nein! Eher wäre ich barfüßig und arm wie eine Kirchenmaus zu dir nach Öhningen geflohen.“ Er neckt sie: „Ob ich aber eine solche Bettlerin genommen hätte?“ Sie lacht und gibt ihm einen Klaps. „Warte, du geldgieriger Bursche!“

Im Burghof finden sie Herrn Heinrich und Frau Agnes. Aber mit ihnen weilt dort Landkomtur Marquard. Abt Friedrich und neben einer großen Anzahl Deutschherrn, Knechten und Mägden, auch Bruder Reginbert, Johannes und Kilian sind dort versammelt. Alle blicken gespannt zum weit geöffneten Tor der Ordensburg. Was erwarten sie wohl Besonderes? Wolfram und Luitgard tauchen zunächst einmal in der wartenden Menge unter. Sie haben keine Ahnung von dem, was nun kommen wird. Ein anderer nutzt mit großer Entschlossenheit aus, dass er nun vor allen Augen mit Herrn Heinrich sprechen kann. Dann wird der Graf gewiss nicht allzu schroff reagieren, wenn ihm viele Menschen dabei zuhören. Johannes geht mit seinem leichten Hinken auf den Vater zu. Er verbeugt sich vor ihm und vor seiner Mutter. „Herr Vater!“ Graf Heinrich nimmt die gesunde Rechte seines Sohnes in seine breite Hand. Er drückt sie herzlich. „Endlich sehe ich dich, mein lieber Sohn! So sieht also der künftige Gelehrte des Inselklosters Reichenau aus!“ Sein Lächeln verrät eine leise Wehmut. Aber dann legt er seinen Arm mit festem Druck um die schmalen Schultern seines Sohnes, der vor Erstaunen regungslos verharrt. „Ich freue mich aufrichtig für dich, lieber Johannes, dass du deinen Weg gefunden hast und dazu einen vortrefflichen Lehrmeister." Wohlwollend nickt er dem völlig verwirrten Reginbert zu. Er war rasch herbeigeeilt, um seinem zukünftigen Mitbruder notfalls beizustehen. Herr Marquard und Abt Friedrich tauschen einen Blick, der Verständnis und Freude verrät. Das Unwetter aus Waldstetten ist eigentlich gar nicht richtig ausgebrochen. Es war nur eine Art Wetterleuchten. Mit einiger Neugier fragt Herr Heinrich nun seinen Sohn Johannes: „Was ist hier eigentlich los? Worauf warten alle so gespannt?" Johannes will ihm gerade antworten, da erblickt der Graf Wolfram und Luitgard, die vorhin wie gebannt stehen geblieben sind, als sie so viele Augen auf sich gerichtet sahen. Erst nach einiger Zeit merken sie, dass die Menschen weiter auf das offene Burgtor blicken. Sie waren gar nicht gemeint. Eben wollen sie verstohlen in der Menschenmenge untertauchen, als sie dem Blick des Grafen begegnen. Er winkt sie zu sich heran. Nun wird es ihnen bei all ihrer Entschlossenheit doch etwas unheimlich zumute. Sie kommen zögernd näher und fühlen sich wie zwei ertappte Sünder. Die scharfen Augen des Grafen blitzen sie an, aber sie rechnen nicht mit dem, was sich nun ereignet. Graf Heinrich hält Wolfram seine Rechte hin und meint schmunzelnd: „Meinen herzlichen Glückwunsch, Herr Vogt Wolfram, zu Eurem neuen Amt... und auch zu Eurer schönen Verlobten und zukünftigen Gemahlin, meiner Tochter Luitgard." Er schüttelt dem vor Staunen verstummten Wolfram kräftig die Hand und reicht ihn seiner Gemahlin weiter. Luitgard stößt einen Jubelruf aus, fällt dem Vater spontan um den Hals und küsst ihn vor aller Augen. Herr Heinrich lässt ich das gerne gefallen. Dann streicht er seinen zerzausten Bart glatt. „Diese Frauensleute sind doch ein närrisches Volk", brummt er vergnügt. Johannes erinnert ihn: „Ihr wolltet eben wissen, auf wen wir hier warten. Wir warten auf Herrn Bruno und auf Georg. Beide haben sich erboten, je eines der edlen jungen Pferde einzureiten. Eine Nachzucht aus arabischem Vollblut. Eigentlich müssten sie schon hier sein..." Beruhigend fasst Graf Heinrich nach der Hand seiner Gattin. „Sorgt Euch nicht, meine Liebe, Georg ist schon mit größeren Schwierigkeiten fertig geworden! Er hat sogar einen Drachen besiegt." Bei den letzten Worten zeigt er auf seine eigene Brust.

Mit einem Male ertönt lautes Jubelgeschrei. Auf prachtvollen jungen Rapphengsten sprengen zwei Reiter in den weiten Hof der Ordensburg Altshausen. Die beiden Reiter sind mit Schweiß und Staub bedeckt. Ihre Gesichter zeigen deutliche Anzeichen großer Erschöpfung. Als sie in den Hof preschen, weicht die Menge furchtsam zurück. Dicht vor dem Landkomtur von Küngsegg bringen sie die zitternden Jungpferde zum Stehen. Dicke Schaumflocken triefen den Tieren aus Maul und Nüstern. Mühsam und steif lassen sich die beiden Reiter langsam aus dem Sattel sinken. Hölzern und knapp verbeugen sie sich vor Herrn Marquard. „Wir haben Ihren Auftrag ausgeführt, Herr Landkomtur", meldet Georg mit heiserer Stimme. „Es sind herrliche Pferde." Der Deutschherr Bruno fügt hinzu: „Mit Gottes Hilfe und dank Herrn Georgs Ausdauer haben wir sie schließlich bändigen können. Es war nicht leicht. Wahrscheinlich hätte ich ohne Herrn Georg den Kampf aufgegeben. Er musste mein Pferd zweimal einfangen und mir wieder in den Sattel helfen." Dieses freimütige Bekenntnis scheint dem Landkomtur ebenso gut zu gefallen wie das ritterliche Verhalten des jungen Grafen. Einige Deutschritter nehmen sich der müden Pferde an und führen sie mit den

Knechten zu den Stallungen. Herr Marquard ergreift die etwas zittrige Rechte des Waldstetters. „Kommt mit mir, Herr Georg! Ihr sollt heute noch einen zweiten Sieg erringen!“ Der Landkomtur bahnt sich mit seinem Begleiter einen Weg durch die Menge, die ehrfurchtsvoll vor ihm zurückweicht. Ohne zu zaudern, geht er auf den Grafen Heinrich und seine Gemahlin zu und bleibt mit Georg vor ihnen stehen. „Nun, mein lieber Graf von Waldstetten, und Ihr, Frau Gräfin, seid Ihr nicht stolz auf Euren zweitgeborenen Sohn? Wolltet Ihr einen solchen Reiter wirklich zu einem Leben mit Folianten, Tintenfass und Gänsefedern verdammen? Er besitzt alle Tugenden, die ich mir für einen Deutschherrn der Kommende Altshausen und der Ballei Elsaß-Burgund wünsche. Nehmt mir meine Einmischung nicht übel, aber wenn er mein Sohn wäre, würde ich ihn keinesfalls wieder nach Heidelberg senden. Wisst Ihr wirklich nicht, was ich an Eurer Stelle tun würde, Graf Heinrich?“ Der Graf spielt gekonnt den Ahnungslosen. Er zuckt mit den Achseln und murmelt, ohne seinen bis aufs Äußerste gespannten Sohn anzusehen und ohne auf den Händedruck von Frau Agnes zu achten: „Sososo… hm, hm – ja, es würde mich interessieren, was Ihr mit einem solchen Sohne anfangen würdet, Herr Landkomtur.“ Beinahe gelangweilt spielt er mit seinem Bart. Der Landkomtur hat ihn durchschaut. Er lacht laut und herzlich. „Oh, Ihr seid mir wirklich ein Fuchs, Herr Graf, aber mich könnt Ihr nicht täuschen. Als ob Ihr wirklich nicht wissen würdet, was ich an Eurer Stelle mit Georg anfangen würde. Ja, ich würde ihn dort lassen, wo sich seine ritterlichen Tugenden voll und ganz entfalten können – in der Kommende Altshausen.“ Georg macht vor Freude einen kleinen Luftsprung. „Ihr wollt mich wirklich behalten, Herr Landkomtur?

Oh, ich wollte Euch heute darum bitten, wenn wir es wirklich schaffen würden, die beiden Hengste zuzureiten. Eure Zusage hätte ich kaum zu hoffen gewagt!" Er presst voller Begeisterung mit aller Kraft die Hand seines Fürsprechers. „Vorsicht, junger Mann!" warnt Herr Marquard und befreit seine Rechte hastig aus dem allzu festen Griff. „Wenn Ihr mir die Knochen brecht, überlege ich es mir noch einmal, ob ich Euch hier behalten will!" Er reibt scherzhaft seine gequetschte Hand. Nun schaut Georg seinen Vater an. Hat der Graf nicht eben bereits seine Zustimmung gegeben, wenn auch auf eine seltsam verschlüsselte Art und Weise? Mit einem Mal ist er sich dessen nicht mehr so sicher. Blicken die Augen des Vaters nicht wieder finster? „Nun – du siehst mich fragend an, mein lieber Sohn", knurrt er mit gespieltem Grimm. „Was kann ich vor so vielen Zeugen anders tun, als mein demütiges Ja zu lauter fertigen Plänen zu sagen? Ich bin kein edles Araberpferd, sondern nur ein altes Streitroß, das des Kämpfens müde geworden ist und nur noch ein Ja nicken kann." Diese scheinbar bitteren Worte werden durch seine nunmehr aufleuchtenden Augen Lüge gestraft. Er nimmt den Sohn kurz in den Arm und führt ihn dann seiner Frau zu. „Euch und Eure Frau Gemahlin wird Altshausen gerne und oft als Gäste willkommen heißen", sagt der Landkomtur herzlich.

Als sich die vielen Probleme fast rasch und mühelos gelöst haben, meint Abt Friedrich von Wartenberg, es sei an der Zeit, dass er zur Klosterinsel zurückkehre. „Ich habe geradezu Heimweh nach unserer Gemeinschaft und nach unserem See." „Es hat einen besonderen Grund, wenn ich Euch dennoch bitte, bis nach dem 24. September, dem Fest des seligen Hermannus Contractus, bei uns zu bleiben, Vater Abt", antwortet ihm Herr Marquard. „Würdet Ihr mir diesen Gefallen tun? Ich selbst müsste längst in Beuggen sein, aber ich verschiebe diese wichtige Reise, weil ich dem Fest des Seligen in diesem ereignisreichen Jahr einen besonders feierlichen Charakter verleihen möchte. Würdet Ihr mich bitte in mein Arbeitszimmer begleiten? Ich habe etwas ganz Außergewöhnliches auf dem Herzen und möchte es mit Euch in allen Einzelheiten besprechen." Dieser Bitte kann sich Herr Friedrich natürlich nicht versagen. Die wichtige Unterredung dauert sehr lange, aber dann kommen beide Herren mit frohen und zufriedenen Gesichtern aus dem Zimmer. Der Landkomtur sendet einige seiner eigenen bewaffneten Knechte mit einem Eilbrief des Abtes zur Reichenau. Der Brief enthält einen einzigartigen Auftrag, der sofort erfüllt werden muss. Dagegen brauchen die Waldstetter nicht lange überredet zu werden, in der Ordensburg zu bleiben. Graf Heinrich ist ins Gästehaus übergesiedelt und lebt nun dort in der Wärme und Zuneigung seiner Familie und seines zukünftigen Eidams Wolfram. Natürlich muss er noch ab und zu den Überlegenen herauskehren, aber es geschieht auf eine harmlose und freundschaftliche Art, die niemand täuscht oder verletzt. Mit Georg macht er spielerische Fechtübungen, und er gibt Wolfram genaue Anweisungen für den Anbau dieser oder jener Feldfrüchte... In Begleitung des Deutschherrn Bruno wagt er sogar einen Ausritt auf dem Rücken eines der schnellen Pferde aus arabischem Blut. Abt Friedrich lädt ihn zu einer Jagd in den Waldungen der Reichenau ein. „Sie erstrecken sich bis weit über Kloster Schienen hinaus. Dabei könntet Ihr dann auch etwas Besonderes für Eure Seele tun. Unser Priorat Schienen hat einen ausgezeichneten Beichtvater. Einige Tage in der Stille dieses Klosters in der Waldeinsamkeit wären geradezu Balsam für Leib und Seele." Graf Heinrich blinzelt ihm zu: „Glaubt ihr wirklich, dass ich so etwas nach der strengen Altshauser Kur nötig habe? Sollte ich hier nicht viel Heilsames und Bitteres geschluckt haben?“ Todernst erwidert Abt Friedrich mit erhobenem Zeigefinger: „Lieber Herr Graf, nun muss ich die Heilige Schrift bemühen... Darin steht, dass auch der Gerechte siebenmal am Tage fällt.“ Abwehrend hebt Graf Heinrich beide Hände. „Dann will ich lieber erst gar nicht anfangen, alles zusammenzuzählen. Im Rechnen war ich immer schwach.“

Von Kilian, dem Bruder des Abtes, hört und sieht man schon seit Tagen wenig. Tag für Tag begibt er sich zum Schreinermeister der Ordensburg. Nach einer Unterredung mit dem Landkomtur bittet Kilian den Meister, nach seiner Anweisung ein besonders schönes Kästchen aus wertvollen Hölzern anzufertigen. „Gewiss ein Schmuckkästchen für eine der edlen Damen“, mutmaßt der Meister. Kilian lässt es dabei. Er lächelt und schweigt. Er schnitzt ein Halbrelief für den Deckel des Kästchens. Das Schnitzwerk zeigt in sorgfältig ausgeführter Feinarbeit einen gebeugten Mönch mit einer Krücke in der einen und einer Schreibfeder in der anderen Hand. Auf einer Schriftrolle ist zu lesen „SALVE REGINA“. In der linken Ecke ist ein Wappen sichtbar – drei Hirschstangen. In der rechten Ecke ist beinahe winzig klein, aber doch deutlich erkennbar der Turm des Berno-Münsters sichtbar, des Münsters auf der Reichenau. Mit großer Sorgfalt wird das Relief auf dem Deckel des Kästchens befestigt, und der Leim musste dann einige Tage trocknen. Dann wickelt Herr Kilian das fertige Kästchen in reines Linnen und bringt es heimlich dem Landkomtur. „Ihr seid ein Künstler, Herr Kilian“, lobt der Deutschherr. Mit Kilians Hilfe legt er das Kästchen sorgfältig mit rotem Samt aus. „Wollt Ihr nicht als Schnitzermeister für unsere vielen Kirchen und Kapellen in der Ballei tätig sein und bei uns in Altshausen bleiben?" „Herr Landkomtur, ich danke Euch für die Ehre, die Ihr mir mit Eurer Frage erwiesen habt! Ich habe die Reichenau zu meiner zweiten Heimat erwählt. Es wird nie mehr eine andere für mich geben können. Sollte mein Herr Bruder mich allerdings eine Weile an Euch ausleihen, bin ich gerne bereit, für Euch tätig zu sein."

Am Morgen des 24. September herrscht in aller Frühe reges Leben in der Ordensburg. Von den Türmen wallen die weißen Fahnen mit dem schwarzen Kreuz in der frischen Morgenbrise.

Die Burgkirche ist bis auf den letzten Platz gefüllt, denn am Morgengottesdienst nehmen die Ordensritter, ihre Gäste aus Waldstetten und von der Reichenau, viele Altshauser und auch jene Diener teil, die nicht durch ihre Pflichten daran gehindert sind. Die Kirche strahlt während dieser festlichen Laudes im Glanz vieler Kerzen. Die kräftigen Männerstimmen hallen machtvoll durch das Gewölbe. Wer die lateinischen Gebetsworte nicht beherrscht, der summt halt nur die Weise mit. Auch das ist vor Gott ein Gebet. Abt Friedrich bringt das heilige Opfer dar. Georg, Johannes und Bruder Reginbert ministrieren. Was macht es aus, dass Johannes sich dabei manchmal stützen muss, dass er hinkt? Sein Antlitz erstrahlt in einem so reinen, kindlichen Glück, dass Frau Agnes bei seinem Anblick beinahe zu Tränen gerührt ist. Nach dem Evangelium hält der Abt eine mitreißende Predigt. Es ist eine einzige Laudatio auf Hermann, den großen Sohn des Grafen von Altshausen und den Mönch der Reichenau. Man merkt dem Abt an, dass er einfach aus dem Herzen spricht. Er hat kein einziges Wort seiner Predigt vorher niedergeschrieben.

„Hermann hatte der Welt seiner Zeit viel zu geben in Kunst und Wissenschaft, aber er schenkte ihr – und uns – mehr als das, weil er bereits auf Erden in der Freiheit Gottes weilen durfte. Er schenkte den Menschen sein liebendes und großmütiges Herz. Er war groß im Geben, im Verzeihen und Versöhnen und im Lieben. Vielleicht war er am größten in seiner liebenden Verehrung der Gottesmutter, der er alle Leiden seines Körpers und die Schmerzen seiner Seele anvertraut hat. Er gab sich so sehr in ihre Mutterhände, dass sein Chronist Berthold von ihm sagen konnte: er war glücklich. Singen wir darum ihm und der himmlischen Mutter zu Ehren jenes Lied, das man eigentlich am Abend singt, sein Lied, das Salve Regina. Dieses Lied ist ja ein Glaubensbekenntnis, das Credo dieses einzigartigen glücklichen Dulders, der freimütig bekennen konnte: Die Güte des himmlischen Vaters stehet immerdar vor meiner Seele. Amen."

Kaum ist das Salve Regina verklungen, da bittet Abt Friedrich den Landkomtur in den Chorraum. Herr Marquard setzt sich auf einen vorbereiteten Sessel. Ein Deutschherr, es ist Bruno, tritt neben ihn, einen gefalteten Mantel über dem Arm. Mit lauter Stimme, die feierlich durch den Kirchenraum hallt, fordert Abt Friedrich den Grafen Georg auf. „Herr Georg von Waldstetten, würdet Ihr bitte hierher kommen und vor dem Herrn Landkomtur niederknien? Wir haben uns an diesem Fest des Hermannus Contractus zu einem symbolischen und außergewöhnlichen Akt entschlossen. Später wird diese Handlung in der ordensüblichen Weise nachvollzogen werden!" Abt Friedrich nimmt den weißen Mantel mit dem schwarzen Kreuz und segnet ihn. Dann reicht er ihn dem Landkomtur. Herr Marquard legt den Mantel langsam und feierlich um die Schultern des jungen Mannes, reicht ihm die Hand und hilft ihm beim Aufstehen. Dann treten die drei Männer im weißen Mantel mit dem schwarzen Kreuz etwas zur Seite. Sie bleiben aber im Chorraum. Abt Friedrich winkt dem Bibliothekar Bruder Reginbert. Der Bruder nimmt einen dunklen Habit von einem Seitentischchen und reicht ihn dem Abt. „Johannes von Waldstetten, tretet vor!“ Mit Hilfe des Bruders kniet Johannes etwas mühsam nieder. Abt Friedrich segnet das Ordenskleid und streift es behutsam dem Knienden über. „Empfangt das heilige Kleid unseres Ordens an diesem Fest des seligen Hermannus Contractus und eifert ihm durch Euer treues Leben im Orden des heiligen Benedikt nach!“ Der Abt und Bruder Reginbert helfen dem überglücklichen Johannes beim Aufstehen. Die Anwesenden spüren alle, dass mit dieser symbolischen Übergabe des Ordensmantels und des Habits etwas Endgültiges geschehen ist. Dieses Kleid werden die beiden Brüder nun im Leben und im Tode tragen, ohne es je freiwillig abzulegen. Beide gehören unverbrüchlich Christus. Ihr Ordenskleid ist nur das äußere Zeichen ihrer inneren Hingabe.

Nach der ergreifenden Feier finden sich alle im Festzelt auf dem Burghof ein. Nun beginnt der fröhlich-festliche Teil dieses Tages, zu dem auch die Altshauser geladen sind. Ob jemand von ihnen glücklicher ist als Graf Heinrich von Waldstetten? Er ist stolz auf seine beiden Söhne, auf Wolfram und auf die strahlende Schönheit der jungen Braut Luitgard. Einmal wispert er seiner Gattin zu: „Ich müsste Euch eigentlich umtaufen, Frau Agnes, denn Ihr waret meine Gräfin Hiltrud.“ Luitgard hat die leise Bemerkung ihres Vaters verstanden. „Wenn unser erstes Kind ein Mädchen wird, nennen wir es Hiltrud“, sagt sie kühn. Wolfram stimmt ihr zu: „Unseren ersten Sohn nennen wir Hermann.“ Abt Friedrich, der mit freundlichen Blicken all die Menschen betrachtet, an deren Schicksal er mit Gottes Hilfe auch etwas mitwirken durfte, hat mit einem Male einen Einfall. Er gibt dem Bruder Reginbert rasch einen Auftrag. Behende eilt der alte Mann davon und kommt bereits kurze Zeit mit einem verhüllten Gegenstand wieder. Er reicht ihn dem Abt. Herr Friedrich erhebt sich und schreitet mit fast feierlichen Schritten auf Frau Agnes zu. „Verehrte Frau Gräfin Agnes, Ihr habt heute dem Herrn großmütig, ja mit Freude zwei Eurer Söhne geschenkt, so darf ich als Abt der Reichenau Euch vielleicht ein kleines Gegengeschenk machen ." Sorgfältig entfernt er die Verhüllung. Es ist eine Muttergottesstatue, einfach geschnitzt, aber mit einem innigen Gesichtsausdruck. Ihre Hände tragen kein Kind, sondern die sind offen wie eine Schale ausgebreitet, leere Hände. „Diese Muttergottesstatue hat eine lange Geschichte, in die unser rühriger Bibliothekar etwas Licht bringen konnte. Sie gehörte dem treuen Freund unseres Hermann, dem großen Abt Berno. Er soll in die leeren Hände Mariens alles gelegt haben, was ihn bedrückte und beglückte. Es soll nie vergebens gewesen sein, wenn er Maria etwas anvertraute. Ihr, liebe Mutter Agnes, werdet manche Sorge, manchen Wunsch für die Fernen und die Nahen haben. Legt sie wie Abt Berno in die Hände der Mutter aller Mütter." Mit einer tiefen Verbeugung reicht Abt Friedrich ihr die Statue und geht dann schnell zu seinem Platz zurück. Frau Agnes sitzt ganz still vor der Marienstatue, als könne sie nicht fassen, dass ihr ein solches Geschenk zuteil geworden ist. Dann legt sie beide Hände in die kleine Schale, die Mariens Hände bilden, und schließt die Augen. Niemand stört sie in ihren stillen Gedanken. Jeder ahnt, dass eine Mutter heute viel, sehr viel in die Hände Mariens zu legen hat. Herr Kilian verhält sich recht schweigsam mitten in der feiernden schmausenden und lebhaften Schar. Er sitzt da, als warte er auf etwas. Das ausgiebige Mal dauert lange. Draußen neigt sich der festliche Tag bereits seinem Ende entgegen. „Wir wollen uns nach dieser Feier miteinander in die Krypta unserer Kirche begeben und dort unserem Herrn, seiner Mutter, aber auch unserem seligen Hermannus Contractus und Frau Hiltrud ein stilles Dankgebet widmen für alles, was uns dieser Festtag geschenkt hat", verkündet der Landkomtur. Dann sieht er dem Abt der Reichenau voll ins Antlitz, das zu ihm emporgerichtet ist. „Ihr, Herr Abt Friedrich, habt heute morgen in Eurer Predigt die Verbundenheit der Kommende Altshausen mit der Abtei Maria von der Au hervorgehoben durch die Person oder in der Person des Hermann von Altshausen, des Hermann von der Reichenau – des Hermannus Contractus. Das hat jedem Altshauser Herz gut getan... Wir konnten Eurem Wunsch zwar nicht nachgeben und Hermanns Gebeine der Reichenau überlassen. Er muss bei uns zu Hause sein und bleiben. Aber wir Deutschherrn haben einen kleinen Trost für Euch und Eure Abtei bereit." Herr Marquard von Küngsegg schlägt ein weißes Linnentuch von einem Kästchen und hält es noch. „Seht her, ihr Damen und Herren, dieses kleine Kunstwerk, dessen wunderbaren Deckel Herr Kilian geschnitzt hat, birgt einige Reliquien des seligen Hermannus Contractus, und es ist für die Reichenau bestimmt. Bitte, Herr und Vater Abt, nehmt diese Gabe entgegen und verwahrt sie gut! Betrachtet das Kästchen ganz genau. Ihr werdet dabei bemerken, dass sich Herr Kilian, der alles so wunderbar geschnitzt hat, dabei bewusst einen Kunstfehler erlaubt hat. Das Kreuz auf dem Turm eures Münsters, dem Berno-Turm, ist nämlich, wenn ihr genau hinschaut, ein Kreuz in der Form, wie wir Deutschherren es auf unseren Mänteln tragen." Er überreicht dem Abt das kostbare Kleinod. „Möge Hermannus Contractus immer der Schutzpatron der Insel Reichenau und der Schutzpatron von Altshausen sein."